Verlorene Kinder

Beate Winter

Beate Winter

Verlorene Kinder

Zum Buch

Frommelt und sein Team geraten in dem kleinen Dorf Zahrenholz in einen Strudel aus familiären Verwicklungen. Hier scheint jeder Bewohner ein Geheimnis, aber auch ein Alibi zu haben. Und niemand hier kennt diese ominöse Louisa, dessen Name die ermordete alte Hebamme auf den Boden geschrieben hat.

Immer wieder taucht eine schrullige Frau im Dorf auf und beobachtet das gerade erst zugezogene Ehepaar Leonhard und Marina.

Der Fall nimmt eine plötzliche Wendung, als die depressive Marina einen Freund mit einem Messer angreift. Sie gerät in Verdacht, auch die alte Hebamme getötet zu haben. Doch sie kann sich an nichts erinnern.

Je mehr die Ermittler herausfinden, umso merkwürdiger werden die Zusammenhänge um den Tod der alten Hebamme.

Aber auch in Kilian Frommelts privatem Leben geht es turbulent zu. Obwohl er sich sicher ist, für immer mit Birgit zusammenzubleiben, taucht plötzlich seine Exfrau Maren bei ihm auf. Wieder einmal verdrängt er wichtige Entscheidungen. Ist er tatsächlich beziehungsunfähig, wie ihm sein Freund Richard unterstellt?

1. Auflage 2021

ISBN 978-3-947706-32-7 (Taschenbuch)
ISBN 978-3-947706-33-4 (e-Book)

Bibliografische Information der Deutschen Nationalbibliothek:
Die Deutsche Nationalbibliothek verzeichnet diese Publikation in der Deutschen Nationalbibliografie, detaillierte bibliografische Daten sind im Internet über https://portal.dnb.de

https://www.plattini-verlag.de

Lektorat: Silvia Hildebrandt – Reutlingen
Korrektorat: Jana Oltersdorff – Dietzenbach
Umschlaggestaltung: Tom Jay – Gundelsheim
Layout: Sabine Abels – Hamburg
Foto: canicula – stock.adobe.com

Druck: WIRmachenDRUCK GmbH – Backnang
Printed in Germany

Klimaneutral
Druckprodukt
ClimatePartner.com/12518-1907-1001

Beate Winter

Verlorene Kinder

Der Duft der Rosen und der blühenden Büsche nahm ihm den Atem. Dennoch ging Kilian Frommelt weiter durch die Reihen der Gräber auf dem Friedhof am Wilscher Weg. Nach einer Weile blieb er stehen, noch immer fassungslos, dass seine Großeltern unter der schwarzen Erde lagen. Seit ihrer Beerdigung war er kaum mehr als drei oder vier Mal hier gewesen.

Der Gedanke, dass sie nicht mehr lebten, brachte ihn um den Verstand. Zudem hatte er ein schlechtes Gewissen. Seit einem halben Jahr wohnte Birgit jetzt bei ihm in jenem Haus in Neudorf-Platendorf, das er von seinen Großeltern geerbt hatte. Er wollte dieses gemütliche Heim niemals verändern, ihren Geist in den alten Möbeln, Teppichen und Gegenständen für immer bewahren.

Schon Maren, seine Ex-Frau, hatte ihm vorgeworfen, in einem Mausoleum, einer Gedenkstätte zu hausen. Aus diesem Grund war sie wohl damals ausgezogen. Frommelt merkte, wie ihm die Tränen die Wangen hinunterliefen. Er stand hier, um Abbitte zu leisten. Dafür, dass fast alle alten Möbel auf dem Sperrmüll gelandet waren. Birgit hatte das Haus renoviert, neu eingerichtet und mit einigen Erinnerungsstücken an die lieben alten Menschen ein Schmuckstück daraus gemacht. Seine Birgit. Er liebte sie über alles. Eine Weile stand er noch vor den Gräbern, bedauerte, dass sein Opa und die Oma Birgit nie kennengelernt hatten. Er schmunzelte. Sie hätten sie sofort in ihr Herz geschlossen.

Dann nickte er, machte auf dem Absatz kehrt und lief zum Parkplatz, auf dem sein Auto stand. Mit einer energischen Handbewegung wischte er die Tränen fort.

***

Selbst die Fahrt war anstrengend. Marina saß im Auto, bewegte sich kaum. Ihre Hände lagen auf den Oberschenkeln, sie spürte, wie Leonhard sie aus den Augenwinkeln taxierte. Trotz der Kühle an diesem frühen Morgen schwitzte sie.

»Wir sind gleich da«, sagte er. »Nur noch wenige Kilometer bis Zahrenholz. Schaffst du das?«

Wieder war da dieser vorsichtige Unterton in seiner Stimme, den sich ihr Mann während der letzten Zeit angewöhnt hatte. Sie wusste, er sorgte sich um sie, passte auf, dass es ihr gut ging, doch sie fühlte sich wie ein kleines, unmündiges Mädchen. Von nun an würden sie nicht mehr in Braunschweig leben, sondern in einem Dorf, das sie nicht kannte. Dieser Gedanken saß in der Tiefe ihres Herzens fest wie ein Stachel und schmerzte. Sie beugte sich auf dem Beifahrersitz etwas nach rechts und schaute in den Seitenspiegel.

»Keine Bange, er ist noch immer hinter uns«, sagte Leon, der jede noch so kleine Bewegung ihres Körpers zu registrieren schien. Sie drückte sich wieder tiefer in den Sitz und versuchte, sich unsichtbar zu machen. Ihre Beine und ihr Kreuz taten weh.

Äcker, Wälder, kleine Dörfer zogen vorbei, schneller als achtzig fuhren sie nicht, was Marina sehr recht war. Sie spürte Leons Ungeduld. Immer wieder sah er in den Rückspiegel, wie um zu testen, ob er es nicht doch wagen konnte, eine geraume Strecke vorauszufahren, den Sportwagen über die B4 spurten zu lassen.

Marina beugte sich etwas vor. Die letzten Häuser Gifhorns verschwanden aus ihrem Blickfeld, eine gute Viertelstunde Fahrt lag noch vor ihnen. Sie traute sich nicht, Leon zu bitten anzuhalten, damit sie einige Schritte laufen konnte, die würzige Luft an diesem klaren Morgen tief in ihre Lungen zu saugen wie eine Ertrinkende Dann hätte aber auch der Möbelwagen der Umzugsfirma hinter ihnen halten müssen. *Wir wollen doch heute noch fertig werden*, hätte Leon gesagt. Darauf konnte sie gut verzichten. Fertig war sie bereits. Ausgelaugt, mit geschundenem Körper und gequälter Seele.

***

Heute Morgen hatte Frommelt einen Parkplatz in einer Seitenstraße bekommen. Auf dem Hof der Polizeiinspektion Gifhorn angekommen, wandte er sich nach links und ging zum Neubau, in dem der zentrale Kriminaldienst untergebracht war. Mehrere Kollegen kamen ihm entgegen, er grüßte knapp und schlug die Richtung ein, in der seine Abteilung vor einiger Zeit die neuen Büroräume bezogen hatte. Noch immer war er in Gedanken bei seinen Großeltern, doch kaum hatte er die Schwelle zu seinem Büro übertreten, fiel ihm ein, dass heute ja die neue Staatsanwältin vorgestellt werden würde.

Roland Bräuer saß schon mit mürrischer Miene an seinem Platz und blickte kaum auf, als Frommelt hereinkam.

Frommelt war es recht, er brauchte noch ein paar Minuten für sich, um seine Gedanken auf die Arbeit richten zu können. Er blätterte lustlos einige alte Akten durch, ohne zu wissen, was er da eigentlich las, als Hannah ins Büro kam. Sie brachte eine Fröhlichkeit mit in den Raum, für die Frommelt dankbar war.

»Guten Morgen, meine Schätzchen«, sagte sie und schwang sich auf ihren Stuhl.

Frommelt staunte. Wie konnte man am frühen Morgen so gut gelaunt sein? »Sagt mal, stimmt es, dass sich heute die neue Staatsanwältin hier vorstellen will?«

Bräuer hob müde den Kopf. »Hm, ja. Hat sie aber verschoben. Ist noch eine Woche im Urlaub.«

»Roland, ist was mir dir?«, fragte Frommelt. Eigentlich wollte er ihn ja noch ein wenig in Ruhe lassen, doch es war ihm lieber, er sprach Bräuers mürrische Laune gleich an. Nicht dass sie sich noch negativ auf die Arbeit auswirkte.

»Ist nichts. Einfach ignorieren, okay.« Bräuer senkte den Kopf. Frommelt und Hannah sahen sich verwundert an. Frommelt beschloss, sich bei der nächstbesten Gelegenheit nach Bräuers Problemen zu erkundigen.

***

Marina wusste, dass Leon das Haus hier auf dem Land ihretwegen gekauft hatte, obwohl er jeden Tag knapp dreißig Kilometer bis zur Helios-Klinik nach Gifhorn fahren musste. Er hatte gesagt, es würde ihr guttun. Die frische Luft hier draußen, weitab vom trüben Dunst der Stadt mit all den

Abgasen und Ausdünstungen. Sie würde es genießen. Keine Hektik, kein Stress mehr, nur Ruhe und Erholung.

Sie hatte aber keinen Stress und keine Hektik verspürt in letzter Zeit. Nur ein dumpfes Drücken in ihrem Kopf, ein wabernder Nebel, der kaum zu durchdringen war, ihr Körper so schwer wie aus Blei gegossen.

Seit sie mit Leon zusammen war, verlief ihr Leben in geordneten Bahnen. Er hatte ihr gezeigt, dass es ein Leben ohne Kummer und Sorgen geben konnte. Bis sie ihr ungeborenes Baby verloren hatte.

Sie verzog das Gesicht, unterdrückte mühsam die Tränen. »Hast du Schmerzen?«, fragte er und bezog ihre Mimik wohl auf die unebene Straße, auf die er gerade abgebogen war. Sie schüttelte den Kopf. Hinter ihnen polterte der Lastwagen über das bucklige Pflaster. »Da vorne ist schon das Dorf.«

Sie nickte nur. Abgeschoben ans Ende der Welt.

Krähen auf der Straße pickten sich ihre Mahlzeit aus einem überfahrenen Kaninchen und flogen erst davon, als der Wagen bereits unmittelbar vor ihnen war. Wie gern wäre sie mit ihnen geflogen, fort von hier und ihrem neuen Zuhause. Mit der Kaninchenmahlzeit hätte sie jedoch ihre Schwierigkeiten gehabt. Sie lächelte bei diesem Gedanken.

»Siehst du, du freust dich doch«, interpretierte Leon ihr Schmunzeln völlig falsch.

Die Vögel landeten im nächsten Baum und warteten, bis sie ihr Festessen fortsetzen konnten.

Sie ließ Leon in dem Glauben. War sie doch selbst schuld an ihrem Zustand. Sie hatte ihm das neue Leben, das in ihr gewachsen war und auf das er sich so unbändig gefreut hatte, nicht schenken können. Nun musste sie damit zurechtkommen, dass er sie wie einen alten Wischlappen ausrangierte und in der hintersten Ecke des Besenschranks verbarg.

Die Sonne stand halb hoch am Himmel und stach ihr in die Augen. Liebend gern hätte sie die Blende heruntergeklappt, doch ihre Hände lagen reglos in im Schoß und dachten gar nicht daran, ihren Gedanken zu folgen.

Eine Bäckerei gab es hier, wenigstens etwas. Leon bog kurz danach links ab auf die Straße, die nach Zahrenholz führte. Das Pflaster dröhnte unter den Reifen.

Sobald sie die ersten Häuser passiert hatten, wurde es augenblicklich dunkel. Erstaunt registrierte Marina, dass die Gebäude hier so eng aneinander bis knapp an den Straßenrand standen, dass das Sonnenlicht kaum eine Möglichkeit hatte, auf die schmale Gasse zu dringen.

Leon hielt den Wagen an. Hinter ihr quietschten die Bremsen des Lastwagens, Metall rieb auf Metall. Das Geräusch drang durch ihren Körper, pausierte eine Weile in ihrer Wirbelsäule. Sie hatte kaum bemerkt, wie Leon den Wagen verlassen hatte und jetzt mit einem der Männer vom Umzugsunternehmen redete. Er deutete mit dem ausgestreckten Arm auf ein Haus. Sie begriff diese Geste nicht, obwohl sie verstand, was sie bedeuten musste. Mühsam zog sie sich aus dem Auto. Die Männer waren noch in ihr Gespräch vertieft und beachteten sie nicht.

Das Gebäude stand eingepfercht zwischen zwei gut erhaltenen Höfen. Die Dorfstraße lag einsam und verlassen da, und außer einer älteren Frau, die sich auf der anderen Seite dicht an eine Hauswand presste, war keine Menschenseele zu sehen. Das konnte nicht Leons Ernst sein. Bis eben hatte sie die Vorstellung von einem zwar kleinen, doch passablen Häuschen gehabt. Aber das hier war eine heruntergekommene Bruchbude. Die alten Fachwerkbalken lagen sichtbar zwischen übertünchtem Mauerwerk. Die ehemals wohl weiße Farbe löste sich in großen Fetzen, hing teilweise nur noch von wenigen Stellen an den groben Steinen herunter. Die Überreste der Farbe rollten sich dort auf, wo sie noch mit dem Mauerwerk verbunden waren, hier und da war gar keine Farbe mehr vorhanden. Die derbe Holztür war wohl ehemals blau und weiß gestrichen worden, viel war davon nicht mehr übrig. Das Metall der schmiedeeisernen Klinke hatte sich im Laufe der Jahre schwarz gefärbt. Alles schien verwahrlost und heruntergekommen zu sein, als hätte sich niemand mehr die Mühe gemacht, es zu erhalten. Marina blickte sich noch einmal zu der alten Frau um. Diese duckte sich noch tiefer in den Hauseingang hinein, in dem sie sich zu verstecken glaubte. Wie ertappt ging ein Ruck durch die Alte, als sie bemerkte, dass Marina sie beobachtete. Sie stieß sich heftig von der Wand ab und stolperte hurtig mit gebeugter Körperhaltung die Straße hinunter.

Das Haus roch sauer und moderig, als Marina es betrat. Leon hatte ihr im Wagen erzählt, dass die letzten Bewohner vor fünfzehn Jahren gestorben waren und dass das Haus seitdem leer stand. »Willkommen im neuen Heim«, sagte er und sah sie lächelnd an.

Neu war dieses Haus ganz bestimmt nicht, und heimelig wurde es ihr ganz und gar nicht. Der Staub, aufgewirbelt durch ihr plumpes Eindringen, reizte ihre Nase, ihre Lungen, legte sich in ihren Augen ab. Spinnen, die hier seit Jahren nicht gestört worden waren, hatten ihr Werk vollendet. Dicke, dunkle Schwaden waberten von der Decke herunter.

Leon legte einen Arm um sie. »Na komm, das wird schon.«

Marina spürte wieder dieses beklemmende Gefühl in ihrer Brust, das sie häufig überkam, sobald sie vor einer neuen Aufgabe stand und nicht wusste, wie sie diese Herausforderung bewältigen sollte. Sie stand mit ihrem Mann in diesem Haus, das er für sie gekauft hatte, in einem Raum, der wohl das Wohnzimmer werden sollte. Die schmalen Fenster, mit schmutzig gelben Stores verhangen, ließen nur wenig Licht nach innen. Eine dicke Staubschicht lag auf den übriggebliebenen Möbeln, die wohl von den letzten Bewohnern hier vergessen worden waren.

Als ob er ihre Gedanken lesen konnte, sagte Leon: »Ich helfe dir beim Renovieren, wo ich kann. Es wird dich auf andere Gedanken bringen.«

Er hat doch keine Ahnung von meinen Vorstellungen, dachte Marina und nickte nur. So viel war in der letzten Zeit über ihren Kopf hinweg entschieden worden. Sie konnte nicht sagen, wo und an welcher Stelle sie hätte Einfluss darauf nehmen können. Das Baby war aus ihrem Leib getrieben worden, ehe es auch nur eine winzige Chance gehabt hätte, einen einzigen Streifen Tageslicht zu erhaschen. Vor fünf Monaten war das gewesen. Wer hatte das entschieden? Sie fühlte sich nutzlos, unfähig, einsam und verlassen. Und in diesem dreckigen Gemäuer sollte sie sich erholen? Was hatte Leon eben gesagt? Sie merkte, dass ihre diffusen Gedanken wieder einmal die Oberhand gewannen und die Realität außen vor ließen. Sie sollte zur Ruhe kommen, sagte er. Ruhe? Sie war ruhig. Viel zu ruhig.

Der Nebel, der in ihrem Inneren vorherrschte, verzog sich nicht. Der ganze Dreck hier im Haus bedrückte sie. So trübe wie das Licht hier im Raum waren auch ihre Gedanken. Die anderen Zimmer wollte sie erst gar nicht sehen. Doch Leon zog sie am Arm mit sich. »Komm mit nach oben, du wirst begeistert sein.« Das glaubte sie kaum, ging aber zögernd mit ihrem Mann die Treppe hinauf.

Auch hier im oberen Bereich sah es nicht besser aus. Zwei schmale Kammern, gelbfleckige Tapeten an den Wänden, die kaum noch an dem Mauerwerk hafteten. An einigen Stellen schien dunkelgrauer Putz hindurch.

Das rechte als gemeinsames Schlafzimmer, das linke als Arbeitszimmer. Leons Blick sprach Bände, als er das sagte. Marina spürte deutlich den vorwurfsvollen Unterton: Hättest du das Baby behalten, könnte es das Kinderzimmer sein. Aber da interpretierte sie wohl zu viel hinein. Leon war sonst sehr mitfühlend gewesen nach der Fehlgeburt, auch er trauerte um das Baby. Auf seine Art.

Leon redete weiter, pries die Vorzüge, hier zu wohnen. Die Worte schwebten an ihr vorbei, sie speicherte sie unbewusst, als ob man Socken in eine Schublade stopfte.

»Das Haus ist unheimlich«, sagte sie.

Marina sah durch das schmutzige Fenster hinaus auf die Straße. Der Möbelwagen parkte noch immer dort mit geschlossenen Türen am Straßenrand, die drei Umzugshelfer schienen sich gelangweilt zu unterhalten.

»Nicht mal einen Kaffee können wir ihnen anbieten«, sagte sie. »Wo sollen sie denn die ganzen Sachen abstellen?«

»Du machst dir unnötige Sorgen. Die Männer werden fürs Arbeiten bezahlt, nicht fürs Kaffeetrinken. Sie sollen die Sachen für unten ins Esszimmer stellen und für oben in das Arbeitszimmer. Die Räume brauchen wir nicht gleich.«

Noch immer begriff sie nicht, warum Leon sich nicht einige Tage länger Zeit gelassen hatte. Doch auch er hatte eine schwere Zeit hinter sich. Ihr Zustand belastete ihn bestimmt mehr, als er nach außen hin zugeben wollte. Dafür war sie ihm insgeheim dankbar. Er spielte für sie den starken Mann, aber sie wusste, dass er seinen Kummer vor ihr verstecken wollte. »Dieser Dreck überall. Warum konnten wir mit dem Umzug nicht warten, bis hier alles sauber ist? Warum diese Eile?«

»Weil ich es besser fand, wenn du in deinem Zustand nicht jeden Tag zwei Mal die lange Fahrt von Braunschweig bis hierher auf dich nehmen musst. So sind wir zum Renovieren hier vor Ort und in der Nähe meines Vaters. Ich habe dir ja erzählt, dass es ihm nach seinem Infarkt nicht sehr gut geht. Außerdem; das Modernisieren, das Einrichten. Es wird dir wieder neue Energie geben.«

***

Völlig außer Atem stand Lucy Kauber vor dem Haus, in dem Thekla wohnte. Lucy war die letzten Meter des Weges gerannt, als wäre ihr der Teufel persönlich begegnet. Sie stützte sich mit einer Hand an der Tür ab, bis sie wieder normal atmen konnte. Der Schreck saß ihr in den Gliedern, sie zitterte am ganzen Körper. Sie musste noch einen kleinen Moment verschnaufen, der Einkaufsbeutel war schwer und ihre maroden Knochen alt. In das alte Scheurich-Haus, in dem schon lange niemand mehr wohnte, zogen jetzt neue Leute ein. Sie hatte die Fahrzeuge gesehen, die Menschen, die vor dem Haus herumliefen. Einer der Männer hatte sich kurz umgedreht und in ihre Richtung geschaut. Diese eiskalten blauen Augen. Genau die gleichen Augen wie …

Sie musste mit Thekla sprechen.

Fünfzehn Jahre hatte das Haus leer gestanden, und Lucy war froh darüber gewesen. Sie konnte es nicht einmal benennen, hatte nur das Gefühl, dass dieses Haus nicht von Fremden bewohnt werden durfte. Oft hatte sie hier haltgemacht, wenn sie vom Einkaufen kam, auf der anderen Straßenseite, wie gerade eben, und nur hinüber geschaut.

Sie holte noch einmal tief Luft und klopfte an die Tür. Außer zu Thekla hatte Lucy mit niemandem Kontakt im Dorf.

Es dauerte eine ganze Weile, bis Lucy die schlurfenden Schritte der alten Frau hörte. Die Tür öffnete sich langsam, und Thekla war erstaunt, als sie Lucy sah. Bedächtig setzte sie einen Fuß vor den anderen und bat Lucy in ihr kleines Wohnzimmer.

Die ehemalige Hebamme des Dorfes war ihr Leben lang zu Fuß unterwegs gewesen. Jetzt stand ihr das Wasser in den Beinen, und das Laufen fiel ihr schwer. Aus diesem Grund ging Lucy stets zu ihr, denn Thekla war in diesem Jahr achtundsiebzig Jahre alt geworden.

Erst als sie sich gegenübersaßen, bemerkte Lucy, wie Thekla am ganzen Körper bebte.

»Geht es dir nicht gut, Thekla?«, fragte sie.

»Das Alter geht ja nun nicht spurlos an einem vorbei, oder?« Theklas Hände zitterten, doch sie schien sich zu bemühen, gelassen zu wirken.

Lucy schob es auf Theklas Gesundheitszustand. Und sie hatte ja ein ganz anderes Problem. »Hast du schon gehört, dass im alten Scheurich-Haus jemand einzieht?«

Thekla nickte. Das Zittern verstärkte sich.

»Weißt du, wer?«

»Leute aus der Stadt.«

»Fremde?«

Thekla zog die Schultern hoch.

»Mensch, Thekla. Du bist sonst nicht so kurz angebunden. Du hörst und weißt doch alles, was hier im Dorf so vor sich geht.« Lucy konnte sich nicht vorstellen, warum ihre Freundin so wortkarg war. Normalerweise schwatzten sie stundenlang, und Thekla erzählte gerne Geschichten von früher, als sie noch Kinder auf die Welt geholt hatte.

Und heute war sie wie auf den Mund gefallen.

»Lucy, ich kann dir nur eins sagen. Sei in nächster Zeit ein wenig vorsichtiger.« Thekla sah sie streng an.

»Was meinst du mit vorsichtiger? Ich bin kerngesund. Oder meinst du, ich könnte im Wald tot umfallen?«

»Ich will ja nur nicht, dass dir was passiert, mein ich.«

»Thekla, ich bin seit Jahr und Tag allein, und mir ist noch nie was passiert. Warum kommst du denn ausgerechnet heute darauf? Ausgerechnet jetzt, da … hat das was mit den Fremden im Scheurich-Haus zu tun? Was ist mit denen?« Lucys Stimme klang schrill.

»Nichts. Ich sag ja nur, pass auf dich auf.« Jetzt wurde auch Thekla lauter.

»Thekla, du kennst die Leute. Wer ist das? Und der Mann? Der hat so durchdringende Augen.«

»Es ist besser, du gehst jetzt nach Hause und kümmerst dich um dein Vieh. Wir reden ein andermal darüber, mir geht es heute nicht so gut.« Um ihre Worte zu unterstützen, zeigte sie Lucy ihre zitternden Hände. »Du findest allein raus?«

In der Tür drehte Lucy sich noch einmal um. »Hat das mit dem Vertrag zu tun?«, fragte sie.

Thekla sah sie zornig an. »Die werden wohl einen Vertrag gemacht haben. Außerdem geht dich das gar nichts an. Jetzt verschwinde endlich.«

***

Marina stellte den Eimer in der Küche auf die Spüle und sank erschöpft auf einen Stuhl. Die Arbeit war schwer gewesen, den ganzen Tag hatten sie geputzt und gewienert. Jetzt war zumindest das Wohnzimmer in einem einigermaßen bewohnbaren Zustand und die Küche notdürftig eingerichtet. Leon hatte recht behalten: Trotz der körperlichen Anstrengung hatte ihr die Plackerei gutgetan. Die Möbel wollten sie in den nächsten Tagen aufstellen, nachdem sie die Räume tapeziert hatten. Im Wohnzimmer lagen zwei Matratzen nebeneinander auf dem Boden. Für eine Nacht würde dieses provisorische Lager genügen. Marina war viel zu erschöpft, um sich darüber weitere Gedanken zu machen. Sie war sich sicher, sobald sie lag, würde sie sofort tief und fest schlafen.

Leon kam zu ihr in die Küche, verschwitzt, mit hochrotem Kopf, sein übliches, verschmitztes Grinsen im Gesicht. »Das wär's für heute«, sagte er und legte den Lappen auf den Tisch. Sie sah auf den Lumpen und wusste nicht, was sie sagen sollte. Alle Kraft war aus ihrem Körper gewichen, sie wollte nur noch schlafen.

»Ich habe vorhin auf der Straße Moritz Weiß getroffen. Er und seine Frau Claudia haben uns heute Abend zum Essen eingeladen«, sagte Leon.

Marina schüttelte den Kopf. Nicht, dass es sie interessiert hätte, wer Moritz und Claudia waren, es waren einfach zu viele Informationen, die sie nicht verarbeiten konnte.

»Moritz. Mein alter Schulfreund.«

Als Marina nicht reagierte, ging Leon hinaus und kehrte bald mit einer sauberen Hose und einem Pulli zurück. »Hier, zieh das an. Du willst doch wohl nicht diese verdreckten Klamotten anbehalten. Außerdem hast du meine Jogginghose an. Und vergiss deine Tabletten nicht.«

Marina wollte nirgendwohin. Sie wollte ihre Ruhe, wollte schlafen, auf gar keinen Fall wollte sie aufstehen und denken müssen. Doch Leons Blick sagte ihr, dass sie sich heute Abend zusammenreißen musste. Sie fügte sich.

***

Frommelt freute sich auf einen geruhsamen Feierabend mit einem guten Schluck Jack Daniel‘s. Birgit hatte heute Spätdienst, so konnte er sich behaglich in seinen alten Lehnstuhl neben Friedruns Terrarium setzen und den Tag geruhsam ausklingen lassen. Er schloss die Haustür auf, nahm den Schlüssel für den Briefkasten und holte die Post heraus. Drei Briefe waren angekommen. Einmal Werbung, eine Rechnung und ein Brief von einem Berliner Anwalt. Ehe er seine Jacke ausgezogen hatte, ging er in die Küche. Seit Birgit bei ihm wohnte, liebte er diesen Raum und dachte nicht mehr an das Geld, das Maren für diese nagelneuen Hochglanzmöbel ausgegeben hatte. Bereits Birgits Anwesenheit verschönerte das Haus und die Dekoration, die sie überall verteilt hatte, ließ ihn zur Ruhe kommen.

Er setzte sich auf einen Stuhl, drehte und wendete den Brief des Anwalts in seinen Händen. Er rieb sich die Augen. Maren hatte bestimmt die Scheidung eingereicht. Im vergangenen Jahr war sie einmal bei ihm im Büro aufgetaucht und hatte ihm einige Schriftstücke auf den Schreibtisch gelegt. Er erinnerte sich, dass sie neben ihm ungeduldig auf der Stelle herumgetippelt war. Ihm war zugleich heiß und kalt geworden, und er hatte es nicht fertiggebracht, ihr in die Augen zu sehen. Zu seinem Glück, wie er fand, waren einige Kollegen in den Raum gekommen – Frommelt konnte nicht mehr sagen, was sie von ihm wollten, wusste nur noch, dass es sich um wichtige Ermittlungen handelte, und nahm Marens Erklärungen gar nicht mehr wahr. Er unterschrieb an der Stelle, wo sie ihren Zeigefinger auf das Papier drückte und war froh gewesen, dass sie schleunigst wieder verschwand.

Frommelt stand nun auf und steckte den Brief ungeöffnet in die Innentasche seiner Jacke, die auf dem Flur hing.

Vermutlich hatte sein bester Freund Richard recht, wenn er ihm vorwarf, mit Verdrängungen zu leben. Im vergangenen Jahr wollte Frommelt Birgit einen Heiratsantrag machen und hatte bereits die Verlobungsringe gekauft – und dann – ja, dann war ihm Birgit mit der Überraschung zu seinem Geburtstag dazwischengekommen. Anschließend hatte er es wieder und wieder verschoben, bis er es irgendwie vergessen hatte. Wo waren eigentlich die Ringe geblieben? Frommelt stand auf und tappte die Treppe hinauf ins Schlafzimmer. Im Schrank entdeckte er seine dicke Jacke, die er in dem kurzen Urlaub an der Nordsee getragen hatte. Und wirklich, in der rechten Jackentasche fand er das kleine Schmuckkästchen.

Zurück in der Küche öffnete er die Schachtel. Die Ringe gefielen ihm noch immer, und er war sich sicher, dass Birgit sich auch darüber freuen würde. Doch was sollte er jetzt tun? Auch wenn er nichts mehr wollte als Birgit – und die

Scheidung von Maren herbeisehnte – es war so endgültig. So konnte er Birgit keinen Heiratsantrag machen. Wie in Trance ging er ins Wohnzimmer und holte seinen Kumpel Jack Daniel's aus dem Schrank. Wieder in der Küche merkte er, dass er sein liebstes Whiskeyglas vergessen hatte. Egal. Er nahm sich ein Wasserglas aus dem Schrank und goss es halbvoll mit der goldgelben Flüssigkeit.

Zum Glück war Birgit nicht zu Hause. Sie hätte ihm sein schlechtes Gewissen sofort angesehen. Warum konnte er nicht zu ihr stehen? Warum haderte er noch immer mit seinen Gefühlen? War er wirklich nicht beziehungsfähig, wie Richard ihm stets unterstellte? Als er das Glas ausgetrunken hatte, spürte er, dass ihm der Alkohol zu Kopf stieg. Er hatte heute noch nicht viel gegessen. Auch egal.

Frommelt griff nach seinem Handy und rief Richard an. Dieser meldete sich auch sofort. Doch nachdem Frommelt zwei sehr undeutliche Sätze ins Handy genuschelt hatte, machte Richard ihm klar, dass es besser sei, sofort ins Bett zu gehen und morgen noch einmal anzurufen.

***

Marina stand mit Leon vor einem alten, aber gepflegten Bauernhaus. Die roten Backsteine waren sauber erhalten, die weißen Fenster wohl erst vor kurzem neu gestrichen worden. Eine hübsche Frau, etwa in Marinas Alter, öffnete, als Leon klingelte. Das muss Claudia sein, dachte Marina. Sie strahlte Lebenslust und Fröhlichkeit aus. Ihre praktische, verstrubbelte Kurzhaarfrisur stand wirr um ihren Kopf herum. So war ich auch einmal, dachte Marina. Mit einer herzlichen Geste bat Claudia ihre Gäste ins Haus.

Moritz kam mit ausgebreiteten Armen aus dem Wohnzimmer auf sie zu. »Du musst Marina sein. Herzlich willkommen«, begrüßte er sie mit einer freundschaftlich sanften Umarmung.

Das Wohnzimmer war gemütlich eingerichtet. Marina stellte fest, dass hier mit wenig Geld ein behagliches Zuhause geschaffen worden war. Vermutlich war Claudia dafür zuständig gewesen.

»Und? Habt ihr euch schon eingelebt?«, fragte Moritz in Marinas Richtung, nachdem sie auf der Couch Platz genommen hatten.

»Es gibt noch eine Menge zu tun, ehe es richtig wohnlich wird«, antwortete Leon schnell. Ein wenig irritiert sah Moritz seinen Freund an.

»Sagt bloß, ihr seid in das Haus gezogen, ohne es vorher gründlich zu renovieren?«

»Nun ja«, sagte Leon verlegen, »du kennst ja die Situation. Mein Vater ist nach seinem Herzinfarkt noch nicht wieder völlig auf den Beinen, und auch Marina geht es nicht sehr gut.«

Marina sah an Moritz' und Claudias gesenkten Blicken, dass sie sehr genau über ihren Zustand und die Umstände Bescheid wussten. Wann hatte Leon es ihnen erzählt?

»Ich wollte Marina die weite Fahrt zwischen hier und Braunschweig nicht zumuten«, fuhr Leon fort. »Außerdem kann ich so meine Eltern besser unterstützen. Das Hotel macht sehr viel Arbeit, und meine Mutter schafft das nicht allein nach Vaters Herzinfarkt.«

Wann will er denn seine Eltern unterstützen?, dachte Marina. Er ist doch so schon kaum zu Hause.

»Marina sollte sich schonen«, sagte Claudia. »Warum habt ihr keine Firma für diese Drecksarbeit genommen? Verdient man als Arzt nicht genug dafür?«

Leon schaute betroffen auf seine Hände. Ehe er etwas darauf antworten konnte, sprach Claudia weiter: »Moritz könnte euch helfen. Nicht wahr?« Doch gleich darauf sah sie ihren Mann entschuldigend an, wohl wegen dieses vorschnellen Angebots.

»Na klar. Ich hab im Moment sowieso keine feste Arbeit.«

»Wenn ich dir das zumuten kann, Moritz, das wäre wirklich toll. Ich bezahl dir deine Arbeitszeit auch.«

Und mir kann er es zumuten?, dachte Marina. Ich bin ja auch nur seine Frau.

»Na hör mal, unter Freunden ist das doch selbstverständlich.«

Marina fühlte sich bei Moritz und Claudia wohl. Bei anderen Gelegenheiten, als Leon ihr Bekannte oder Arbeitskollegen vorgestellt hatte, waren sie meist essen gegangen, wo es steif und förmlich zugegangen war. Die Gespräche drehten sich vorwiegend um Berufliches: Welcher Patient welche Krankheit hatte und welche Operationen anstanden. Eigene Freunde hatte Marina nicht mehr. Leon fand ihren Bekanntenkreis gewöhnlich und albern. So war der Kontakt zu ihnen kurz nach ihrer Hochzeit mit Leon eingeschlafen.

Ganz anders hier. Claudia und Moritz Weiß waren herzlich und unkompliziert, wie es schien.

Die Wohnzimmertür öffnete sich leise quietschend. Die soliden Dielenbretter knarzten unter dem Druck der stämmigen, alten Frau, die soeben den Raum betrat. Im ersten Moment glaubte Marina, dass es die geheimnisvolle Alte im Hauseingang von heute Vormittag war, doch als sie ins Licht trat, sah Marina, dass diese sehr viel älter war und keine Ähnlichkeit mit der Fremden hatte. Bestimmt war sie schon über achtzig, dachte Marina.

»Ich wollte doch meinem Lieblingsneffen kurz guten Abend sagen«, brummte die Frau. »Ich wusste nicht, dass Besuch da ist.« Etwas irritiert hielt sie inne. Sie sah aus, als wollte sie noch etwas sagen, traute sich aber wohl wegen der Anwesenheit der Gäste nicht.

»Tante Thekla, komm herein.« Moritz stand auf und führte seine Verwandte, die offenbar schlecht auf den Füßen war, zu einem Sessel. Auch Leon stand kurz auf, um sie zu begrüßen. Als er ihr die Hand reichte, zuckte sie kurz zusammen. Marina sah es und wunderte sich.

»Das ist Leonhard Falkenberg, Tante Thekla, du kennst ihn doch sicher noch.« Thekla sah Leon fest in die Augen. Sie rührte sich nicht, verharrte wie versteinert auf der Stelle, ehe sie sich in den Sessel fallen ließ.

»Und das ist Marina, Leonhards Frau«, fuhr Moritz fort.

Ohne Marina zu beachten, stand Thekla wieder auf. Sie zitterte am ganzen Körper und tappte mit kleinen hektischen Schritten zur Tür. Bevor sie hinausging, drehte sie sich um und rief schrill: »Die Rache der verlorenen Kinder. Sie kommt. Sie werden sich rächen. Louisa kann nichts dafür.« Und so schnell, wie Marina es ihr niemals zugetraut hätte, verließ sie den Raum.

Alle vier Personen im Raum sahen sich sprachlos an. Marina saß wie versteinert neben Leon. Aus den Augenwinkeln bemerkte sie, wie er seine Finger bearbeitete, bis die Knöchel knackten. Wie zur Entschuldigung sagte Moritz: »Macht Euch nichts draus. Sie ist manchmal etwas wirr im Kopf. Sie ist ja auch nicht mehr die Jüngste und kann gestern und heute nicht richtig auseinanderhalten.«

Auf dem Heimweg traute sich Marina nicht, Leon zu fragen, was die Alte mit ihrer Aussage gemeint hatte. Konnte sie hellsehen? Hatte es sich schon im Dorf herumgesprochen, dass sie ihr Kind verloren hatte? Warum sprach diese Thekla von der Rache der verlorenen Kinder? Und wer war Louisa? Marina hatte ihr Baby behalten wollen. Oder meinte die alte Thekla Leon? Sie hatte ihn so seltsam angesehen. Doch auch er hatte sich auf seinen Nachwuchs gefreut. Oder nicht? Leon ging schweigend neben ihr her. Er sah sie nicht ein einziges Mal an. Erst im Haus merkte Marina, dass sie ihre Tasche bei Claudia und Moritz vergessen hatte.

***

Lucy brachte ihren Einkauf ins Haus und trieb die Kühe in den Stall. Was hat Thekla damit gemeint, sie soll vorsichtiger sein in Zukunft? Sicher, Lucy war nicht mehr die Jüngste, jedoch noch kräftig genug, um sich und ihre Tiere zu versorgen. Bis zum Einbruch der Dunkelheit saß sie am Tisch in der Küche und grübelte über Theklas Worte nach. Sie kam zu keinem Ergebnis. Mit einem Sprung schoss sie vom Stuhl hoch, schnappte sich die Taschenlampe vom Regal und rannte durch den Wald ins Dorf. Sie musste einfach Klarheit haben.

Kurz vor Theklas Haus hielt sie für einen Moment auf der Straße inne, verschnaufte, sonst hätte sie bei Thekla kein ordentliches Wort hervorgebracht. Und sie wusste, Thekla konnte schon sehr deutlich werden, wenn ihr etwas nicht passte.

Kaum konnte sie wieder normal atmen, sah sie einen dunklen Schatten an Theklas Haus vorbeihuschen. Es war fast schon finster, aber im schwachen Schein der Straßenbeleuchtung erkannte sie eine Person, die wohl aus Theklas Haus gekommen war und sich schnell fortbewegte.

Was sollte sie jetzt tun? Seltsam war das schon, denn ihre Freundin duldete um diese späte Zeit keinen Besuch. Sie wusste ja nicht einmal, ob Thekla sie selbst ins Haus gelassen hätte. Ein Motor brummte leise auf. Lucy verbarg sich weiterhin im Schatten der Hausecke und presste sich die Hand vor den Mund. Nur nicht schreien. Sie sah, wie zwei grelle Lichtkegel immer näher in ihre Richtung kamen. Lucy hielt die Luft an. In diesem Augenblick fuhr ein Auto langsam an ihr vorbei.

***

Am nächsten Morgen fand Marina einen Zettel auf dem Küchentisch. *Ich musste zu einem Notfall ins Krankenhaus. Melde mich.* Marina hatte kein Telefonläuten gehört. Leon hatte ihr gleich, als sie gestern Abend zurück ins Haus gekommen waren, eine Tablette gegeben, damit sie gut schlief. Heute früh fühlte sie sich matt und ausgelaugt. Sie konnte sich nicht einmal mehr daran erinnern, wie sie sich ausgezogen hatte und ins Bett gegangen war. Die ganze Plackerei gestern, das Putzen und Einräumen, hatte an ihren Kräften gezehrt. Dazu hatte sie der Besuch bei Claudia und Moritz über alle Maßen angestrengt. Sie dachte an die beiden netten Menschen, die sie gestern Abend kennengelernt hatte, und schmunzelte. Der Abend hatte ihr wider Erwarten gutgetan. Jetzt musste sie etwas essen, um dann zu entscheiden, womit sie heute beginnen wollte. Neben dem Glas und der Flasche Saft hatte Leon ihr, wie jeden Tag, die übliche Ration Tabletten bereits eingeteilt. Sie legte eine davon auf die Zunge, doch ehe sie sie schluckte, zögerte sie einen kurzen Moment. Die Pille fühlte sich anders an als sonst. Doch sie verwarf ihre Gedanken als Einbildung und spülte das Medikament mit einem Schluck Orangensaft hinunter.

Moritz stand pünktlich um acht mit seinem Werkzeugkoffer vor Marinas Haustür. Marina starrte ihn an, als wüsste sie nicht, wer er war. Sie musste sich am Türrahmen festhalten, als sie ihn ins Haus bat. Moritz wich ihrem Blick irritiert aus. Benommen schlich sie hinter ihm in die Küche, wo Moritz schon seine Werkzeugkiste abgestellt hatte.

»Was liegt als erstes an?«, fragte er und als er Marinas lethargischen Zustand richtig zu deuten schien, fuhr er fort: »Ich geh mal nach oben, da finde ich bestimmt etwas zu tun.«

Sie konnte nur nicken. Als Moritz aus der Küche verschwunden war, bemerkte sie, dass sie noch immer im Bademantel herumlief. Panisch sah sie sich um. Hier in der Küche lagen keine Klamotten, die sie anziehen konnte. Dann mussten sie noch im Wohnzimmer sein, wo sie sich gestern Nacht ausgezogen hatte. Doch hier hing über der Stuhllehne nur ihre gute Jeans, die sie gestern Abend bei Claudia und Moritz getragen hatte. Ihr fiel die Jogginghose von Leon ein. Die musste dringend gewaschen werden, aber sie könnte sie ja heute noch zur Arbeit anziehen und dann in die Wäsche tun. Das würde Leon gar nicht merken.

Nichts. Keine Jogginghose, das konnte doch gar nicht sein. Bestimmt lag das an den Tabletten, manchmal hatte sie das Gefühl, dass sie davon nicht richtig denken konnte.

Ein schrilles Geräusch ließ sie zusammenzucken. Ehe sie begriff, was dieser Lärm zu bedeuten hatte, war Moritz bereits über den Flur gelaufen und stand am Eingang. Sie hörte, wie er leise mit jemandem redete.

Kurz darauf kam Claudia zu ihr ins Wohnzimmer. Sie nahm Marina zur Begrüßung kurz in den Arm und sah ihr dann in die Augen. »Wie geht es dir? Moritz sagte eben, dass du sehr müde aussiehst.« Claudia hielt jetzt ihre Hände fest.

Marina schüttelte sich kurz. »Alles gut. Ich habe eben meine Tabletten genommen, die machen mich manchmal etwas schlapp.«

»Aber gestern Abend ging es dir doch viel besser, oder täusche ich mich?«

»Gestern. Ja … ich weiß nicht.«

Claudia sah ihren Mann mit einem wissenden Blick an und drehte sich dann wieder zu Marina um. »Komm, zieh dir etwas an, dann gehen wir in den Garten, da kannst du dich ein wenig ausruhen.« Claudia nahm sie am Arm und zog sie mit sich. Marina blickte sich hilflos um, noch immer wusste sie nicht, was sie anziehen sollte. Claudia bückte sich und zog unter einem Haufen Kleidungsstücke ein schwarzes Teil hervor. Marina schmiss ihren Bademantel über einen Stuhl, zog die Hose sowie ein langärmeliges Shirt an, das Claudia ihr ebenfalls hinhielt.

Wieder nahm Claudia sie bei der Hand und lenkte sie zur Hintertür, die in den Garten führte.

Warum soll ich mich ausruhen, dachte Marina. Ich bin doch eben erst aufgestanden, und gearbeitet habe ich doch auch noch nichts, oder?

Sie fand sich im Garten auf einer Bank wieder. Wie sie die wenigen Schritte vom Haus bis hierher geschafft hatte, wusste sie schon nicht mehr.

»Übrigens hast du deine Handtasche bei mir vergessen. Ich wollte sie dir gestern Abend noch vorbeibringen und hab bei euch geklingelt, aber es hat niemand aufgemacht. Ihr seid ja ziemlich schnell eingeschlafen.« Claudia lachte etwas gekünstelt.

»Leon hat mir gleich eine Tablette gegeben, als wir hier waren. Er hat mir wohl angesehen, dass ich kaputt war, und meinte, dann würde ich heute ausgeschlafen sein.«

»Wo ist der eigentlich?« Claudia sah sich um.

»Er musste zu einem Notfall in die Klinik.«

»Claudia, kommst du bitte mal«, rief Moritz von der Hintertür her. Claudia stand auf, sah sich noch einmal mitfühlend nach Marina um und ging zu ihrem Mann ins Haus.

Kurze Zeit später kamen beide mit gesenkten Köpfen auf Marina zu. »Entschuldige, aber wir müssen dringend weg. Meine Mutter war eben hier und sagte, dass etwas mit meiner Tante passiert ist«, sagte Moritz. Marina begriff den Sinn dieser Worte nicht und blieb auf der Bank sitzen.

***

Bernadette Lillejander stand auf der Leiter, eine eingekleisterte Tapetenbahn hatte sich um ihren Arm gewickelt. Mühsam versuchte sie, sich aus dem klebrigen Papierwust zu befreien. Tapezieren war nicht ihr Ding. Sie malerte lieber. Den Geruch der Farbe, das Ergebnis, wenn der feuchte Schimmer des Angestrichenen sich verzog und die endgültige Schattierung zum Vorschein kam, liebte sie geradezu.

Das Handy klingelte.

Ihr Vokabular der gebräuchlichsten Schimpfwörter war grenzenlos. Einen Großteil davon verbrauchte sie jetzt, als sie von der Leiter herunterstieg und sich den Kleber von der Wange wischen wollte. Sie angelte vorsichtig das Handy aus ihrer Jacke, die am Haken auf dem Flur hing. Dabei versaute sie den Stoff mit Kleister. Ein glänzender Fleck am Ärmel. »Himmelarsch und Wolkenbruch, ich klebe mich hier furchtbar ein, und ihr habt nichts Besseres zu tun, als mich zu nerven und mich von der Arbeit abzuhalten«, brüllte sie in das Gerät, in der Vermutung, ihre Mutter würde sich wieder einmal nach dem Voranschreiten ihrer Tätigkeit erkundigen.

»Entschuldigen Sie«, kam es nach einer Pause leise aus dem Mobiltelefon. »Ich konnte von hier aus leider nicht erkennen, in welch misslicher Lage Sie zu stecken scheinen.«

»Oh.« Verdammt, wer drückte sich denn so gewählt bescheiden aus?

Keine Antwort.

»Hallo?«

»Ja. Fangen wir am besten noch einmal ganz von vorne an. Tassilo von Troytem, Polizeiinspektion Gifhorn.«

»Entschuldigung. Bernadette Lillejander. Ehemalige Hauptkommissarin im Kriminaldauerdienst und zukünftige Staatsanwältin, zurzeit im Urlaub und renovierend.«

»Und ich dachte, Sie sind immer so. Leider konnte ich, wie schon gesagt, nicht erkennen, was Sie gerade tun. Zum Glück werden unsere Räume von ausgebildeten Handwerkern bearbeitet. Ich habe von Ihrer ehemaligen Dienststelle in Frankfurt erfahren, dass Sie bereits vor Ort sind. Ich weiß natürlich, dass Sie noch Urlaub haben, aber aufgrund von diversen Krankheitsfällen in der Staatsanwaltschaft Hildesheim, wo man mir mitteilte, dass Sie möglicherweise als Ersatz einspringen könnten, möchte ich Sie fragen, ob Sie Ihren Dienst vielleicht schon früher antreten könnten?«

»Sagen Sie, quatschen Sie immer so viel? Nein, tut mir leid, aber das ist unmöglich. Wie gesagt, ich stecke bis zum Hals in der Renovierung …«

»Es geht um Mord. Eine achtundsiebzigjährige Frau ist erstochen worden.«

»Wer zum Teufel tut denn so was?«

»Tja, das wäre dann meine Bitte. Dass Sie uns helfen, genau das herauszufinden.«

***

Frommelt erhielt die Nachricht in seinem Büro. Eine Frau, Ende siebzig war tot in ihrem Haus aufgefunden worden. Während er von Gifhorn nach Zahrenholz fuhr, verfluchte er den Arzt, der *ungeklärte Todesursache* auf seinem Formular angekreuzt hatte. Und seinen Alkoholkonsum vom Vorabend. Er rieb sich die müden Augen und setzte die Sonnenbrille auf.

Eine tote Frau, fast achtzig, was sollte denn daran ungeklärt sein? Er kannte das Dorf noch von damals, als er mit Maren zusammen gewesen war. Sie hatten einen Ausflug gemacht, hier in der Gegend Pilze gesucht und sich auf piksenden Blaubeerbüschen geliebt. Ihm fiel der Brief von gestern wieder ein, er fuhr mit der Hand unter sein Jackett – der Brief war noch da – und verdrängte die Gedanken daran, dass er Birgit eine Erklärung schuldete, sofort wieder.

Es hatte sich hier scheinbar seit damals nichts verändert. Düster und unheimlich hatte er das Dorf in Erinnerung behalten, und genau dieser Eindruck stellte sich sofort wieder ein, als er über das holprige Pflaster in die kleine Straße einbog. Er parkte sein Auto hinter den Streifenwagen und stieg aus. Die uniformierten Kollegen hatten den Zugang zu dem kleinen, unscheinbaren Haus bereits mit rotweißem Band abgesperrt und teilten ihm mit, dass die Kollegen der Technik und der Rechtsmediziner noch nicht vor Ort wären. Normalerweise müsste Frommelt den Dienstweg einhalten und auf die Kollegen warten. Doch heute war es ihm egal, er wollte die Sache so schnell wie möglich hinter sich bringen, weil sich höchstwahrscheinlich herausstellen würde, dass die Frau eines natürlichen Todes gestorben war.

»Wer ist es?«, fragte er.

»Thekla Kirch. Achtundsiebzig Jahre alt. Sie war die Hebamme hier im Ort.«

Ohne weiter nachzufragen, drückte er sich an den Kollegen vorbei und ging ins Haus.

Auf dem Flur blieb er einen kurzen Moment stehen und riss sich innerlich zusammen. Er hatte hier einen Todesfall aufzuklären: Vergessen waren der Brief, sein Alkoholkonsum und seine Müdigkeit. Was jetzt zählte, waren ein klarer Kopf und seine Instinkte. Vorsichtig setzte er einen Fuß vor den anderen.

Es war, als seien die Geister, die Stimmen der Toten und Lebendigen noch immer anwesend, verbargen sich hinter Schränken und Kommoden, in Mauerritzen und Deckenspalten. Genauso liebte er es. Man musste genau zuhören, still und leise sein, sonst vertrieb man sie. Dieses erste Gefühl, sobald er einen Tatort betrat, sog er mit all seinen Sinnen auf. Frommelt wusste, er würde einen gehörigen Anschiss dafür kriegen, aber diese Situation ergab sich nicht oft, und das musste er einfach ausnutzen.

Die Stimmen schienen ihm zuzuflüstern, was sich hier abgespielt hatte, doch er verstand sie nicht. Er wollte sie richtig deuten, doch er musste sich beeilen, denn sobald die Kollegen hier eintrafen, waren die Empfindungen verschwunden, die Antennen eingefahren.

Ein düsterer, schmaler Gang, rechts eine halboffene Tür. Frommelt schauderte es ein wenig, dennoch ging er in den Raum, der anscheinend das Wohnzimmer war. Zwischen Sofa und Tisch lag die Frau auf den sauberen, harten Dielenbrettern zusammengekrümmt auf ihrer linken Seite. Frommelt betrachtete den Wohnbereich. Alles hier sah sauber aus. Hatte sie in ihrem Alter noch selbst geputzt? Frommelt stellte sich die stämmige, aber nicht dicke Frau vor; den Rücken krumm, über den Wischeimer gebeugt. Den schweren Körper auf Knien, die Wurzelbürste in der Hand, den Boden schrubbend. Sauber, ja – aber diese Unordnung, die hier im Wohnzimmer herrschte, passte nicht dazu. Ordner, Schnellhefter und viele lose Blätter lagen, wie aus den Schränken gefegt, im Raum herum. Hier hatte eindeutig jemand etwas gesucht.

Die Frau trug ein hochgeschlossenes Kleid, kleine gelbe Blümchen auf dunkelgrünem Grund. An ihrem Hals rote Striemen. Sie sahen aus wie Würgemale. Verkrustetes Blut unter ihrer linken Brust. Vermutlich eine Stichverletzung. Diese alte Frau war eindeutig keines natürlichen Todes gestorben. Er zog sein Handy aus der Tasche und rief Hannah und Bräuer zur Verstärkung her. Jetzt sollte er auf den Rechtsmediziner und die Kollegen von der Technik warten und sofort das Haus verlassen, um den Tatort nicht mit seinen eigenen Spuren zu kontaminieren. Stattdessen zog er sich Einweghandschuhe an, setzte den Mundschutz auf und stülpte sich die Schutzhauben für die Schuhe über.

Der rechte Arm der Frau hing über dem Körper, die Hand berührte den Boden. Frommelt ging einen Schritt näher, bis er das Gesicht der Frau erkennen konnte. Noch sprach er den Namen der Toten nicht aus, obwohl er ihn wusste. Das kam später. Sobald er alle Einzelheiten, alle Umstände kannte, die sich hier abgespielt haben mochten.

Eine alte Hebamme. Brachte in ihrem früheren Dasein Kinder auf die Welt, schenkte Eltern neues Leben. Und dann kam ein Mensch und nahm ihr ihres. Die Welt ist paradox, dachte Frommelt und riss sich aus diesen unnützen Gedanken heraus. Was nun zählte, waren Fakten, Details, Spuren.

Hinter dem Tisch, vor der Hand der Frau, erkannte Frommelt einen ovalen Fleck mit eingetrocknetem, dunklem Blut. Die Finger der Frau blutverschmiert, davor dunkle Krakel, Striche, wie absichtlich verrieben. Ein ungewöhnliches Muster verschmierter Kringel.

Die Gardinen waren zugezogen. Frommelt hätte jetzt gern mehr Licht gehabt, vermied es aber, hier etwas zu verändern. Die Kollegen würden ihm sofort einen Anschiss verpassen, sobald er hier etwas anfasste.

Trotz des diffusen Lichts erkannte er in den Schnörkeln neben der Blutlache eine Einheit, in seinem Gehirn fügte es sich zusammen. Frommelt blieb auf der Stelle stehen, legte den Kopf schief – um die Schnörkel besser sehen zu können, kniff er die Augen zusammen. In verschlungenen Buchstaben, wie mit zitternder Hand geschrieben, stand dort das Wort: *Louise*. Es konnte aber auch *Louisa* sein, denn der letzte Buchstabe war kaum zu deuten. War das die Mörderin der alten Frau? Louise? Kam es wirklich vor, dass Opfer den Namen ihres Mörders mit dem eigenen Blut schrieben? Gesehen hatte er das noch nie, kannte es nur aus Fernsehkrimis. Frommelt beschloss, dass diese Tatsache ihn nicht von den Ermittlungen ablenken sollte.

Hinter sich vernahm er Stimmengemurmel. Er vermutete, dass Hannah und Bräuer angekommen waren, obwohl sie das in dieser kurzen Zeit niemals hätten schaffen können. Aber während der Ermittlungen in einem Mordfall verlor er schon mal jegliches Zeitgefühl.

Er drehte sich um. Vor ihm stand eine Frau mit verstrubbelten Haaren, denen sie mit einem Haarband versuchte, Einhalt zu gebieten. Er schätzte sie auf Mitte dreißig. Sie trug eine schmutzige Latzhose und eine gestreifte Bluse, die nicht viel sauberer war als ihre Hose. »Wer sind Sie? Was machen Sie hier? Das ist ein Tatort.« Frommelt funkelte den Eindringling böse an.

»Ich weiß«, sagte sie und drückte sich an ihm vorbei.

Frommelt staunte nicht schlecht über so viel Frechheit. »Würden Sie bitte die Freundlichkeit haben und …«

Sie drehte sich um und lächelte ihn mit einem Strahlen in den Augen an, dass ihm ganz anders wurde.

»Ach ja, entschuldige, ich hatte mich noch gar nicht vorgestellt.« Sie ging weiter in den Raum und sah sich die tote Frau genauer an.

Jetzt duzte sie ihn auch noch, das war doch wohl die Höhe.

»Bernadette Lillejander, du kannst aber auch Bernie zu mir sagen, das tun alle«, stellte sie sich endlich vor, ohne den Blick von der Toten zu nehmen.

»Ich muss Sie jetzt wirklich bitten, das Haus zu verlassen.«

Sie kramte in ihren Hosentaschen herum, ohne zu finden, was sie scheinbar suchte. »Oh verflixt, hab die falschen Klamotten an. Ich komme gerade vom Renovieren und laufe normalerweise nicht so herum.« Dabei sah sie mit gespielter Entrüstung an sich hinunter. Frommelt war das egal, er wollte diese Verrückte hier einfach nur loswerden. »Das interessiert mich einen feuchten Sch…«

»Psch, psch. Also noch einmal von vorn. Gestatten.« Dabei verbeugte sie sich ein wenig. »Bernadette Lillejander … also die neue Staatsanwältin. Oder so.«

Die hatte ja mehr Matsch am Paddel, als normal sein konnte. Frommelt wusste nicht mehr, was er mit dieser unmöglichen Person noch anstellen sollte, um sie aus dem Haus zu bekommen. Hinter ihm hüstelte jemand. Er drehte sich um und sah den neuen Leiter der Polizeiinspektion Gifhorn, Tassilo von Troytem, hinter sich. Frommelt öffnete schon den Mund, um zu erklären, warum sich eine unbefugte Person hier an einem Tatort aufhielt, da schnitt von Troytem ihm das Wort ab: »Frau Lillejander. War ja klar, die Kollegen aus Frankfurt hatten mich schon vorgewarnt.« Und an Frommelt gerichtet sagte er: »Wie ich sehe, habt ihr euch schon bekanntgemacht. Frau Staatsanwältin Bernadette

Lillejander ist die Nachfolgerin von Frau Grevenbach, die wir ja im vergangenen Jahr auf solch betrübliche Weise verloren haben. Frau Lillejander hat zwar noch Urlaub und wollte sich eigentlich in der nächsten Woche offiziell bei uns vorstellen, aber die Umstände und der personelle Mangel in der Staatsanwaltschaft Hildesheim bedingen diesen vorzeitigen Einsatz. Frau Lillejander, Kriminalhauptkommissar Frommelt.«

Frommelt blieb der Mund offen stehen. Die Staatsanwältin grinste, als sie ihm direkt ins Gesicht blickte. »Wir sollten uns beeilen, die Kriminaltechniker kommen gleich, und dann gibt es Stress, wenn die uns hier erwischen. Also, was mag hier passiert sein?«

Frommelt schüttelte sich einmal kurz und schilderte seinen ersten Eindruck. Dann wies er auf die Blutlache mit dem verschmierten Namen *Louisa*.

»Wer um alles in der Welt bringt eine alte Frau auf solch bestialische Art und Weise um?« Bernadette Lillejander beugte sich über den blutigen Namenszug. »Es scheint wirklich Louise oder Louisa zu heißen. Wir müssen diese Louis… wie auch immer, finden, dann sind wir schon mal ein großes Stück weiter.«

Frommelt befürchtete, dass es so einfach nicht werden würde. »Ich schlage vor, dass wir uns später weiter im Haus umsehen und erst mit den Nachbarn und Zeugen sprechen.« Er hatte laute Stimmen von draußen gehört, darunter auch die seines Kollegen Johann Kramer, Leiter der kriminaltechnischen Abteilung. Dem wollte er an dieser Stelle unter gar keinen Umständen begegnen. Sie verstanden sich normalerweise recht gut, aber wenn jemand Johann bei seiner Arbeit in die Quere kam, dann konnte er schon richtig wütend werden.

Vor dem Haus wurde Frommelt sofort mit einem sehr vorwurfsvollen Blick und Kopfschütteln gemaßregelt, ehe Kramer ihn mit seinem großen Koffer zur Seite drängte.

***

Während sich Frommelt mit den uniformierten Kollegen unterhielt, ging Bernie zu ihrem Auto. Im Handschuhfach lag immer eine Notfallpackung Zigaretten. Sie setzte sich bei geöffneter Tür auf den Beifahrersitz und zündete sich eine an. Wie oft schon hatte sie versucht, es sich endgültig abzugewöhnen. Bis zum nächsten Fall. Wenn sie es so betrachtete, waren die Täter nicht nur für Mord und Totschlag verantwortlich, sondern auch für ihre Sucht und ihr erhöhtes Lungenkrebsrisiko. Damit konnte sie leben.

In Gedanken hörte sie Henrys Stimme: *Schieb es nur immer schön auf andere, mein Schatz, dann kannst du niemals selbst schuld sein.* Und der *Schatz* hätte weder versöhnlich noch besonders liebevoll geklungen. Henry war Gesundheitsfanatiker, der sich durch Salat und Rübchen knabberte, um sich, wie er sagte, sein gutes Aussehen zu bewahren. Das sei er seinen Fans schuldig.

Sie dagegen schleppte neben Aktenbergen einen riesigen Stapel Hamburger und Cola mit nach Hause und verspeiste sie mit Hingabe. Sein angeekeltes Gesicht tat ihr noch heute gut.

Vielleicht hatten sie sich ihre Liebe zueinander ja auch nur vorgegaukelt. Um nicht allein zu sein. Durch ihr, Bernies, Schichtsystem und seine unregelmäßigen Arbeitszeiten sahen sie sich selten. Hatten sie es deshalb so lange miteinander ausgehalten? Im Falle einer Silberhochzeit hätten sie sich gerade mal insgesamt fünf Jahre gesehen, mutmaßte sie. Dass sie anhand der knappen Zeit überhaupt noch Raum zum Streiten fanden, war beachtlich. Wahrscheinlich hatten sie noch nie wirklich zusammengepasst. Doch da sie sich selten sahen, war ihnen beiden das nicht aufgefallen.

Sie wollte gerade aussteigen, als sie Frommelt mit verschränkten Armen einige Schritte entfernt vor ihrem Auto stehen sah. Sie drückte langsam ihre Zigarette aus, ignorierte sein spöttisches Grinsen und gesellte sich erst nach einer guten Weile zu ihm.

»Sie sind also die neue, ermittelnde Staatsanwältin für unseren Fall«, sagte Frommelt.

»Sieht ganz so aus. Es tut mir leid, dass ich eben so forsch war. Können wir trotzdem beim *du* bleiben? Es ist sehr ungewohnt für mich, wenn man mich siezt. « Bernadette Lillejander schaute Frommelt herausfordernd an.

Diese Frau ist seltsam, dachte Frommelt. Aber ihm gefiel ihre kecke Art. Er reichte ihr die Hand. »Gerne. Ich bin Kilian.«

»Danke, Kilian.« Sie ergriff seine Hand und schüttelte sie. »Wie schon gesagt, du kannst gerne Bernie zu mir sagen.«

»Na dann, Bernie, wollen wir uns mal an die Arbeit machen.«

»Du hast eben mit den Kollegen gesprochen. Was haben die gesagt? Wer hat die Frau gefunden?«, fragte sie.

»Ihre Schwester, Tilda Weiß. Eigentlich Mathilde. Sie hat heute Morgen nach ihr sehen wollen. Thekla Kirch lebte allein, war nie verheiratet gewesen und hatte keine eigenen Kinder. Sie war zwar schon reichlich durcheinander im Kopf, kam aber noch gut zurecht. Sie hatte Schwierigkeiten beim Laufen, Wasser in den Beinen oder so, und war ihr Lebtag zu Fuß unterwegs.«

»Können wir mit der Schwester sprechen?«

»Ja, klar, sie wartet bei sich zu Hause. Der Arzt hat ihr eine Spritze gegeben, und sie wollte sich hinlegen. Sie wohnt nur ein paar Häuser weiter.«

***

Lucy war heute sehr früh aufgestanden, weil sie in der Nacht kaum hatte schlafen können. Immer wieder quälten sie ihre Gedanken und auch als sie ihr Vieh versorgt und sich an ihren Küchentisch setzte, zitterte sie noch immer. Vor lauter Aufregung konnte sie die Grübeleien, die in ihrem Kopf umherjagten, kaum sortieren. Was war passiert? Angefangen hatte es gestern Vormittag, als sie vom Einkaufen zurückkam und die neuen Bewohner des alten Scheurich-Hauses gesehen hatte. Dann war sie zu Thekla gelaufen, sie musste unbedingt wissen, wer diese *Neuen* waren. Warum war sie bei deren Anblick so erschrocken gewesen?

Auch Thekla konnte sie nicht beruhigen, im Gegenteil; als Lucy sie danach fragte, war sie laut geworden, das war fast schon ein Streit gewesen. So etwas war noch niemals zuvor passiert. Und dann hatte Thekla sie aus dem Haus geworfen.

Lucy trommelte mit den Fingern auf der Tischplatte herum. Sie hatte Angst, wusste aber nicht genau, wovor.

Thekla. Nur sie konnte ihr das alles erklären. Warum hatte sie gesagt, dass sie auf sich aufpassen soll? Mit einem Ruck sprang sie vom Stuhl hoch und rannte ins Dorf.

***

Sie gingen die schmale Gasse entlang, bis Frommelt vor einem gepflegten Bauernhaus mit roten Backsteinen stehenblieb und auf Bernie wartete, die sich mitten auf der Straße im Kreis drehte und sich in alle Richtungen umsah, wohl um sich einen Eindruck vom Leben hier im Dorf zu machen.

Auf Frommelts Klingeln öffnete sofort eine junge, blonde Frau. Sie stellte sich als Claudia Weiß vor, die Schwiegertochter von Tilda und Ewald Weiß, und führte die Besucher eine schmale Treppe nach oben, wo ihre Schwiegermutter in einem winzigen Wohnzimmer auf dem Sofa lag. Sofort, als sie hereinkamen, setzte sich Tilda Weiß aufrecht hin. Sie war eine untersetzte Frau. Frommelt schätzte ihr Alter auf etwa Ende sechzig und bemerkte die Tränen in ihren gütigen Augen. Claudia fragte, ob sie noch etwas brauchte, doch Frau Weiß schüttelte nur müde den Kopf. Daraufhin verschwand Claudia nach unten, in ihre eigene Wohnung, wie sie sagte.

»Wann haben Sie Ihre Schwester das letzte Mal lebend gesehen?«, fragte Frommelt nach der Begrüßung und Beileidsbekundung. Bernie schien ihm gern die Gesprächsführung zu überlassen, sie schaute sich um, wohl um sich ein Bild von der Wohnung und der Person zu machen.

»Gestern Abend. Sie war bei uns«, sagte Tilda Weiß. »Thekla ging selten aus dem Haus, das Wasser in den Beinen bereitete ihr große Schmerzen. Sie kam nur hierher, wenn sie sich zu sehr allein fühlte und ihre Knochen mitmachten. Sie aß dann mit uns. Sonst bringe ich ihr das Essen und schaue einmal am Tag nach ihr. Meistens am späten Vormittag, wenn ich hier alles erledigt habe. Gestern kam sie zu einer eher unüblichen Zeit und wollte unbedingt noch zu Moritz runter. Moritz ist mein Sohn – und seine Frau haben Sie ja eben kennengelernt.«

»Zu welcher Uhrzeit war Ihre Schwester hier gewesen? Sie sagten etwas von einer unüblichen Zeit.«

»Halb zehn abends etwa. Ich habe nicht auf die Uhr gesehen, aber der Film im Ersten war noch nicht vorbei gewesen.«

»Besuchte Ihre Schwester sonst nie ihren Neffen?«

»Doch schon, aber gestern schien es ihr dringender zu sein als sonst. Aber sie war auch schon recht wirr im Kopf, wenn Sie verstehen, was ich meine. Das Alter eben. Sie brachte einiges durcheinander.«

»Und was wollte sie so dringend von Ihrem Sohn?«

»Das weiß ich nicht, da müssen Sie Moritz schon selbst fragen. Ich hab sie danach nicht mehr gesehen.«

Dann schien Tilda Weiß in sich zusammenzufallen. Die Schultern sackten nach unten, der Kopf schwankte leicht hin und her.

»Erzählen Sie mir von Ihrer Schwester. Was war sie für ein Mensch?«

»Sie war herzensgut und immer freundlich. Selbst wenn sie Schmerzen hatte, hat sie nie ihre Fröhlichkeit verloren.« Tilda Weiß knetete das Taschentuch in ihrer Hand.

»War sie nie verheiratet gewesen?«

Frau Weiß schüttelte den Kopf. »Als sie zwanzig Jahre alt war, hatte sie sich in einen Mann verliebt. Erich. Sie wollten bald heiraten und eine Familie gründen. Und kurz vor der Hochzeit fiel er einfach um und war tot. Der Doktor meinte damals, dass er es am Herzen gehabt hätte und dass so etwas in seiner Familie wohl häufiger vorgekommen sei. Thekla wollte anschließend keinen anderen Mann mehr haben. Sie wurde Hebamme, um andere Frauen glücklich zu machen, indem sie ihnen half, neues Leben auf die Welt zu bringen.«

Frommelt wartete einen Moment, denn Tilda Weiß musste ihre Tränen hinunterschlucken.

»Wissen Sie, wann Ihre Schwester gestern wieder nach Hause gegangen ist?«

Tilda zog die Schultern hoch und sah Frommelt an, als überlege sie angestrengt. Er wollte sie nicht quälen und fragte stattdessen: »Was haben Sie gestern Abend gemacht, nachdem Ihre Schwester fort war?«

Tilda hob ihren Kopf. »Wir waren hier oben, mein Mann Ewald und ich, und haben ferngesehen. Weil die Kinder Besuch hatten, waren unsere Enkel hier bei uns. Als der Besuch weg war, sind die Enkelkinder wieder runter.«

»Um welche Uhrzeit war das in etwa?«

»Das muss so gegen zehn gewesen sein. Der Film im Ersten war gerade vorbei, und wir wollten ins Bett gehen.«

»Und Ihr Mann war auch den ganzen Abend hier bei Ihnen?«

Sie nickte. »Ehe der Film vorbei war, ist er noch mal runter auf den Hof. Er raucht vor dem Schlafengehen immer noch mal eine Zigarette. Er meint, ich merke das nicht.« Sie lächelte schmal.

»Wie lange war Ihr Mann unten gewesen?«

»Eine Viertelstunde vielleicht.«

»Wissen Sie schon, wer das getan hat?«

»Nein, im Moment noch nicht. Wo ist Ihr Mann jetzt?«

»Der müsste unten auf dem Hof sein. Die Landwirtschaft haben wir aufgegeben, aber er findet draußen immer etwas, um sich zu beschäftigen.«

»Vielen Dank, Frau Weiß, das war es fürs Erste.« Frommelt drehte sich um und ging zur Tür.

»Sie schien bedrückt zu sein«, sagte Tilda Weiß leise, und Frommelt drehte sich in der Tür noch einmal um. »Also Thekla. Als wollte sie etwas erzählen«, fuhr Frau Weiß fort.

»Aber sie hat nichts gesagt?« Bernie, die schon neben Frommelt an der Tür stand, drehte sich zu der alten Frau um.

Tilda Weiß schüttelte traurig den Kopf.

»Kennen Sie eine Louisa?«, fragte Bernie.

Tilda zog die Stirn in Falten, sie schien angestrengt zu überlegen. »Nein«, sagte sie dann. »Wer soll das sein?«

Claudia Weiß hantierte in der Küche herum, als Bernie und Frommelt die Treppe herunterkamen. Die Küchentür stand offen. Bernie klopfte vorsichtig an. Als hätte Claudia bereits auf sie gewartet, drehte sie sich um und trocknete sich die Hände ab. Ehe Frommelt eine Frage stellen konnte, kam durch die hintere Küchentür ein Mann herein. Er trug ein helles, kariertes Hemd und Jeans. Beides nicht mehr sauber. Ohne die Besucher zu beachten, ging er auf Claudia zu und legte seinen Arm um sie. Der mitleidige Blick, den Claudia ihm zuwarf, irritierte Frommelt. Das war kein Blick, mit dem man Trauernde bedachte, da steckte noch etwas anderes dahinter.

Claudia schien Frommelts Reaktion zu bemerken und sagte schnell: »Moritz, mein Mann.«

Bernie ging zu ihm, reichte ihm die Hand: »Bernadette Lillejander, ich bin die ermittelnde Staatsanwältin, und das ist mein Kollege Kriminalhauptkommissar Frommelt. Mein herzliches Beileid. Ihre Mutter sagte, dass Ihre Tante gestern Abend bei Ihnen war. Können Sie mir sagen, was sie wollte? Ihre Mutter meinte, sie hätte etwas auf dem Herzen gehabt.«

Moritz schaute die Staatsanwältin von oben bis unten an. Er schien aufgrund ihrer seltsamen Kleidungswahl irritiert zu sein und schüttelte dann den Kopf: »Das war sehr merkwürdig, wissen Sie. Meine Tante brachte in letzter Zeit zwar immer mehr durcheinander, aber gestern Abend, das war …« Moritz schwieg eine Weile, als denke er über die richtigen Worte nach. »Peinlich. Ja, es war ziemlich peinlich.« Er sah erst mit gesenktem Kopf zu seiner Frau, dann zu Bernie und Frommelt, als ob er ihre Reaktion erkennen wollte. Als die beiden nicht reagierten, fügte er hinzu: »Wir hatten Besuch. Leon Falkenberg, ein alter Schulfreund von mir, und seine Frau Marina sind gestern hierhergezogen. Wir hatten sie eingeladen. Und dann stand meine Tante plötzlich im Zimmer und redete seltsames Zeug.«

»Was hat sie denn gesagt?«

»Ich glaube, ich krieg das nicht mehr ganz genau hin. Sie sagte etwas von der Rache der verlorenen Kinder und dass Louisa keine Schuld hat.«

»Stimmt, seltsam klingt das schon«, sagte Frommelt und wunderte sich, dass Frau Kirch gestern Abend hier den Namen Louisa erwähnt hatte, und kurz vor ihrem Tod schrieb sie ihn auf den Fußboden ihres Wohnzimmers. »Aber warum war Ihnen das peinlich?« Frommelt wollte sich seine dringendste Frage für den Schluss aufheben. Dann konnte er am besten die Reaktionen darauf erkennen.

Nun mischte sich Claudia in die Unterhaltung ein: »Marina, also die Frau von Leon, hatte vor kurzer Zeit eine Fehlgeburt. Seitdem ist sie depressiv. Deshalb sind die beiden ja auch hierhergezogen, damit Marina zur Ruhe kommt.«

»Wann ist Ihr Besuch nach Hause gegangen?«

»Das war kurz nach Tante Theklas Auftritt hier, etwas nach zweiundzwanzig Uhr.« Moritz sah seine Frau fragend an. Sie nickte.

»Wo waren Sie anschließend, als die Falkenbergs fort waren?«

»Hier zu Hause. Ich bin bei den Kindern geblieben. Claudia ist noch mal weggefahren«, sagte Moritz. Er schaute seine Frau an, als sei ihm das nicht recht gewesen.

Auch Claudia schien es peinlich zu sein. »Wir haben erst aufgeräumt, und dann war ich kurz drüben bei den Falkenbergs. Marina hatte ihre Handtasche bei uns vergessen. Ich habe geklingelt, doch es hat niemand aufgemacht. Wahrscheinlich sind sie gleich schlafen gegangen. Marina sagte mir heute Vormittag, dass sie eine starke Schlaftablette genommen hätte. Danach habe ich mich noch mit ein paar Freundinnen getroffen.«

»Schreiben Sie uns doch bitte Namen und Anschriften der Freundinnen auf, damit wir Ihr Alibi überprüfen können«, sagte Frommelt und sah, wie Claudia kurz zusammenzuckte. Es schien ihr nicht recht zu sein, obwohl sie ihm zunickte.

»Sie sagten, dass Ihre Tante den Namen Louisa erwähnt hat. Kennen Sie eine Person mit diesem Namen?«

Moritz und Claudia schüttelten zur gleichen Zeit den Kopf. Es sah nicht aus, als würden sie lügen.

»Ja, dann danke erstmal. Wenn wir noch Fragen haben, dann kommen wir wieder. Mit den Falkenbergs müssen wir auch noch sprechen. Können Sie mir sagen, wo die wohnen?«

»Ja«, sagte Moritz. »Ich helfe dort gerade bei der Renovierung. Deshalb auch mein Aufzug.« Er sah an sich herunter und schaute Bernie grinsend an. Sie sah in ihren Arbeitsklamotten nicht viel anders aus. »Ich kann Sie hinbringen, es ist nicht weit.«

Moritz ging schweigend voraus, Frommelt sah sich nach Ewald Weiß um, konnte ihn aber nirgendwo erblicken. Er lief ihnen bestimmt nicht davon, und sie konnten ihn immer noch befragen.

Seine Kollegen Hannah Seifert und Roland Bräuer müssten längst im Dorf eingetroffen sein. Vermutlich waren sie bereits am Tatort angekommen. Von hier aus konnte man Frau Kirchs Haus nicht sehen, denn die Straße machte eine leichte Kurve.

Vor einem heruntergekommenen Gebäude blieben sie stehen. Fragend sah Frommelt Bernie an, sie hob die Schultern und schüttelte den Kopf. Vermutlich hatte sie die gleichen Gedanken wie er: Wie konnte man in einem solchen Haus wohnen? Moritz klingelte einmal, öffnete dann die Tür, die nicht abgeschlossen war, und rief: »Marina, hier möchte dich jemand sprechen.« Niemand antwortete.

Sie gingen ins Haus, und Frommelt erschrak beim Anblick der Frau, die ihnen nun langsam entgegenschlich. Abgemagert, mit hängenden Schultern und blassem Gesicht. Ihre dunklen Haare waren struppig und ungekämmt. Sie trug ein ausgeleiertes Shirt, eine dunkle Hose, die an ihren Beinen schlabberte und viel zu lang war.

Frommelt schätzte die Frau auf Anfang dreißig, obwohl sie zwanzig Jahre älter aussah. Der wirre Ausdruck ihrer Augen und die gebeugte Haltung wiesen auf einen psychisch instabilen Menschen hin. Er hatte diesen Blick schon einmal gesehen, an Fabian, der bei Frommelts vorletztem Fall dachte, er hätte seine Schwester getötet.

»Marina, das sind Kommissar Frommelt und seine Kollegin Lillejander von der Kriminalpolizei aus Gifhorn. Sie möchten mit dir sprechen.« Moritz wandte sich Frommelt zu. »Marina Falkenberg.«

Über den äußeren Zustand des Hauses war Frommelt schon erschrocken gewesen, doch das, was sie hier im Inneren sahen, übertraf das Äußere um einiges. Überall lag Schmutz und Dreck, abgewohnte, alte Möbel, nur Matratzen im notdürftig gereinigten Wohnzimmer. Es schauderte ihn. Frommelt ging zum Fenster, das auf Kipp stand, und hoffte auf ein wenig frische Luft. Hier bekam er Atemnot. Renoviert man solch ein verkommenes Haus nicht vorher, ehe man einzieht? Als hätte Bernie seine Gedanken erraten, trat sie einen Schritt zur Seite, nahm Moritz Weiß am Arm, zog ihn mit zum Fenster in Frommelts Hörweite und fragte leise: »Wie lange steht denn dieses Haus schon leer?«

Marina Falkenberg lehnte etwas abseits im Rahmen der offenen Wohnzimmertür und blickte ins Leere.

»Fünfzehn Jahre. Sie haben recht, wir haben uns auch gewundert, warum sie es nicht zuerst bewohnbar gemacht haben und dann eingezogen sind. Und das in Marinas Zustand.«

»Haben Sie nicht danach gefragt?«

Marina Falkenberg nickte schwach. Auch wenn Frommelt meinte, sie würde ihn gar nicht wahrnehmen, schien sie ihn dennoch gehört und auch verstanden zu haben. »Was passierte, als Frau Kirch ins Wohnzimmer kam?«

Sie hob langsam den Kopf, sah Frommelt an und schien durch ihn hindurchzusehen. »Sie sagte, dass die verlorenen Kinder sich rächen würden.« Ihre Stimme war nur ein heiseres Flüstern.

»Können Sie sich vorstellen, was Frau Kirch damit meinte?«

Frau Falkenberg schüttelte den Kopf und hielt sich dann

am Türrahmen fest. Es schien ihr schwindlig geworden zu sein. Frommelt beschloss, sie nicht allzu lange zu befragen, ehe sie ihm hier noch umkippte. Er sah sich im Raum um, fand jedoch keine Möglichkeit, dass sie sich setzen konnte. Es lagen nur die Matratzen auf dem Boden, daneben ein Stuhl, vollgepackt mit Kleidungsstücken. Den wollte er aber mit Sicherheit nicht freiräumen. Und sich mit ihr auf die Matratzen zu setzen, kam ihm unschicklich vor.

»Ich kenne die alte Frau doch gar nicht«, nuschelte sie. Frommelt hatte Mühe, sie zu verstehen.

»Frau Kirch hat jemanden mit dem Namen Louisa erwähnt. Sagt Ihnen der Name etwas?«

»Nein. Wir sind doch gestern erst hierhergezogen.« Marina schüttelte den Kopf und schwankte leicht. Frommelt hoffte, dass sie nicht hinfallen würde. Er ließ sie nicht mehr aus den Augen.

»Wann sind Sie gestern vom Besuch bei Ihren Freunden wieder nach Hause gegangen?«

»Ich weiß es nicht.«

Frommelt musste näher an Marina herantreten, um sie verstehen zu können, wollte sie aber nicht bedrängen. Er befürchtete, dass sich Frau Falkenberg dann noch mehr in sich zurückziehen würde. »Claudia Weiß hat gesagt, dass Sie Ihre Tasche nach dem Besuch vergessen hatten. Sie hätte bei Ihnen geklingelt, aber niemand öffnete. Wo waren Sie, als Sie nach Hause gekommen sind?«

»Ich bin gleich ins Bett. Mein Mann hat mir sehr starke Schlaftabletten gegeben, ich bin sofort eingeschlafen.«

»Frau Falkenberg, wir müssten noch mit Ihrem Mann sprechen. Ist er zu Hause?«

Marina sackte in sich zusammen. Lange konnte sie sich bestimmt nicht mehr auf den Beinen halten. Sie wiegte schwach ihren Kopf.

»Er ist Arzt in der Helios-Klinik in Gifhorn. Dort ist er jetzt wohl.«

»Ist Ihr Mann gestern Abend auch gleich ins Bett gegangen?«

»Das weiß ich nicht. Ich habe heute Morgen nur einen Zettel gefunden. Er musste zu einem Notfall.«

»Vielen Dank, Frau Falkenberg. Alles Gute für Sie.«

Auf der Straße war Frommelt froh, wieder Luft zu bekommen. Dieses Haus hinterließ bei ihm einen beklemmenden Eindruck. Moritz war mit ihnen hinausgegangen. Frommelt drehte sich zu ihm um. »Ehe ich es vergesse«, sagte er, »sobald meine Kollegen im Haus Ihrer Tante fertig sind, müssten Sie und Ihre Mutter bitte einmal nachsehen, ob etwas gestohlen wurde.« Moritz schien verwundert, nickte, sagte aber nichts.

Frommelt wandte sich ab. Ohne auf Bernadette Lillejander zu warten, ging er zum Haus der toten Frau. Wie er vermutet hatte, waren Hannah und Bräuer bereits eingetroffen und unterhielten sich mit den uniformierten Kollegen. Auch der Inspektionsleiter, Tassilo von Troytem, schien interessiert zuzuhören. Bräuer löste sich von der Gruppe und kam auf Frommelt zu.

»Und? Gibt es schon neue Erkenntnisse?«, fragte Frommelt. Bräuer schüttelte den Kopf. »Kramer hat uns grad rausgeschmissen und meinte, es hätte schon gereicht, dass ihr denen vor den Füßen rumgelaufen wärt. Was meinte Kramer denn mit *ihr*? Sieht der jetzt doppelt?«

»Vermutlich meinte er mich.« Bernadette kam mit ausgestreckter Hand auf Bräuer zugelaufen. Dieser ergriff sie automatisch, schaute Bernie von oben bis unten an und zog seine Stirn in Falten. Vermutlich wunderte er sich über ihre seltsame Kleiderwahl.

»Hannah, kommst du bitte mal her?«, rief Frommelt in Richtung Haustür, vor der Hannah mit einer Kollegin sprach. Sofort wandte sie sich ab und gesellte sich zu ihm. »Darf ich vorstellen, Frau Staatsanwältin Bernadette Lillejander. Bernie, das sind die Kollegin Hannah Seifert und der Kollege Roland Bräuer.«

Bräuer, dem niemals einfallen würde, seine Vorgesetzte mit Vornamen anzusprechen, riss die Augen auf. »Ja … ähm … also dann, herzlich willkommen, Frau Staatsanwältin.«

Bernie lachte heiser und kehlig. »Sorry, aber daran muss ich mich noch gewöhnen. Ich bin Bernie. Hallo, Roland. Hallo, Hannah, ihr könnt mich ruhig duzen, ich hab das nicht so mit Hierarchien.«

»Okay, auch von mir herzlich willkommen, Bernie.« Hannah schien sich über Bräuers verdutztes Gesicht köstlich zu amüsieren.

»Können wir hier noch irgendwas tun?« Frommelt sah Bräuer an, dessen Unterkiefer noch immer auf halb acht stand, und war sich sicher, dass noch Gesprächsbedarf vonnöten war.

»Die Kollegen nehmen die Zeugenaussagen auf, befragen die Nachbarn und ehe wir von Kramer keine Details haben, sind wir hier überflüssig.« Bräuer wippte in den Knien.

Bernie drehte sich ohne ein Wort um und stapfte zu ihrem Wagen. Mit Schwung landete sie auf dem Fahrersitz, ließ den Motor einmal aufheulen und jagte mit einem Tempo durch den Ort, dass ihr alle Polizeibeamten mit offenen Mündern hinterherstarrten. Hannah fasste sich als erste. »Na, die hat ja ein Tempo drauf. Mit der werden wir sicher noch viel Spaß haben.«

Frommelt grinste. »Dessen bin ich mir sicher.«

Nur Roland Bräuer hatte seine Sprache noch immer nicht wiedergefunden. Er, der seriöse, eher konservative Beamte, der gern stur nach Vorschrift arbeitete, wie sollte er mit solch einer Frau zurechtkommen?

***

Jetzt verbarg sich Lucy hinter der gleichen Hausecke wie gestern Nacht und starrte zu Theklas Haus hinüber. Sie bebte am ganzen Körper, ihr war kalt, obwohl die Sonne sommerlich warm vom Himmel strahlte.

Vor dem Haus parkten mehrere Fahrzeuge, einige Menschen liefen herum, auch Polizisten, das erkannte sie an der Uniform. Was hatte das zu bedeuten? Was sollte sie jetzt tun? Sie konnte ja nicht einfach hinübergehen und fragen. Schnell drehte sie sich um und rannte in Richtung Groß Oesingen.

Knapp vor dem Ort fragte sie sich, was sie hier eigentlich wollte, denn ihr Haus lag in der entgegengesetzten Richtung. Sie wusste selbst am besten, dass sie es mit dem Denken nicht so hatte. Es fiel ihr schwer, doch sie kam damit zurecht. Noch immer stapfte sie die Straße entlang, die keinen Fußweg hatte, doch das war ihr egal. Sollten die Autos doch an ihr vorbeifahren, davor hatte sie keine Angst.

Kurz vor der Bäckerei stoppte sie. Das war die Gelegenheit, noch ein Brot einzukaufen. Sie suchte in der Tasche ihrer ausgeleierten Sporthose nach Kleingeld. Es klimperte. Für ein Brot würde es reichen.

Vor der Theke standen bereits mehrere Kundinnen, so stellte sich Lucy brav hintenan. Es dauerte eine Weile, bis die Verkäuferin die Frauen bedient hatte, doch jetzt war es Lucy mehr als recht. Die Frauen schwatzten und tratschten, denn der Auflauf vor Theklas Haus hatte sich, wie es in einem kleinen Dorf üblich war, in Windeseile herumgesprochen. So gab es in dem kleinen Laden kein anderes Gesprächsthema. Lucy hörte gespannt zu, was die Frauen zu berichten hatten. Als Theklas Name genannt wurde, durchzuckte es sie wie ein Blitz. Zitternd stand sie erstarrt auf der Stelle.

Thekla war ermordet worden. Und sie hatte mit ihrem eigenen Blut den Namen *Louisa* auf den Boden geschrieben. Das war zu viel für Lucy. Wie ein Roboter drehte sie sich um die eigene Achse, stakste aus dem Laden, schnappte nach Luft und rannte los.

***

Bernie raste über die B4. Hier waren hundert erlaubt, der Tacho ihres Wagens zeigte hundertvierzig. Einige Fahrzeuge hatte sie schon in gefährlicher Weise überholt. Schon oft mokierte sich ihr ehemaliger Vorgesetzter über ihre exzessive Fahrweise. Sechs Punkte verbuchte sie bereits auf ihrem Flensburger Konto und war bereits einmal verwarnt worden. Zögernd nahm sie den rechten Fuß vom Pedal. Mehr Punkte wollte sie heute nicht ansammeln.

Bernie starrte stur geradeaus, nahm aber kaum etwas von dem, was um sie herum geschah, wahr. Zu viel war in dem vergangenen Vierteljahr passiert, so dass sie jetzt, weitab von ihrer ehemaligen Heimat Frankfurt, in Hohenhameln wohnte.

Ausschlaggebend für ihre Flucht war wohl das Foto von Henry gewesen, der vor drei Monaten mit einigen halbnackten Frauen in der Zeitung abgebildet gewesen war. Und die Vorstellung, dass ihre Oma Bruni von nun an in einem Altersheim wohnen sollte. Bernie beschloss, ihr vergangenes Leben hinter sich zu lassen und gemeinsam mit ihrer Oma in Hohenhameln einer neuen Zukunft entgegenzublicken.

Vor drei Tagen hatte sie dann endlich ihre Koffer gepackt, den verdutzten Henry aus der Eigentumswohnung geschmissen, die ihr gehörte und in der sie gemeinsam lebten – und alles weitere in die Wege geleitet.

Am selben Abend war sie losgefahren. Die A7 war wie immer dicht gewesen. Stoßstange an Stoßstange hatten sich die Lastwagen wie eine dicke, träge Masse durch die Kasseler Berge geschoben. Einmal hielt sie kurz an einer Raststätte, trank einen Kaffee, doch lange hatte sie sich nicht aufgehalten. Sie wollte ankommen. Endlich ankommen: diese endlos scheinende Autobahn hinter sich bringen – und in ihrem Leben wieder festen Boden unter die Füßen bekommen. Eine Entscheidung, die sie längst hätte treffen sollen.

Acht Jahre war sie mit Henry zusammen gewesen. Die ersten Jahre bestanden aus Glück, Zuversicht und Liebe. Sie hoffte, dass er sie wenigstens die ersten Jahre nicht betrogen hatte. Sie sahen sich selten. Ihr Job beim Kriminaldauerdienst in Frankfurt bestand hauptsächlich aus Überstunden. Auch Henry war selten zu Hause. Als Fernsehmoderator war er ständig unterwegs. Zuerst lachten sie noch. Jedes Jahr versuchten sie erneut zu heiraten. Doch immer gab es irgendeinen Grund, der das verhinderte. Bernadette war sich sicher, dass Henry sie in den vergangenen Jahren nur noch nach dem Hochzeitstermin gefragt hatte, weil er genau wusste, dass es wieder nicht klappen würde. Um der Peinlichkeit aus dem Wege zu gehen, machten sie einen Running-Gag daraus. Obwohl sie ahnte, es vielleicht sogar wusste, dass Henry sie betrog, brach sie zusammen, als sie es erfuhr. Burnout, sagte der Arzt. Diese Diagnose war ihr recht. Sie hatte ihm nichts von ihren privaten Problemen erzählt, mit Burnout aufgrund ihrer Arbeit konnte sie leben.

Ja, es war der Tag vor einem Vierteljahr gewesen, an dem sie frühmorgens die Zeitung aufgeschlagen, sich fast an ihrem Kaffee verschluckt hatte, als sie ihren Freund mit den halbnackten Frauen in der Zeitung sah. Henry übernachtete auswärts. Der Tag, der alles verändern sollte. Aufgebracht war sie zur Arbeit gefahren, in der Hoffnung, dass niemand sie darauf ansprach. Ihre Kollegen bewiesen tatsächlich so viel Taktgefühl, ließen sie in Ruhe. Sie spürte die Blicke hinter ihrem Rücken. Vermutlich hatten sie alle Henrys Foto in der Zeitung gesehen.

Die Arbeit lenkte sie ab. Ein Einsatz auf dem Hauptbahnhof. Sie fuhr mit Frank, ihrem Teamkollegen. Kaum hatte sie die Tür zur Herrentoilette geöffnet, sah sie die schmalen, dünnen Beine, die abgelaufenen Turnschuhe an den Füßen, und sofort wusste sie, was sie hier erwartete. Wie durch einen nebligen Vorhang taumelte sie zur Kabine. Drei Mal hatte sie den Jungen bereits geschnappt. Siebzehn Jahre alt, drogenabhängig, hoffnungslos verloren. Er dealte, um seine eigene Versorgung sicherzustellen. Steffen Gormans. Sie hatten die Hintermänner im Visier, die aus ominösen Quellen immer mehr unreinen Stoff ins Land brachten. Sie hatte Steffen fast soweit gehabt, dass er gegen seine Lieferanten aussagen würde. Sie versprach ihm, sich um seinen Entzug zu kümmern, ihm eine Zukunft zu ermöglichen. Sie glaubte an ihn. Er war intelligent und, wie er selbst sagte, durch den Druck der Gruppe, mit der er zusammen abhing, dort hineingeraten.

Nun lag er an diesem Tag vor ihr. Zusammengekrümmt am Boden dieser kleinen Toilettenkabine. Auch der Rechtsmediziner konnte sie nicht trösten, als er sagte, Steffen wäre, wenn nicht an seinem Erbrochenen erstickt, an einer Überdosis gestorben.

Tagelang grübelte sie darüber nach, was sie falsch gemacht hatte und wie sie dem Jungen hätte helfen können.

Sie fand nichts. Doch die Last der Schuld wog schwer und würde sie wohl so schnell nicht mehr verlassen.

Am Abend, als sie nach Hause kam, war Henry noch nicht da. Sie hatte es auch nicht erwartet. Immer öfter gab es Ausreden, warum er später oder gar nicht heim kam. Sie verschloss die Augen und erwähnte in den kommenden drei Monaten nicht ein einziges Mal das Foto in der Zeitung.

Als ihre Mutter sie an diesem Abend anrief, um ihr mitzuteilen, dass Oma Bruni in ein Altersheim umgezogen sei, begriff sie die Worte zunächst nicht. Sie saß auf ihrer Couch im Wohnzimmer, starrte auf den tonlosen Fernseher und konnte sich nicht mehr bewegen. Was denn mit dem Haus ihrer Großmutter geschehen sollte, hatte ihre Mutter gefragt. Ihre Schwestern und auch ihre Mutter selbst hätten kein Interesse daran.

Übers ganze Land verteilt war die Familie. Bernadettes Eltern waren geschieden und lebten in neuen Partnerschaften. Ihre drei Schwestern waren glücklich verheiratet, inklusive Kinder, Haus und Garten. Bernadette war das schwarze Schaf in der Familie, lebte in ihrer Frankfurter Eigentumswohnung, hatte nur ihren Job und einen Lebensgefährten, der sie betrog.

Drei Monate saß sie vor dem tonlosen, flackernden Fernseher. Eingelullt von Antidepressiva, ohne Bezug zur Realität. Sie sah in Gedanken ihre Oma Bruni in ihrem kleinen Häuschen in Hohenhameln. Diese zierliche Person mit den kleinen, flinken Händen, den weißen, schütteren Haaren und den immer fröhlichen Augen. Wie oft hatte Bernadette ihre Ferien bei Oma Bruni verbracht? Es war ihr, als könnte niemand dieser unverwüstlichen Person etwas anhaben, und doch hatte diese heimtückische Krankheit Demenz es geschafft, ihre Oma zu Fall zu bringen.

Bernie drückte den Fuß auf das Gaspedal. Ihr Flensburger Punktekonto war ihr in diesem Moment egal und auch die vielen Blitzer hier auf der B4. Sie würde auf dem Foto ein strahlendes Lächeln zeigen. Egal, wie ihr zumute war. Sie schüttelte sich kurz, doch die inneren Bilder verschwanden nicht. Sie sah Steffen vor sich, wie er, abgemagert und ausgezehrt, in seiner eigenen Kotze am Boden lag.

Sie sah Henry in Gedanken mit nackten Frauen im Bett.

Ihre Wohnung verließ sie damals kaum noch.

Henry ging ihr während dieser Zeit aus dem Weg. Doch auch das bemerkte sie nicht. Ob er da war oder nicht, es interessierte sie nicht. Seine Entschuldigungen klangen fade, abgedroschen und unehrlich.

Ihre Kollegen interessierten sich nicht mehr für ihren Zustand. Wo sich zu Anfang der eine oder andere telefonisch nach ihr erkundigt hatte, vergaßen sie sie mit der Zeit. Das Leben ging weiter, und eine halbtote, lethargisch auf dem Sofa sitzende Polizeibeamtin passte nicht ins Bild. Auch sonst schien niemand an sie zu denken. Freunde hatte sie keine. Einige Bekannte, die sich auf Henrys Seite stellten. Er hatte den größeren Einfluss in der Öffentlichkeit.

Selbst ihrer Mutter erzählte sie nicht viel von ihrem Zustand. Diese wohnte mit ihrem Lebensgefährten in der Nähe von Stuttgart. Sie sahen sich selten. Bernie verstand es, ihr am Telefon ein *normales* Verhalten vorzugaukeln. Also das, was Mütter von ihren Töchtern erwarten. Am Telefon war es leicht. Später sagte ihre Mutter ihr dann: *So gut wie in jener Zeit hätten sie sich noch nie verstanden.* Klar, denn Bernie antwortete das, was ihre Mutter hören wollte. So wie damals, als ihre Eltern darauf bestanden hatten, dass Bernie studierte. Schließlich käme sie ja aus *gutem Hause*. Bernie wusste nicht, warum sie nicht als Polizeibeamtin arbeiten durfte, und tat ihren Eltern den Gefallen und wählte als Studienfach Jura. Bis zum zweiten Staatsexamen hielt sie es aus. Noch heute sah sie die entsetzten Gesichter von Mutter und Vater vor sich, als sie verkündete, dass sie jetzt endlich deren Wunsch erfüllt und ihr Studium beendet hatte. Jetzt endlich könne sie eine ganz normale Polizistin werden.

Bernie trat auf die Bremse. Hier waren nur achtzig erlaubt, und sie wollte es nicht übertreiben. Nervös trommelte sie mit den Fingern auf dem Lenkrad herum.

Nachdem ihre Mutter ihr von Oma Brunis Umzug in das Altenheim erzählt hatte, verabredeten sie einen gemeinsamen Termin mit den Schwestern am Haus ihrer Oma. Bernie sah ihrer Mutter an, dass sie glücklich war, diesen alten Kasten endlich verkaufen zu können. Die Belastung, die von Oma Bruni ausging, dieses: *sich kümmern müssen,* behagte weder ihrer Mutter noch ihren Schwestern. Umso mehr waren sie überrascht, als Bernie verkündete, sie wolle ihre Wohnung in Frankfurt verkaufen, ihre Schwestern auszahlen und selbst hierher ziehen. Sie würde Oma Bruni pflegen.

Ihren Beruf als Beamtin im Staatsdienst hätte Bernie nie aufgegeben. Dafür hing sie viel zu sehr an ihrem Job. Zwei Telefonate genügten, um sich zur Staatsanwaltschaft nach Hildesheim versetzen zu lassen. Ihr Examen hatte sie in der Tasche, das kam ihr jetzt zugute. Zufällig war dort gerade eine Stelle freigeworden.

Bernie glaubte nicht an Zufälle. Ihr war schon seit geraumer Zeit vor ihrem Zusammenbruch klar gewesen, dass es so in ihrem Leben nicht weitergehen konnte. Allerdings hatte sie sich zuvor nie getraut, solch einen radikalen Schnitt zu machen.

***

Marina stand ratlos in der Küche und starrte auf die Tabletten, die Leon ihr auf den Küchentisch gelegt hatte. Sie wusste nicht, welche sie nehmen sollte, ob sie das bereits getan hatte oder Leon ihr einfach zu viele davon hingelegt hatte. Seit dem Morgen schon war sie wie betäubt und auch nachdem Moritz und Claudia das Haus verlassen hatten, änderte sich ihr Befinden nicht. Sie dachte kurz an den Besuch der Kriminalbeamten, verwarf diesen Gedanken jedoch sofort. Es war nicht ihr Problem. Sie hatte genügend eigene. Mit der Fingerspitze schob sie die Tabletten über den Tisch und überlegte einen kurzen Moment, ob sie sie einfach in den Müll schmeißen sollte. Doch Leon hatte sie eindringlich ermahnt, ihre Medizin regelmäßig einzunehmen, sonst würde sich ihr Gesundheitszustand niemals bessern. Er meinte es immer gut mit ihr, da war sie sich sicher.

Ein durchdringender Lärm fuhr durch ihren Körper. Zuerst begriff sie dieses Geräusch gar nicht – es kreischte in ihrem Kopf, und Marina glaubte, dass es ihr übliches Befinden sei, das diesen schrillen Ton verursachte. Sekunden später erst fuhr sie erschrocken zusammen und ging steifbeinig zur Haustür.

Claudia stand mit einem verkniffenen Lächeln und einer großen Schale in der Hand auf der Schwelle.

»Hallo«, sagte Claudia. »Ich halte es zu Hause nicht mehr aus. Der Tod von Tante Thekla ist für alle sehr erschütternd, aber ich kann nicht den ganzen Tag immer nur dieselben Sätze hin und her wälzen. Außerdem dachte ich, du hast vielleicht Hunger?« Sie drückte Marina die Schale in die Hand und machte Anstalten, ins Haus zu kommen. Bevor Marina begriff, was vor sich ging, nahm Claudia sie in den Arm. »Komm, wir setzen uns in den Garten, Marina. Dort ist es sonnig und nicht so dre... sorry, staubig wie hier drin.«

Flugs war Claudia in der Küche, schnappte sich zwei Teller und Besteck und forderte Marina an der Hintertür mit einem Kopfnicken auf, ihr hinaus ins Freie zu folgen.

Unter einer Birke stand eine alte Bank. Dort hatte Moritz heute Vormittag einen Campingtisch und zwei Klappstühle aufgestellt.

»Darf ich dich etwas fragen?«, sagte Claudia, als sie am Tisch saßen. Nebenbei füllte Claudia beide Teller mit Kartoffelsalat. Marina nickte nur.

»Ich weiß jetzt nicht, ob ich dir nicht zu nahe trete, aber warum seid ihr so schnell hierhergezogen? Also, ohne hier vorher sauberzumachen oder zu renovieren?«

Marina zog die Schultern hoch. Ein dicker Kloß saß in ihrer Kehle fest. All der Schmutz und die viele Arbeit, die noch auf sie zukommen würde, belasteten sie. Sie spürte, wie ihr das Wasser in die Augen stieg.

»Hat dein Mann das alleine entschieden? Hat er dich vorher nicht gefragt?«

Marina liefen die Tränen über die Wangen.

»Entschuldige. Leon hatte erzählt, dass es dir nicht so gutgeht. Er scheint sich wirklich große Sorgen um dich zu machen. Lass uns von etwas anderem sprechen.«

»Er wollte mich überraschen, sagt er«, flüsterte Marina so leise, dass sich Claudia zu ihr hinüberbeugen musste. »Er möchte, dass ich zur Ruhe komme, mich wieder auf die Zukunft freue. Leon ist sehr besorgt um mich. Und sein Vater ist krank. Das hat er bestimmt auch erzählt, oder? Anfang des Jahres hatte er einen Herzinfarkt, und dann ist da noch das große Hotel. Seine Mutter kommt damit nicht alleine klar. Leon möchte ihnen helfen, und das kann er nur, wenn er hier in der Nähe ist.«

»Hat er denn wieder Kontakt zu seinem Vater?«

Marina sah Claudia an, als sei sie nicht recht bei Trost. »Ja, warum denn nicht?«

Claudia wechselte schnell das Thema und knetete ihre Finger. »Wie habt ihr euch denn die Einrichtung vorgestellt? Wollt ihr eure alten Möbel aufstellen? Ich meine, wenn du Hilfe brauchst, dann könnten wir ins Möbelhaus fahren und gemeinsam was aussuchen.«

Dankbar nickte Marina. »Das wäre schön. Aber ich weiß nicht, was Leon vorhat.«

Claudia blickte auf ihre Armbanduhr. »Ich glaube, es wird Zeit für mich. Die Kinder kommen gleich aus der Schule.« Sie sprang auf, nahm Marina kurz in den Arm und lief auf das Haus zu. Kurz vor der Tür drehte sie sich um und winkte. »Die Schüssel hole ich morgen. Bleib ruhig da und genieß noch etwas die Sonne. Ich kenn den Weg.«

Wie lange Marina noch allein im Garten unter dem Baum gesessen hatte, konnte sie Stunden später nicht mehr sagen. Auch die Tabletten vergaß sie völlig. Sie war viel zu erschöpft und war sich sicher, sobald sie sich hinlegte, würde sie sofort tief und fest schlafen.

***

Frommelt hielt an der roten Ampel der Christinenstift-Kreuzung. Hannah und Bräuer saßen im zweiten Wagen, und Frommelt sah, wie sie in Richtung Gifhorner Stadtmitte abbogen. Er selbst wollte zur Helios-Klinik, um mit Leon Falkenberg zu sprechen.

An der Information erkundigte sich Frommelt, wo er ihn finden konnte, und kurz darauf stand ein schlanker, großgewachsener Mann vor ihm. Dieser stellte sich als Leonhard Falkenberg vor, reichte Frommelt die Hand und sah ihm geradeaus in die Augen.

»Guten Tag, was kann ich für Sie tun? Ich habe leider wenig Zeit.«

»Guten Tag, Herr Falkenberg. Kilian Frommelt, Kripo Gifhorn. Ich möchte Sie auch gar nicht lange stören. Vergangene Nacht wurde Frau Thekla Kirch getötet. Sie wissen davon?«

Falkenberg nickte. »Moritz, also Herr Weiß, hat mich gegen Mittag angerufen, weil er wissen wollte, was genau er im Haus arbeiten sollte. Meiner Frau scheint es heute nicht so gut zu gehen. Dabei hat er es erwähnt.«

Frommelt wunderte sich zwar, dass der gewaltsame Tod von Moritz' Tante nur eine Erwähnung wert gewesen sein sollte, sagte aber nichts dazu. »Herr Weiß hat mir erzählt, dass Sie Frau Kirch gestern Abend noch gesehen haben. Bei Ihrem Besuch bei Moritz und Claudia Weiß.«

»Das stimmt. Aber wie kann ich Ihnen helfen?«

Frommelt missfiel Falkenbergs arrogante Art. »Ist Ihnen gestern Abend an Frau Kirch irgendetwas aufgefallen? Gab es etwas Besonderes, einen Vorfall oder etwas in dieser Art?«

Falkenberg schüttelte den Kopf. »Tut mir leid, aber wir sind gestern erst nach Zahrenholz gezogen, und ich habe Frau Kirch seit meiner Jugend das erste Mal wiedergesehen. Überhaupt hatten ich oder meine Familie selten Kontakt mit ihr, ausgenommen bei meiner Geburt, also als sie mich auf die Welt geholt hat, aber auch daran kann ich mich nicht mehr erinnern. Sie verstehen?«

Frommelt konnte dieses selbstherrliche Gehabe kaum ertragen. Er musste sich zusammenreißen. Und warum brachte Falkenberg bei dieser ganz normalen Frage seine Familie mit ins Spiel? »Herr und Frau Weiß haben ausgesagt, dass Frau Kirch einen bestimmten Namen erwähnt hätte.«

»Das stimmt. Sie sagte: *Louisa kann nichts dafür.*«

Frommelt nickte. »Haben Sie eine Ahnung, was sie damit meinte?«

Falkenberg stand steif und aufrecht vor Frommelt und schien ihn mit seinem starren Blick hypnotisieren zu wollen. »Tut mir leid, Herr Kommissar, aber Frau Kirch schien sehr durcheinander zu sein. Moritz sagte gestern zu mir, dass seine Tante oftmals verwirrt sei.«

»Kennen Sie jemanden mit dem Namen Louisa?«

Falkenberg schüttelte den Kopf. »Nein, tut mir wirklich leid, Ihnen nicht helfen zu können, ich kenne niemanden, der so heißt. Ich muss jetzt auch wieder los. Die Arbeit wartet.«

»Wenn Sie mir noch sagen, wo Sie gestern Abend zwischen zweiundzwanzig und vierundzwanzig Uhr waren, sind Sie mich los.«

»Sie verdächtigen mich doch nicht etwa?«

Frommelt schwieg.

»Also gut. Wir sind so etwa kurz nach zehn nach Hause gegangen. Meiner Frau ging es nicht besonders gut. Der Umzug hat sie doch ziemlich belastet. Ich habe ihr noch Tabletten gegeben, damit sie schlafen konnte. Kurz bevor ich selbst ins Bett gehen wollte, bekam ich einen Anruf aus der Klinik. Ein Notfall. Das müsste so gegen zwanzig nach zehn gewesen sein. Ich bin dann sofort losgefahren.«

»Vielen Dank, Herr Falkenberg. Hier in der Klinik wird Sie dann ja bestimmt jemand um die fragliche Uhrzeit gesehen haben, oder?«

»Ja, sicher. Frau Dr. Kubicki. Sie war es auch, die mich angerufen hat. Sie können sie gerne fragen.«

»Das werden wir gegebenenfalls tun, falls es nötig sein wird.« Falkenberg wandte sich um, und Frommelt wunderte sich, warum dieser ständig betont hatte, dass es ihm leidtäte.

***

Frommelt schloss die Haustür auf und ging ins Haus. Birgit stand an der Spüle und zupfte Salatblätter, als er in die Küche kam. Heute früh hatte Birgit noch geschlafen, als er aufgestanden war. Er stellte sich hinter sie, legte seine Arme um ihre Hüften und seinen Kopf zwischen ihre Schulterblätter. Ein wohliges Gefühl durchströmte ihn. Sie duftete nach Magnolien. Langsam drehte Birgit sich um und küsste ihn leidenschaftlich auf den Mund. Es fühlte sich so richtig an.

»Ich hoffe, du hast Hunger«, sagte sie. »Ich habe eine Lammkeule im Ofen.«

»Hunger habe ich vor allem auf dich.« Frommelt wollte Birgit nicht loslassen. Niemals. Obwohl ihn seine zwiespältigen Gedanken an den Brief gequält hatten, jetzt, in diesem Moment, waren sie wie fortgezaubert.

»Aber bitte erst nach dem Essen«, nuschelte Birgit, da Frommelts Lippen noch immer an ihrem Mund herumknabberten.

Den restlichen Abend dachte Frommelt nicht mehr daran, dass er ihr den Brief verschwiegen hatte, und auch nachts hatte er wahrlich andere Gedanken.

***

Am nächsten Morgen stand Marina auf, wickelte die Decke um ihren Körper und schlich hinaus. Sie hatte in der letzten Nacht schlecht geschlafen und wirr geträumt. Von der alten Thekla, ihrer merkwürdigen Rede und von der Rache der verlorenen Kinder. In ihrem Traum hatte ihr die Alte an den Kopf geworfen, dass sie das Kind in ihrem Bauch nicht wollte, und diese Furie hatte versucht, sie ihr aus dem Leib zu reißen. Wie konnte die alte Hexe so etwas tun?

Sie rieb sich die Augen und fragte sich, ob sie gestern Abend die Tabletten genommen hatte, die Leon ihr wie immer auf den Küchentisch gelegt hatte? Sie wusste es nicht mehr. Unentschlossen drehte sie sich auf dem schmalen Flur einmal im Kreis. Sie war umgeben von Staub, Dreck und einer fast völligen Dunkelheit. Die nackte Glühlampe, die an einem schmutzigen Kabel von der Decke baumelte, war gestern kaputt gegangen. Sollte sie jetzt Kaffee kochen oder erst duschen? Sie tappte zurück ins Wohnzimmer. Auch hier kam sie zu keiner Entscheidung. Erst nach einer Weile klaubte sie Pulli und eine Hose aus dem Haufen Kleidung vom Stuhl zusammen und ging damit ins Bad. Marina vermisste ihre Arbeit, ihre Kollegen, den Trubel, das ganz normale Leben. Doch Leon hatte ihr verboten, zu früh wieder zur Arbeit zu gehen. Sie sollte sich erst völlig erholen. Vor zwei Wochen war es gewesen, so glaubte sie sich zu erinnern, da hatte Leon ihr von diesem Haus erzählt. Nebenbei, beim Abendessen. Doch hätte es etwas geändert, wenn sie es früher gewusst hätte? Hätte es ihr Leben wieder in normale Bahnen gelenkt? Unfähig, selbst eine Entscheidung zu treffen, hatte sie ihn über ihren Kopf hinweg bestimmen lassen. Sie hätte den Kauf dieses Hauses mit ihrer Kraft nicht verhindern können und auch nicht gewollt. Die frische, klare Luft hier draußen auf dem Land, wo Leon aufgewachsen war, würde ihr guttun, behauptete er stets. Er wollte sie sicher nicht unnötig belasten.

Er meinte es immer gut mit ihr, doch warum fragte er nicht einmal, was sie wollte? Nicht, dass sie sich fähig fühlte, die richtige Entscheidung zu treffen, nur warum fragte er nicht ein einziges Mal nach ihren Wünschen?

***

Auch Lucy hatte in dieser Nacht kaum ein Auge zugetan. Es war so viel passiert, damit kam sie nicht zurecht. Ihr Leben war bisher ruhig und in geregelten Bahnen verlaufen. Frühmorgens, wenn die Sonne gerade aufging, schlurfte sie hinaus in den Stall, um ihr Vieh zu versorgen. Menschen brauchte sie keine, ihr genügten die drei Kühe, zwei Schweine, eine Schar Hühner und Gänse als Gesellschaft. Erst danach setzte sie Kaffee auf und schmierte sich ein Marmeladenbrot. Sobald sie damit fertig war, ließ sie die Tiere auf die Weide, ging dann in den Garten und auf das Feld – bis zum Abend, nur unterbrochen durch eine kurze Mittagspause –, bis sie sich nach dem Abendbrot in ihr Bett legte. Von ihr aus hätte es bis zu ihrem Tod so bleiben können.

Und dann zogen neue Bewohner in das alte Scheurich-Haus. Eigentlich müsste ihr das egal sein, doch es war, als würde ein unsichtbares Band sie immer wieder dorthin zerren. Hin und wieder träumte sie des Nachts von diesem Haus. Es machte ihr aber keine Sorgen – so war es halt mit den Träumen – sie kamen – und sie vergaß sie wieder.

Dabei hatte sie die alten Scheurichs nicht einmal persönlich gekannt. Wenn Lucy durchs Dorf gegangen war, um in Groß Oesingen einzukaufen, kam es hin und wieder vor, dass sie den alten Scheurichs begegnet war oder deren Töchtern. Aber das war schon viele Jahre her. Sie überlegte, wie die beiden Mädchen hießen, kam aber nicht drauf. Sie hatten sich kurz durch ein knappes Kopfnicken begrüßt – das war es dann auch schon. Die Größere der beiden Geschwister sah sie manchmal so komisch an, aber das kannte Lucy, wer im Dorf tat das nicht?

Lucy wusste, dass man sie für blöd hielt. Es sagte ihr natürlich niemand auf den Kopf zu, aber die Art und Weise, wie man sie ansah, wie man mit ihr sprach, war in etwa dieser herablassende Singsang, wie man mit einem dreijährigen Kind redete.

Dabei war Lucy nicht dumm. Nur vieles von dem, was sie in der Schule gelernt hatte, brauchte sie in ihrem Leben nicht, und es war mit der Zeit verschütt gegangen.

Damals, als ihre Eltern noch lebten, also vor ewig langer Zeit, wie es ihr schien, hatte sie ein Gespräch der Eltern belauscht, in dem ihr Vater von dem schrecklichen Unglück erzählte, welches Mechthild und ihrem Mann Erwin zugestoßen war, da war Lucy zutiefst erschüttert gewesen. Im Dorf wurden anschließend die schaurigsten Geschichten erzählt. Die Bullen seien im Stall durchgegangen und hätten die beiden Alten totgetreten. Und die Jüngere – jetzt fiel ihr der Name wieder ein, sie hieß Sophia – hatte ihre große Schwester und den Schwager tot im Stall gefunden. Sophia war damals schon verheiratet gewesen und zu ihrem Mann auf dessen Hof gezogen.

Wie lange mochte das her sein? Lucy schüttelte den Kopf. Zeit war etwas, womit sie sich nicht auseinandersetzen mochte. Die Zeit verging auch von alleine, ohne ihr Zutun. Weshalb sollte sie sich darum Gedanken machen? Waren die Geschichten, die die Eltern ihr erzählt hatten, schuld daran, dass sie sich zu diesem Haus hingezogen fühlte? Träumte sie deshalb davon?

Und jetzt war Thekla tot. Ermordet. Aber die Frage, die ihr immer wieder durch den Kopf ging, war, warum die alte Hebamme den Namen *Louisa* auf den Boden geschrieben hatte? Mit ihrem eigenen Blut.

***

Auch nach dem Duschen ging es Marina nicht besser. Die Einsamkeit schloss sich fest um ihren Körper. Wenn doch nur Leon gewartet hätte, bis sie aufgewacht war. Oder sie geweckt hätte. Einen gemeinsamen Kaffee, gemeinsam schweigen, wie jeden Morgen in der vergangenen Zeit, bevor er zur Arbeit fuhr.

Ihre Haare waren noch nass, als sie den Kaffee aufsetzte. Hunger hatte sie keinen, dennoch sah sie in den Kühlschrank. Gewohnheit, wie jeden Tag zur gleichen Zeit. Sie hatten einige wenige Lebensmittel aus ihrer Braunschweiger

Wohnung mitgebracht, doch die waren bereits aufgegessen. Die Reste von Claudias Kartoffelsalat waren noch da, aber Marina kam fast das Würgen, als sie daran dachte, den zum Frühstück zu essen. Im Nachbardorf befand sich ein Supermarkt. Ein Spaziergang würde ihr guttun.

Bis sie ihren Kaffee ausgetrunken und ihre Tabletten genommen hatte, blieb Marina am Küchentisch sitzen und sah sich um. Sie war sich sicher, sie würde dieses Haus niemals lieben. Hier war es unheimlich, und sie hatte das Gefühl, es sprach zu ihr. Jede Mauer, jeder Stein und jeder Balken gab sonderbare Stimmen von sich. Es surrte, rauschte, knarrte und schwirrte um sie herum in vielfältigen Tonlagen. Es war, als würden sich mehrere unsichtbare Personen unterhalten, ohne dass Marina ein Wort davon verstehen konnte. Sie schüttelte sich kurz, gab sich einen Ruck und stand auf.

***

Frommelt nickte einmal kurz in Bräuers Richtung, als er ins Büro kam. Sein Kollege saß schon mit gesenktem Kopf an seinem Schreibtisch und sah kaum von seiner Arbeit auf. Hannah schien noch nicht hier zu sein. Er erkannte es an der fehlenden Kaffeetasse, die sie sofort neben die Tastatur stellte. Egal, ob der Kaffee schon fertig war oder nicht.

Gestern Nachmittag hatten sie nur noch die wenigen Fakten aus dem Tötungsdelikt zusammengetragen und dann Feierabend gemacht. Frommelt schaltete den Computer an und fand auch gleich die Protokolle, die die Kollegen gestern von den Zeugenaussagen angefertigt hatten. Niemand von den befragten Dorfbewohnern hatte etwas gehört oder gesehen. Überhaupt schien in diesem kleinen Ort wenig los zu sein.

Frommelt schielte zur Kaffeemaschine. Kein Kaffee. Roland, der meistens als erster im Büro war, sah es als seine Aufgabe an, sofort die Maschine zu befüllen. Sollte er sich Sorgen um seinen Kollegen machen? So schweigsam und in sich gekehrt kannte er Roland gar nicht. Während er noch darüber nachdachte, kam Hannah ins Zimmer gestürzt. Ihre Augen blitzten, die Wangen waren gerötet und die Haare verstrubbelt. »Guten Morgen, liebste Kollegen. Ist das nicht ein wundervoller Tag?«

Bräuer schnaubte leise. Frommelt grinste. »Aus welchem Abenteuer bist du denn entkommen?«, fragte er.

Hannah strahlte ihn an. »Na, was meinst du?«

»Ich tippe mal auf eine wundervolle Nacht mit unserem ehrenwerten Herrn Richter Schuft.«

»Bingo. Kein Kaffee da?« Hannah schnappte sich eine Tasse und drehte sich im Kreis. Frommelt zog die Schultern hoch und nickte mit dem Kopf in Richtung Roland Bräuer.

»Na, dann will ich mal.« Ruckzuck war Hannah mit der Kanne zur Tür hinaus.

»Roland, wenn dich etwas bedrückt und wenn du reden möchtest …«, begann Frommelt.

Bräuer hob nicht einmal den Kopf. »Möchte ich nicht. Aber Danke.«

Ein leises *Pling* verkündete Frommelt, dass eine E-Mail eingegangen war. Die kriminaltechnische Abteilung schickte die ersten Untersuchungsergebnisse und die Fotos, die am Tatort aufgenommen worden waren. Frommelt druckte alles aus und heftete die Fotos an die Wand. Jetzt kam auch Bewegung in den Kollegen Bräuer. Anscheinend neugierig geworden stand er auf und betrachtete die Aufnahmen. »Schon seltsam, dass jemand eine so alte Frau umbringt«, sagte er.

In diesem Moment kam Hannah mit der Kaffeekanne in der Hand, gefolgt von der Staatsanwältin, ins Zimmer. Bernie hob zum Gruß die Hand, während Hannah sich an der Maschine zu schaffen machte. Bernie hatte heute dunkelblaue Jeans und eine weiße Bluse an. Es stand ihr hervorragend, fand Frommelt. »Was meinst du«, nahm er das Gespräch wieder auf und drehte sich zu Bräuer um, »könnte der Grund sein, dass jemand die alte Hebamme umgebracht hat?«

Bräuer tippte sich mit dem Zeigefinger an die Lippen und schien angestrengt nachzudenken. Seine sonst üblichen wippenden Bewegungen hatte der Kollege seit einigen Tagen fast völlig eingestellt. »Ich vermute, dass sie etwas wusste, was ihr Mörder dringend wissen wollte. Schau mal.« Er tippte jetzt mit dem Zeigefinger auf ein Foto. »Hier liegen alle möglichen Blätter, Ordner und sonstige Unterlagen durcheinander auf dem Boden, Tisch und Stuhl.« Bräuer sah Frommelt kurz an, bevor er fortfuhr. »Und in den anderen Räumen, wie Küche und Schlafzimmer zum Beispiel, herrscht eine penible Ordnung. Das passt nicht zusammen.«

Genau den Eindruck hatte Frommelt bei seiner ersten Inaugenscheinnahme auch gehabt. Währenddessen hatte Hannah sich auf ihren Platz gesetzt und schweigend zugehört. Jetzt sagte sie: »Roland, du meinst, dass es der Täter gewesen ist? Dass er etwas gesucht hat?«

Bräuer nickte. »Ja. Und dass Frau Kirch ihr Wissen wohl nicht geteilt hat oder erst zu spät, denn sonst hätte der Täter sie nicht ermordet.«

»Oder sie kannte ihren Mörder. Was meinst du, warum erwürgt er sie und sticht ihr dann noch ins Herz?« Bernie lehnte mit dem Rücken an der Fensterbank und schielte zur Kaffeemaschine hinüber.

»Jemanden bis zum Tod zu erwürgen, das erfordert einiges. Zunächst einmal Kraft und dann Mut«, fuhr Bräuer fort.

»Mut?«, fragte Bernie und zog die Stirn in Falten.

»Vielleicht sollte ich eher Überwindung sagen. Es dauert mehrere Minuten, bis jemand, der keine Luft mehr bekommt, stirbt. Und auch wenn der Kehlkopf eingedrückt wird, dauert es ziemlich lange bis zum Tod. Mit einem Messer einmal an der richtigen Stelle zustechen, das geht fix. Da braucht der Täter keinen großen Körperkontakt zu dem Opfer. Das deutet für mich auf Wut hin. Oder eventuell auf eine Frau als Täterin, die nicht genug Kraft hatte, ihren Plan bis zum Ende zu verfolgen.«

»Was meinst du, stand der Täter dem Opfer nahe? Du hast eben von keinem großen Körperkontakt gesprochen. Das deutet auf eine gewisse Distanz hin, oder nicht?« Frommelt legte sehr großen Wert auf die Meinung seines Kollegen. Außerdem hatte Bräuer im vergangenen Jahr eine Fortbildung als operativer Fallanalytiker mitgemacht. In amerikanischen Fernsehserien bezeichnete man es als *Profiling*.

»Gute Frage«, erwiderte Bräuer. »Das kann man so pauschal nicht sagen. Wir müssen zunächst die Lebensumstände der Toten genauer analysieren. Aber es gibt keine Abwehrverletzungen, keine Kampf- oder Einbruchsspuren. Sie hat den oder die Täterin anscheinend gekannt und möglicherweise selbst die Tür geöffnet.«

»Einen Raubmord schließt du also aus?«

»Ja. Sie besaß zwar keine Reichtümer, und ihr Schmuck ist nicht besonders wertvoll, aber es war alles noch im Haus vorhanden.«

»Erstellst du dann bitte ein Täterprofil?«

»Bin schon dabei.«

Frommelt nickte. So kannte er seinen Kollegen. Er liebte es, die Fakten zu sortieren und Erkenntnisse auszufiltern, um eine *heiße Spur* zu finden. Seine Niedergeschlagenheit schien private Gründe zu haben, denn hier im Dienst arbeitete und redete Roland wie immer.

Frommelt griff sich die ausgedruckten Berichte. »Die Zeugenaussagen geben nichts her. Niemand hat etwas gesehen oder gehört. Die Personen im näheren Umfeld der Toten auch nicht. Wir müssen herausbekommen, was der Täter gesucht und vielleicht sogar gefunden hat.« Frommelt drehte sich um, als die Tür sich öffnete, Johann Kramer hereinkam und mit mehreren losen Blättern in der Hand herumwedelte. »Guten Morgen, liebe Kolleginnen und Kollegen.« Beim Anblick der Staatsanwältin stutzte er kurz, fuhr dann aber in seinem gewohnten Ton fort. »Ich wollte euch heute mal persönlich meine schmalen Ergebnisse mitteilen. Die Mail habt ihr ja schon bekommen, wie ich sehe.« Kramer trat zur Tafel mit den Fotos und tippte sie mit dem Finger kurz an.

»Guten Morgen, Johann. Hast du Sehnsucht nach uns?« Hannah grinste. Frommelt war etwas irritiert über ihre übersprudelnde Laune, doch Kramer nahm ihren Kommentar kopfnickend zur Kenntnis. »Also, Herr Doktor Wenger, der Rechtsmediziner, der am Tatort anwesend war, hat anhand der Raum- und Körpertemperatur der Toten den Todeszeitpunkt auf etwa zweiundzwanzig bis vierundzwanzig Uhr eingeschätzt. Genaueres müsst ihr, wie ihr ja schon wisst, bis zur Obduktion abwarten.« Kramer schaute einmal in die Runde und als niemand etwas erwiderte, sagte er: »Die Fingerabdrücke, die wir im Haus der Toten gefunden haben, sind spärlich, also nur von wenigen Personen. Zunächst einmal von Frau Kirch selbst, dann von ihrer Schwester, Frau Weiß, und von Claudia Weiß. Die Damen sagten ja, dass sie die alte Frau öfter besucht und ihr das Essen vorbeigebracht haben. Es wurde auch erst vor kurzem saubergemacht, so dass wir die Spuren bis kurz vor ihrem Tod deuten können.«

Kramer stockte einen Moment, als er die fragenden Gesichter der Kollegen sah, und sprach dann weiter. »Also gut. Noch einmal deutlicher. Ich denke, dass vor zwei bis drei Tagen in dem Haus gründlich geputzt wurde, also können wir davon ausgehen, dass wir die Fingerabdrücke und weiteres Material den letzten Tagen vor ihrem Tod zuordnen können. Es gibt noch Spuren von einer weiteren uns unbekannten

Person, die aber überlagert waren von den Abdrücken vom Opfer selbst und ihrer Schwester. Die können also zeitlich gesehen nicht vom Täter stammen.«

»Und wie sieht es mit DNA und anderen Spuren aus?«, fragte Bernie.

»Da haben wir nichts weiter gefunden außer einigen Fasern, die von Sportkleidung stammen könnten. Also ein Baumwollgemisch. Diese Fasern konnten wir keiner Kleidung zuordnen, die Frau Kirch gehört, sie könnten also möglicherweise vom Täter stammen. Hier müssen wir den Bericht des LKAs abwarten. Ich habe den Spuren eine höhere Dringlichkeitsstufe vergeben.« Kramer blieb einen Moment auf der Stelle stehen und sah seine Kollegen an, doch als niemand antwortete, legte er die vorläufigen Berichte auf Frommelts Schreibtisch ab und ging hinaus.

»Was haben wir?«, fragte Frommelt eher zu sich selbst, als Kramer verschwunden war. »Wir haben Fingerabdrücke, aber keine vom Täter. Ich gehe mal von der männlichen Bezeichnung aus, wobei ich eine Frau als Täterin nicht ausschließe. Dieser scheint Handschuhe getragen zu haben, vielleicht noch weitere Schutzkleidung, weil keine Spuren gefunden wurden, die auf dessen Identität hindeuten. Zudem einen Fussel von einem Kleidungsstück, der nicht oder noch nicht zugeordnet werden kann. Und den Namen *Louisa* . Wer mag diese Person sein? Niemand im Dorf hat ihren Namen gehört, niemand scheint sie zu kennen. In den Zeugenprotokollen ist jedenfalls nichts ersichtlich. Roland, hast du etwas herausgefunden?«

Bräuer schüttelte den Kopf. »In den Melderegistern habe ich keine Person mit dem Namen Louisa gefunden. Jedenfalls keine, die einen Bezug zu Zahrenholz hätte.«

»Oder jemand möchte nicht, dass wir wissen, dass er oder sie diese Frau kennt.« Hannah nahm die Kanne und schenkte den Kollegen Kaffee ein. Frommelt bedankte sich mit einem Kopfnicken. »Wir müssen herausfinden, wer einen Grund hatte, Frau Kirch umzubringen.«

»Oder welches Geheimnis Frau Kirch hütete, so dass sie sterben musste.« Bräuer ging mit seiner Tasse wieder zu seinem Schreibtisch zurück. Die Anwesenheit der Staatsanwältin schien ihn zu irritieren.

Frommelt blätterte in seinem Notizbuch. »Wer war Frau Kirch?«, fragte er, ohne von seinen Aufzeichnungen aufzusehen. »Die Schwester der Toten, Tilda Weiß, beschreibt sie als einen herzensguten und immer freundlichen Menschen. Sie war nie verheiratet gewesen. Es gab da wohl einmal einen Mann in ihrem Leben, doch der hatte eine Herzschwäche und ist kurz vor der Hochzeit gestorben.«

»Wie alt war Frau Kirch zu dieser Zeit?« Hannah schrieb währenddessen mit.

Frommelt blätterte einige Seiten in seinem Block um. »Da war sie zwanzig, sagt die Schwester. Sie wurde Hebamme, um andere Frauen glücklich zu machen und ihnen zu helfen, neues Leben auf die Welt zu bringen.«

»Sie hat scheinbar wirklich nur für ihren Beruf gelebt, bis sie nicht mehr so gut laufen konnte. Sie hatte Wasser in den Beinen.« Es schien Frommelt, als ob Bernie diese Bemerkung eher für sich selbst gesagt hatte, und nickte zustimmend. »Roland, hast du schon die Alibis von allen beteiligten Personen abgeglichen?«

Bräuer stand auf und ging zu den Fotos an der Tafel. »Die Schwester der Toten, Mathilde Weiß, war mit ihrem Mann und den beiden Enkelkindern oben in ihrer Wohnung. Die Enkel sind kurz nach zehn runter, um ins Bett zu gehen. Ab diesem Zeitpunkt waren die Großeltern allein in ihrer Wohnung. Herr Weiß war kurz vor zehn einmal unten auf dem Hof, um eine zu rauchen. Zu diesem Zeitpunkt lebte Frau Kirch aber wohl noch. Hier müssen wir die Obduktion abwarten.« Jetzt tippte er auf die Aufnahme von Moritz und Claudia Weiß. »Das Ehepaar Weiß hatte an dem Abend Besuch von einer befreundeten Familie, die an jenem Tag erst in den Ort gezogen waren. Marina und Leonhard Falkenberg. Der Besuch verabschiedete sich um kurz nach zehn.«

Bräuer holte tief Luft, um zu weiteren Ausführungen anzusetzen, als Bernie einmal laut nieste. »Sorry, macht einfach weiter«, sagte sie und zog ein Taschentuch aus der Tasche.

Bräuer, der in der Zwischenzeit die Luft angehalten hatte, prustete, schüttelte kurz den Kopf und sprach weiter: »Marina Falkenberg hatte ihre Tasche bei den Weißens vergessen. Moritz Weiß kümmerte sich um die Kinder, Claudia Weiß wollte noch einige Freundinnen besuchen und auf diesem Weg Marina Falkenberg ihre Tasche vorbeibringen. Sie hat geklingelt, doch das Ehepaar Falkenberg hätte wohl schon geschlafen, denn niemand hat aufgemacht.«

»Also hat Moritz Weiß kein Alibi?«

»Wenn du es so willst, nein. Die Kinder sind ja ins Bett gegangen. Er hätte durchaus die Möglichkeit gehabt, nachdem seine Frau weggefahren ist, zum Haus seiner Tante zu gehen. Hier sollten wir aber noch klären, ob Herr Weiß ein Motiv hätte, seine Tante zu töten.«

»Was ist mit dem Ehepaar Falkenberg?«, fragte Hannah.

»Die sind erst am Dienstag ins Dorf gezogen. Leonhard Falkenberg ist wohl im Nachbarort aufgewachsen, Marina Falkenberg stammt aus Braunschweig und hat keinen Bezug zu diesem Ort.«

»Sehr gut, Roland«, sagte Frommelt.

»Das ist aber noch nicht alles.« Bräuer sah seine Kollegen reihum an, so dass er gewiss war, ihre ungeteilte Aufmerksamkeit zu haben. Frommelt hasste seine Attitüden, doch er schwieg, weil Bräuer anscheinend nur so arbeiten konnte.

»Das Alibi von Claudia Weiß.« Bräuer wedelte mit einem Zettel.

»Roland, bitte.« Frommelt wollte schnelle Ergebnisse und nicht diesen Affenzirkus von seinem Kollegen.

»Na ja, sie hat nur einen einzigen Namen hier als Alibi aufgeschrieben, und der ist eindeutig nicht weiblich.«

»Dann hat sie ein Verhältnis oder eine Affäre.« Bernadette Lillejander schob sich von der Fensterbank weg. »Das soll in den besten Familien vorkommen.«

»Macht sie das verdächtig?«, fragte Hannah.

»Es ist ein Puzzleteilchen. Vielleicht wird es wichtig, vielleicht nicht.« Bräuer legte den Zettel auf seinen Schreibtisch. Er wirkte sehr nachdenklich.

Bernie ging auf Frommelt zu. »Mir fällt da gerade etwas ein. Kilian, kannst du dich noch erinnern, als wir bei den Falkenbergs vor der Tür standen?« Frommelt sah aus den Augenwinkeln, wie Bräuer kurz zusammenzuckte. Er hatte sich wohl noch nicht daran gewöhnen können, dass die Staatsanwältin sie duzte. Frommelt schmunzelte und zog die Schultern hoch.

»Claudia Weiß sagte, dass sie, kurz bevor sie zu ihren angeblichen Freundinnen wollte, bei den Falkenbergs geklingelt hätte. Das muss so kurz vor halb elf gewesen sein.« Als niemand reagierte, fuhr Bernie fort. »Diese Klingel, die ist der wahre Horror, so tief und fest kann niemand schlafen, dass er das nicht hört.«

»Stimmt. Das war mir gar nicht aufgefallen, danke, Bernie, das sollten wir im Hinterkopf behalten. Was hältst du von Marina Falkenberg?«

»Die scheint völlig neben sich zu stehen. Ich habe mich gestern, als wir mit ihr gesprochen haben, schon gefragt, was der Grund dafür ist.« Bernie besah sich das Foto von Marina Falkenberg.

»Wie meinst du das? Claudia Weiß hat doch erzählt, dass sie eine Fehlgeburt hatte.« Frommelt trat neben Bernie an die Tafel.

»Ja, schon. Und ich glaube auch, dass man dadurch in eine tiefe Depression rutschen kann. Aber gestern hatte ich das Gefühl, da steckt noch mehr dahinter. Also angenommen, die Falkenbergs besuchen die Freunde, und plötzlich taucht die alte Hebamme auf und sagt das mit der Rache der verlorenen Kinder. Was muss das in diesem Moment in Marina Falkenberg ausgelöst haben? Dass die alte Frau ihr die Schuld an dem Verlust ihres Kindes gibt?« Bernie sah Frommelt fragend an.

»Du hältst sie für verdächtig?«

»Ich weiß es, ehrlich gesagt, nicht. Also, die Falkenbergs gehen nach Hause, und er gibt seiner Frau angeblich starke Schlaftabletten. Das muss dann aber schon ein Sedativum gewesen sein, dass sie diese schreckliche Klingel nicht gehört hat.«

»Das mit den Tabletten wird aber auch von Marina Falkenberg bestätigt.« Bräuer schaute ein wenig wie ein kleiner Hund, den man beim Stibitzen eines Leckerlis erwischt hat. Er schien sich noch immer nicht daran gewöhnt zu haben, gegen die Staatsanwältin aufzubegehren.

»Oder sie war gar nicht zu Hause, als Claudia Weiß bei ihr vor der Tür stand«, sagte Hannah.

»Dann kann sie aber diese Schlaftabletten kaum genommen haben. Auf mich wirkte sie, als ob sie noch immer unter dem Einfluss von Medikamenten stand – fast hätte ich Drogen gesagt.« Bernie stellte sich wieder an die Fensterbank und rieb mit dem Finger an der Stirn herum, als ob sie so besser denken könnte.

»Guter Ansatz, Bernie. Roland, wie sieht es mit den Alibis der Falkenbergs aus?« Frommelt ging zurück zu seinem Platz.

Bräuer wischte einige Papiere auf seinem Schreibtisch zur Seite. »Leonhard Falkenberg gibt an, nach dem Besuch bei den Weiß' zuerst seine Frau nach Hause gebracht zu haben.

Ehe er selbst zu Bett gehen wollte, hätte er einen Anruf aus dem Krankenhaus erhalten und wäre zu einem Notfall gerufen worden. Du hast doch mit ihm gesprochen, Kilian, wie schätzt du ihn ein?«

»Hm, ich will jetzt hier nicht vorschnell urteilen, aber auf mich wirkte er sehr selbstgefällig. Er sagte, er sei etwa gegen zwanzig nach zehn nach Gifhorn gefahren und dass eine Kollegin sein Alibi bestätigen kann. Wir sollten bei dieser Frau Doktor Kubicki noch mal anrufen.«

Bräuer nickte. »Das kann ich übernehmen.«

Hannah hielt ihre Kaffeetasse mit beiden Händen umschlossen. »Was haltet ihr von diesem seltsamen Auftritt von Frau Kirch beim Ehepaar Weiß?«

»Sie schien diese Louisa auf alle Fälle zu kennen. Was das mit der *Rache der verlorenen Kinder* auf sich hat, kann ich nicht sagen.« Bernie sprach leise, drehte sich halb um und flüsterte fast. »Könnte ich bitte noch einen Kaffee bekommen?«

Sofort sprang Bräuer auf, schenkte ihr eine Tasse ein. Bernie stand irgendwie verwirrt im Raum.

Frommelt wunderte sich. Der toughe Eindruck, den er gestern in Zahrenholz von ihr gewonnen hatte, war verschwunden. Vor ihm stand eine empfindsame Frau, die sicher ihre eigenen Sorgen und Nöte hatte. »Was könnte das bedeuten? Ich meine, als Hebamme bekam sie sicher viel mit, und bei einer Geburt erfuhr sie bestimmt auch, ob ein Baby unerwünscht war.« Frommelt sah, wie Bräuer zweimal schwer schluckte.

»Also, meiner Meinung nach könnte das entweder für die Geburt eines nicht gewollten Mädchens namens Louisa sprechen, oder eine Frau, die Louisa heißt, hat entweder abgetrieben oder ein Kind bekommen, das sie nicht wollte. Da sollten wir dranbleiben«, sagte Hannah. »Bis wann hat Frau Kirch als Hebamme gearbeitet?«

Bräuer schien sich wieder gefasst zu haben. Er schob einige lose Blätter zur Seite, bis er das richtige gefunden hatte. »Sie scheint zweitausendzehn noch einem Kind auf die Welt geholfen zu haben. Da war sie achtundsechzig. Danach hören ihre Aufzeichnungen auf.«

»War in dieser Zeit eine Louisa dabei gewesen?«

Bräuer schüttelte den Kopf. »Die ganzen Unterlagen habe ich noch nicht durchgearbeitet, aber bislang ist dieser Name nicht aufgetaucht. Ihre Schrift ist echt schwer zu lesen.«

»Wir sollten in dieser Richtung weiter ermitteln. Und Louisa finden.« Frommelt hob die Arme, als wolle er seine Kollegen an die Brust drücken. »Wir sehen uns heute Nachmittag zur Besprechung wieder.«

***

Die Luft hatte sich merklich abgekühlt, als sie aus dem Haus trat. Marina konnte nicht sagen, wie spät es war, schätzte es aber nicht nach neun Uhr morgens. Sie zog ihre dünne Strickjacke fester um sich und bereute nun, nicht ihre Wetterjacke angezogen zu haben. Sie versuchte, sich zu erinnern, wo diese geblieben war. An der Garderobe hatte sie nicht gehangen. Auch wusste sie in diesem Moment nicht genau zu sagen, welche Kleidungsstücke sie heute Morgen trug. Sie schloss die Augen, um nicht an sich hinunterzuschauen. Dieses Spiel spielte sie öfter, um ihre Gedanken auf einen bestimmten Punkt zu konzentrieren. Meistens verlor sie. Sie hatte vorgehabt, aus den Kleiderkisten eine neue Jeans und eine Bluse herauszuholen. Doch sie war sich sicher, nicht eine einzige Kiste geöffnet zu haben. Also musste sie die speckigen, schmutzigen Sachen vom Vortag angezogen haben. Sie öffnete die Augen zu schmalen Schlitzen und sah an sich hinunter. Sie hatte Leons dunkle Jogginghose an. Sofort spürte sie wieder diesen Stich in ihrer Brust, wie immer, wenn sie sich nicht erinnern konnte, warum sie etwas getan hatte. Umkehren wollte sie nun nicht mehr. Das holprige Pflaster der Dorfstraße drückte durch ihre dünnen Schuhe. Die kleinen Häuser schmiegten sich eng aneinander bis dicht an den Straßenrand. Einen Fußweg gab es nicht. Die Häuser wisperten in einer unbekannten Sprache zwischen den Mauern hindurch. Das wird der Wind sein, versuchte sie sich zu beruhigen. Besser wurde es dadurch nicht. Zu ihrer Rechten musste die Straße sein, die nach Groß Oesingen führte. Dort würde es heller werden. Zusammen mit Leon hätte sie den Weg geschafft, ohne sich zu fürchten. Doch sie war allein.

Sie zählte die Gassen, die von der schmalen Straße abgingen. Die dritte, hatte Leon gesagt. Fast flüchtend, sich immer wieder umschauend, als ob die wispernden Mauern ihr folgten, hastete sie weiter.

Hatte sie heute Morgen ihre Tabletten genommen? Sie konnte sich nicht erinnern. Leon war immer sehr aufgebracht, wenn sie sie vergaß. Er sorgte sich so sehr um sie.

Sie hatte die zweite Straße passiert, gleich war sie am Ziel.

Wie in der kleinen Gasse und auf dem Weg bis hierher war keine Menschenseele zu sehen. Um diese Zeit war vermutlich niemand unterwegs im Dorf. Die Männer auf der Arbeit, und die Frauen hatten im Haus zu tun.

Erstarrt blieb sie stehen. Es war ihr, als hätte sie eine Bewegung wahrgenommen. Fühlte zwischen ihren Schulterblättern einen Stich, als beobachtete sie jemand. Langsam drehte sie sich um. Tatsächlich verbarg sich ganz in der Nähe halb hinter einer großen Eiche eine alte Frau. Sie schaute Marina nur an, beobachtete sie und rührte sich nicht. Ihre Augen hatten etwas Stechendes. Sie kannte solche Augen. Stahlblau und eiskalt. Die Frau hatte graugesträhntes, dünnes Haar, das ihr auf die Schultern fiel. Ihr fast rundes Gesicht war mit rotgeäderten Flecken übersät. Alles an ihr wirkte schmuddelig. Es war die Alte, die ihr am Umzugstag aufgefallen war, als sie sich auf der gegenüberliegenden Straßenseite in einen Hauseingang gedrückt hatte. Ihr kalter Blick ließ Marina schaudern. Ihr wurde schwindelig. Ehe sie vollends in ihren Bann gezogen wurde, stolperte Marina weiter.

Den endlos scheinenden Weg, bis sie den Supermarkt erreicht hatte, nahm sie kaum wahr. Wie in Trance taumelte sie durch die Regalreihen und suchte zusammen, was sie zu brauchen glaubte. Beim Brotregal verharrte sie. Auf ihrem Rückweg lag der Bäcker, dort wollte sie frisches Brot kaufen.

Als Marina in den kleinen Bäckerladen kam, herrschte Schweigen. Die drei Kundinnen vor der Theke und die Verkäuferin dahinter starrten Marina an. Sie wusste, die Frauen hatten ihr Gespräch sofort unterbrochen, als sie die Tür aufgedrückt hatte. Sie grüßte, erhielt ein Nicken zur Antwort und als keine der Frauen Anstalten machte, ihren Einkauf fortzusetzen, gab Marina ihre Bestellung auf. Es kostete sie ihre letzte Kraft, ihre Waren einzupacken und aus dem Laden zu flüchten.

Draußen konnte sie kaum noch atmen. Ihr Herz raste, und die Luft schwirrte. Sie merkte noch, wie ihre Knie anfingen zu zittern und unter ihr einsackten. Die Straße, die Bäume, die Häuser, alles drehte sich um sie. Das letzte, was Marina sah, bevor alles schwarz um sie herum wurde, war die alte Frau mit den eiskalten blauen Augen.

Marina hörte das Motorengeräusch eines Autos gedämpft wie durch eine dicke Decke und spürte, wie sie aufgefangen wurde, ehe sie auf den harten Fußweg fiel. Etwas Nasses war an ihrem Mund. Wasser. Jemand hielt ihr eine Wasserflasche an die Lippen. Gierig trank sie.

»Oh, Marina. Hättest du etwas gesagt, dann wäre ich mit dir zum Einkaufen gefahren. Es ist unverantwortlich, in deinem Zustand alleine hier herumzulaufen. Dumm von mir, dass ich nicht selbst daran gedacht habe.« Marina erkannte Claudias Stimme. Sie hielt noch immer die Augen geschlossen.

»Wo ist denn Leon? Er hätte dich doch fahren können.«

Marina schüttelte den Kopf und flüsterte: »Der ist bei der Arbeit.« Jetzt endlich öffnete sie ihre Augen.

Claudia hatte sich mit besorgtem Blick über sie gebeugt. »Und er lässt dich mit dem ganzen Kram hier allein? Ich werde mit Moritz reden, dass er sich Leon mal zur Brust nimmt. So von Mann zu Mann.«

»Nein. Es ist alles in Ordnung. Mir ist nur ein wenig schwindelig geworden.«

Claudia fasste Marina unter die Arme und half ihr auf die Beine. Dann gingen sie langsam zu Claudias Wagen, der mit laufendem Motor und geöffneter Fahrertür am Straßenrand stand. Vorsichtig stieg Marina auf den Beifahrersitz. Claudias Handy klingelte. »Entschuldige«, sagte sie und entfernte sich einige Schritte vom Auto. Marina bekam nur wenige Wortfetzen von dem Gespräch mit. »Ja … sag ich ihr … mach ich … komme gleich.« Das Handy noch in der Hand haltend, setzte sich Claudia auf den Fahrersitz.

»Sag mal, kennst du die Frau dort drüben?«, fragte Marina.

»Welche? Ich sehe niemanden.«

Marina schaute zur Hausecke, wo die alte Frau gestanden hatte. Sie war verschwunden. »Seltsam. Die ist mir bei unserem Umzug schon aufgefallen. Die stand einfach nur da und starrte mich an.«

»Wie sah sie denn aus?«, fragte Claudia.

»So lange wirre Haare und schmuddelig. Sie hat den bösen Blick.«

»Tut mir Leid, Marina, aber da war niemand«, sagte Claudia mit einem Ton in der Stimme, der der Fantasie kleiner Kinder Grenzen setzte.

»Aber sie *war* dort.«

»Weißt du, wenn der Kreislauf verrücktspielt, dann kann es schon mal vorkommen.«

»Aber ich bin nicht verrückt.« Marinas Stimme war nur noch ein heiseres Krähen.

Claudia zuckte zusammen. Sie schien eine solche Reaktion von der zierlichen Marina nicht erwartet zu haben. »Alles ist gut. Vielleicht habe ich auch einfach nicht darauf geachtet, ob dort jemand stand. Und mit *verrückt* meinte ich auch nur deinen Kreislauf.«

***

Lucy wusste nicht, was sie tun sollte. Sie hatte die junge Frau, die in das alte Scheurich-Haus gezogen war, in Zahrenholz auf der Straße gesehen und war ihr dann bis Groß Oesingen und bis zum Bäcker gefolgt. Ihr erster Gedanke war gewesen, sie anzusprechen, doch sie wusste nicht, was sie hätte sagen sollen. So hatte sie nur auf der Stelle gestanden und diese hübsche Frau angestarrt. Müde und traurig hatte die ausgesehen. Dann kippte die einfach um. So schnell konnte Lucy gar nicht denken, wie die Frau auf dem Boden lag. Und vor allem wusste sie nicht damit umzugehen. Sollte sie ihr helfen? Und dann? Ängstigte sie die Frau vielleicht noch viel mehr, wenn sie sich über sie beugte? So wie viele Menschen bei ihrem Anblick erschraken und ihr aus dem Weg gingen.

***

Am Haus angekommen, half Claudia Marina, den Einkauf ins Haus zu tragen. Immer wieder zog sie ihr Handy aus der Tasche und warf einen Blick darauf. Mehrmals schüttelte Claudia den Kopf und schien es eilig zu haben. Sie vergewisserte sich, dass Marina allein zurechtkam, und verabschiedete sich schnell.

Marina sank kraftlos auf einem Stuhl zusammen. Dieser Weg hatte sie maßlos überfordert. Dabei fiel ihr Blick auf den Küchentisch. Noch immer lagen hier die Tabletten, die Leon allmorgendlich für sie hinlegte. Zwei weiße, eine klein und rund, die andere oval und etwas größer. Die dritte Tablette sah aus wie ein kleiner, rosafarbener Knopf mit zwei Einkerbungen. Normalerweise legte Leon die Pillen auf den Tisch und schob sie zu drei kleinen Haufen zusammen, so dass Marina begriff, zu welcher Tageszeit sie ihre Medizin nehmen sollte. Hatte sie heute früh alle Tabletten durcheinandergebracht? Sie wusste es nicht mehr. Aber vielleicht ging es ihr besser, wenn sie diese Pillen jetzt sofort einnahm?

Nachdem sie ihre Tabletten hinuntergewürgt hatte, war alles vorher Geschehene verschwommen, all ihre Gedanken waren im Nebel verflogen. Nur vage Gefühle und Ahnungen schwangen in ihrem Geist. Nichts, was sie begreifen oder fassen konnte.

***

Nach der Frühbesprechung gingen Frommelt und Bernie auf den Flur. Frommelt gab vor, auf die Toilette zu müssen, doch eigentlich wollte er mit Bernie allein sprechen. Er hatte etwas auf dem Herzen. Sie gingen nebeneinander her, bis Frommelt die richtigen Worte für sich sortiert hatte. »Sag mal, Bernie, es geht mich ja nichts an, aber normalerweise ist die Staatsanwaltschaft nicht so dicht an den Ermittlungen dran.« Er zögerte einen Moment. »Versteh mich bitte nicht falsch.«

Bernie schüttelte den Kopf. »Wenn ich ehrlich bin, habe ich auf diese Frage schon gewartet. Ich hoffe, dass ich euch nicht vor den Füßen rumlaufe und eure Arbeit behindere.«

So etwas hatte Frommelt von den beiden vorherigen zuständigen Staatsanwälten noch nie gehört. »Nein, ganz bestimmt nicht. Ich wundere mich halt nur.«

»Du weißt ja mittlerweile bestimmt, dass ich vorher in Frankfurt beim Kriminaldauerdienst war, also als normaler Zivi.« Sie grinste, als sie Frommelts ungläubiges Gesicht sah. Frommelt wunderte sich immer mehr über diese Frau und er war sich sicher, dass sie ein Geheimnis hatte, über das sie mit ihm bestimmt nicht sprechen würde. Bernie lachte laut auf, als sie Frommelts zerknirschtes Gesicht sah. »Jetzt im Ernst. Wir arbeiten ja zusammen, und ich bin auch die ermittelnde Staatsanwältin für diesen Fall, aber ich kenne die Arbeit in der Staatsanwaltschaft noch gar nicht.«

Frommelt zog seine Stirn in Falten und begriff nicht so recht, was sie meinte. Sie schien zu verstehen und fügte an: »Dies ist mein erster Fall als Staatsanwältin. Natürlich werden wir im Studium auch mit den Ermittlungsarbeiten vertraut gemacht, aber das ist reine Theorie, die Realität sieht doch ganz anders aus. Mir geht es darum, die Vorgehensweise, die Arbeitsmethoden eures Teams besser kennenzulernen, wir werden bestimmt öfter miteinander zu tun haben.«

Das gefiel Frommelt. »Und was hältst du von unserer Ermittlungsarbeit?«

Bernie senkte den Kopf. Sie schien nachzudenken, als ob sie sich sicher sein wollte, die richtigen Worte zu wählen. »Tja, ich habe den Eindruck, dass jeder von euch ganz spezielle Fähigkeiten hat, an einen Fall heranzugehen. Roland, zum Beispiel, ist sehr strukturiert und stellt mit seiner methodischen Denkweise den Fall nach Fakten auf. Hannah geht den Fall zwar auch logisch an, aber bei ihr kommt die feinfühlige Seite eher zum Erfolg. Sie spürt die sensiblen Schwingungen, und das braucht ein Team, um gut zusammenarbeiten zu können.« Bernie erwartete wohl eine Reaktion von ihm. Doch sie hatte sich noch nicht über *ihn* geäußert. Er schwieg. Nach einer Weile nickte sie und grinste. »Ja, mein Lieber, jetzt möchtest du meine Einschätzung über dich hören.«

»Wäre das so verkehrt?«

»Bestimmt nicht.« Sie lachte laut auf. »Um die Wahrheit zu sagen, dich kann ich noch gar nicht so richtig einschätzen. Aber ich denke, du bist … wie soll ich das sagen … eher unkonventionell. Du betrachtest jeden Menschen als erstes als das, was er ist – als Mensch. Weder als gut noch als böse.«

»Ist das ein Vor- oder ein Nachteil?«

»Ich halte das für couragiert. Denn eigentlich hat doch jeder Mensch Vorurteile, bei dir sehe ich das nicht so. Vielleicht ändere ich meine Einstellung aber auch noch.« Bernie schien wieder einen Moment nachzudenken, wie um die richtigen Worte zu wählen. Dann sagte sie, als sie Frommelts gespannten Gesichtsausdruck sah: »Mir sind in Frankfurt die unterschiedlichsten Typen auf der Straße begegnet, und meistens trifft man doch in den ersten paar Sekunden eine Entscheidung, wie man diese Person einschätzt. Nimm mal einen Penner … oh, sorry, dürfen wir ja nicht mehr sagen. Also stell dir einen Obdachlosen vor. Was denkst du?« Ohne auf eine Antwort zu warten, fuhr sie fort: »Ein Faulpelz, der selbst Schuld hat. Oder?«

Frommelt antwortete nicht.

»Und dann kommst du mit ihm oder mit ihr ins Gespräch und erfährst die Hintergründe eines Lebens, die mich manchmal wirklich erstaunt haben. Mir sind dort unter Brücken, in Ladengassen oder meinetwegen auch auf Parkbänken Menschen begegnet, die nicht nur intelligent waren, sondern auch eine Lebenseinstellung hatten, die ich niemals so erwartet hätte. Und die ohne eigene Schuld in dieses Leben hineingerutscht sind.« Bernie runzelte die Stirn. »Ups. Da wollte ich ja eigentlich gar nicht hin, jetzt habe ich dir so eine lange Rede gehalten und über dich fast nichts gesagt. Also – unkonventionell. Ich will damit nicht sagen, dass ich dich für einen Ermittler halte, der keine Vorurteile hat, aber du schaust dir erst den Menschen an und urteilst dann.«

Donnerwetter, das hatte Frommelt so nicht erwartet. Dass Bernie in dieser kurzen Zeit diese Erkenntnisse gewonnen hatte, zollte ihm Respekt ab. »Danke, Bernie«, sagte Frommelt. »Darf ich dir noch eine Frage stellen?«

»Klar doch.«

»Warum bist du von Frankfurt hierher, also nach Hildesheim gekommen? In Frankfurt hättest du doch bestimmt auch eine Stelle …«

Bernie wischte seine Frage mit einer schnellen Handbewegung fort, und Frommelt befürchtete, ihr zu nahegetreten zu sein, da sagte sie: »Das hat mehrere Gründe. Zum einen ist es privat, zum anderen sehr privat.«

»Oh, Entschuldigung, wenn …«

»Nix Entschuldigung. Und ich wohne auch nicht in Hildesheim, sondern in Hohenhameln, das ist zwischen Peine und Hildesheim. Du hast mich ja gestern in meinem Handwerker-Outfit gesehen. Ich renoviere gerade das Haus meiner Großmutter. Meine Familie hat sie in ein Altersheim abgeschoben und nur, weil sie langsam, aber sicher dement wird. Es will sich niemand um sie kümmern, weil es für meine Familie zu anstrengend ist. Sobald ich mit den Umbauarbeiten fertig bin, hole ich sie zu mir. Ich werde, sobald es mit Oma Bruni schlimmer wird, eine Pflegekraft einstellen und auch viel von dem anfallenden staatsanwaltlichen Papierkram zu Hause erledigen.«

Frommelt sah Bernie voller Hochachtung an. Wenn Maren ihn nicht davon abgehalten hätte, hätte er sich um seine Großeltern genauso gekümmert.

»Ja, und das andere geht dich nichts an«, sagte Bernie, drehte sich auf dem Hacken um und verschwand Richtung Ausgang. Frommelt stand noch eine Weile auf der Stelle und sah ihr nach. Hut ab. Das mochte er, wenn jemand eine klare und deutliche Ansage machte. Diese Staatsanwältin wollte er behalten.

Als Frommelt wieder zurück im Büro war, klingelte Bräuers Telefon. Bräuer hörte kurz zu, machte sich einige Notizen, beendete dann das Gespräch und wandte sich um. »Das waren die Wesendorfer Kollegen. Sie haben mit Berndt Michelsen gesprochen, das ist der Geliebte von Claudia Weiß. Michelsen sagt aus, dass Frau Weiß kurz vor halb elf bei ihm gewesen ist und bis gegen zwei Uhr in der Nacht blieb.«

»Ist das glaubhaft?«

»Die Kollegen hatten nicht den Eindruck, dass er lügt. Warum fragst du?«

»Nehmen wir einmal an, dass Frau Kirch von diesem Geliebten gewusst hat. Hat Frau Kirch Claudia damit erpresst, dass sie es ihrem Mann erzählen würde? In diesem Fall hätte Claudia Weiß ein sehr starkes Motiv. Wo wohnt Herr Michelsen?«

»Warte mal.« Bräuer schob einige lose Blätter auf dem Schreibtisch zur Seite. »In Wesendorf, Dahlienweg. Geschieden, es liegt nichts gegen ihn vor.«

»Dann brauchte Frau Weiß nicht länger als eine Viertelstunde mit dem Auto von Zahrenholz bis zu ihrem Freund.«

»Und es bleibt eine Zeitspanne von etwa zwanzig bis dreißig Minuten, in der sie kein Alibi hat.«

»Das wird knapp«, sagte Hannah. »Wenn die Falkenbergs gegen zweiundzwanzig Uhr nach Hause gegangen sind und Frau Weiß anschließend noch Marina Falkenberg ihre vergessene Tasche bringen wollte.«

»Wenn Frau Weiß die Wahrheit sagt.«

»Was wäre, wenn Herr Michelsen nach Zahrenholz gefahren ist?«

»Du meinst, sie könnten es gemeinsam gewesen sein?«

»Möglich.«

»Das halte ich für ziemlich unwahrscheinlich. Wenn deine Theorie stimmt, Kilian, dann hätte Frau Kirch das aufgeschrieben. Warum sonst waren alle Unterlagen durcheinander? Als ob jemand etwas gesucht hat.«

»Stimmt, Roland. Wie weit bist du mit den Unterlagen aus dem Haus der Toten?«

»Noch nichts Neues. Also keine Louisa, weder als Mutter noch als Tochter. Aber ich muss auch sagen, diese Frau Kirch hatte eine hundsmiserable Handschrift. Nach einer halben Stunde tränten mir die Augen.«

Frommelt und Hannah schwiegen und schauten Bräuer an. Dieser schien irritiert zu sein, doch dann redete er weiter. »So eine Mischung aus Sütterlin, lateinische Ausgangsschrift und Druckbuchstaben. Da muss man erst Mal durchsteigen. Außerdem ist das eine Heidenarbeit. Ich bin gerade bei den Geburtsregistern. Diese Frau Kirch schien die einzige Hebamme in der Umgebung gewesen zu sein, und ich habe das

Gefühl, dass sie die gesamten Bewohner hier im Umkreis auf die Welt gebracht hat.«

»Du hältst uns auf dem Laufenden?«

Bräuer nickte. »Ach ja, diese Frau Doktor Kubicki habe ich noch nicht erreicht. Sie operiert wohl gerade.«

»Dann sollten wir uns zuerst noch einmal mit Claudia Weiß unterhalten.«

Frommelt räumte schnell seinen Schreibtisch auf, erhob sich und sah Hannah auffordernd an.

***

Frommelt fuhr mit Hannah nach Zahrenholz, während Bräuer es vorgezogen hatte, weiter in Frau Kirchs Unterlagen nach Anhaltspunkten für diese entsetzliche Tat zu suchen. Im Büro an seinem Schreibtisch war er im Moment auch am besten aufgehoben. Dort fühlte er sich sicher und konnte am effektivsten arbeiten.

»Sag mal, Kilian«, sagte Hannah nach mehreren Minuten, in denen sie schweigend im Auto nebeneinandergesessen hatten, »was ist eigentlich mit Roland los? So übel gelaunt habe ich ihn ja selten erlebt.«

Frommelt zog die Schultern hoch. »Um ehrlich zu sein, ich habe absolut keine Ahnung. Aber irgendwas ist da im Busch. Sobald sich eine Gelegenheit ergibt, rede ich mit ihm unter vier Augen.«

Hannah nickte. »Und bei euch? Ich meine, privat, bei Birgit und dir. Alles in Ordnung?«

»Könnte nicht besser sein.«

Sie parkten den Wagen in Zahrenholz vor dem Haus von Frau Kirch und gingen den kurzen Weg zur Familie Weiß zu Fuß. Hannah klingelte, doch niemand öffnete. Frommelt sah sich in der Straße um. Selbst am Tag begegnete man kaum jemandem, da würde hier nachts der *Hund begraben* sein. Hannah ging um das Haus herum auf den Hof. Frommelt folgte ihr langsam. Das schmiedeeiserne Tor stand weit offen, und neben der Scheune blubberte der Motor eines alten Treckers. Ewald Weiß kam mit qualmender Zigarette hinter dem grünen Traktor hervor. Sofort bekam er einen schuldbewussten Gesichtsausdruck. Er hob den Glimmstängel in die Höhe und zog die Schultern hoch. »Meine Frau will mir das ja abgewöhnen«, rief er von weitem. »Aber es ist mein einziges Laster, sonst hab ich ja nix nich.«

Frommelt gab ihm zur Begrüßung die Hand und schmunzelte. Hin und wieder rauchte er selbst. Vor allem in stressigen Situationen. »Schöner Trecker«, sagte er. Ewald Weiß reckte die Brust vor. »Ja, nich! Ein alter Fendt, Baujahr 1963. Moritz und ich haben ihn wieder zurechtgebastelt. Das arme Ding stand jahrelang bei uns in der Scheune, dabei hat er früher wirklich gute Dienste geleistet.«

»Und jetzt? Brauchen Sie ihn nicht mehr?«

Ewald Weiß schüttelte den Kopf. »Ne nich. Nicht mehr zum Beackern der Felder, so wie früher. Das Land haben wir alles verpachtet. Es lohnt sich nicht mehr mit ein paar Hektar Nutzfläche. Und Moritz hat kein Interesse an der Landwirtschaft. Wir fahren damit nur noch zu Ausstellungen und zeigen unser Schmuckstück her.« Dabei klopfte Ewald Weiß mit der Hand auf den Kotflügel des Treckers, als ob er einen braven Hund tätschelte.

Währenddessen war Hannah auf dem Hof herumgegangen und kehrte jetzt zu den Männern zurück.

»Herr Weiß«, begann Frommelt. »Wir haben ja gestern schon mit Ihrer Frau gesprochen. Sie sagte, Sie waren noch einmal hier draußen auf dem Hof gewesen. Haben Sie irgendeine Beobachtung gemacht?«

Ewald Weiß nickte. »Ja, nich. Gestern … die ganze Aufregung … das ist zu viel für einen alten Mann wie mich.« Er sah Frommelt in die Augen. »Wissen Sie, hier ist das ganze Jahr über kaum etwas los – und dann so was. Ich kann es immer noch nicht fassen.«

»Das verstehe ich.« Frommelt legte seine Hand auf die Motorhaube des Treckers und zog sie schnell wieder zurück. Verdammt, war das heiß! Aber dieses Gefährt war wirklich ein Schmuckstück.

»Ich geh ja jeden Abend noch mal raus, also wenn der Film vorbei ist. Gute-Nacht-Zigarettchen.«

Weiß schmunzelte und senkte den Kopf. »Und dabei gehe ich jeden Abend zum Tor, um zu überprüfen, ob es verschlossen ist. Nicht, dass hier viel zu klauen wäre, und Einbrecher gibt es ja hier auch eher selten. Ist nur so eine Macke von mir.« Als Frommelt ihn verständnislos ansah, fuhr er fort. »Angewohnheit aus früheren Zeiten, verstehen Sie?«

Frommelt nickte, weil er wollte, dass Ewald Weiß weitersprach.

»Ja, nich, und da seh ich noch, wie jemand über die Straße geht. Ich wunder mich noch, weil ja hier verdammich nix los ist, aber konnte kaum was sehen. Mit meinen Augen ist auch nix mehr los, trotz Brille. Aber dass da jemand war, das hab ich gesehen.«

»Haben Sie die Person erkannt?«

»Ne, nich. War ja dunkel, und die Straßenleuchten geben ja auch nur funzeliges Licht.«

Was auch immer *funzeliges* Licht sein mag, dachte Frommelt und sagte: »Haben Sie erkannt, ob es ein Mann oder eine Frau gewesen ist? Jung oder Alt?«

Ewald Weiß schüttelte den Kopf. »Nur dass da jemand über die Straße gehuscht ist. Mehr nich.«

»War da der Besuch von Ihrem Sohn schon nach Hause gegangen?«

»Ne, die sind erst los, als ich schon wieder drinnen war. Hab ich auf der Treppe gehört, als die raus sind.«

»Vielen Dank, Herr Weiß. Das war es erstmal. Wir müssten noch mit Ihrem Sohn und der Schwiegertochter sprechen. Sind die zu Hause? Wir haben geklingelt, es hat aber niemand geöffnet.«

Ewald Weiß nickte. »Die werden oben bei meiner Frau sein. Also die Claudia. Wo der Moritz steckt, weiß ich nicht. Hab ihn den ganzen Vormittag noch nicht gesehen. Vielleicht hilft der wieder bei den Neuen?«

Frommelt und Hannah nickten ihm noch einmal zum Abschied zu und wollten zum Tor hinaus, um zur Vordertür zu gelangen.

»Ne, nich«, rief ihnen Ewald Weiß hinterher. »Geh'n se mal hinten rein, durch die Küche. Tür ist offen.«

In der gemütlichen Wohnküche war niemand. Frommelt fühlte sich sofort wohl hier. Es war ihm gestern schon aufgefallen, dass Claudia und Moritz Weiß trotz aufwändiger Restauration nichts von dem ursprünglichen alten Charme verändert hatten. Er liebte diese alten Häuser, und es erinnerte ihn an sein eigenes.

»Kommst du, Kilian?«, rief Hannah, die bereits auf dem Flur auf der untersten Stufe der steilen Treppe stand.

Widerwillig riss er sich von dem bezaubernden Anblick los, dann schüttelte er den Kopf. »Geh schon mal vor und bring Frau Weiß, also Claudia, bitte mit nach unten. Ich möchte mit ihr allein sprechen.« Doch das war nicht der eigentliche Grund. Frommelt hoffte, hier auf der gemütlichen Eckbank zu sitzen und einen Kaffee angeboten zu bekommen. In solch einem Haus könnte er sich auch zu Hause fühlen.

Kurz darauf kam Hannah mit Claudia Weiß herein. Frau Weiß hielt den Blick gesenkt, und Frommelt vermutete, dass sie ein schlechtes Gewissen wegen ihres problematischen Alibis hatte. Und genau das wollte er, so lange es ging, ausnutzen. Jetzt ging es darum, die richtigen Fragen zu stellen. Claudia Weiß knetete ihre Finger und trat auf der Stelle, bis sie ihren Körper anspannte und fragte: »Möchten Sie vielleicht einen Kaffee trinken?«

Hannah wollte offensichtlich bereits den Kopf schütteln, als Frommelt ihr zuvor kam. »Sehr gerne, Frau Weiß.« Dann bedeutete er Hannah mit einem Nicken, dass sie sich neben ihn auf die Bank setzten sollte.

»Frau Weiß«, begann Frommelt. »Sie wissen, warum wir Sie allein sprechen möchten?«

Claudia Weiß, die gerade Pulver in den Kaffeefilter schaufelte, schaute über die Schulter. »Ja. Und ich möchte Sie bitten, meinem Mann nichts davon zu sagen. Ich glaube, er ahnt etwas, aber ich möchte mich ihm selbst erklären.«

Frommelt schwieg.

»Wissen Sie, es ist nicht einfach für Moritz. Er ist vor zwei Jahren arbeitslos geworden. Hier gibt es nicht viele Betriebe, in denen man Arbeit findet. Moritz ist gelernter Dachdecker und hatte vor zwei Jahren einen schweren Unfall. Seitdem geht er nicht mehr aufs Dach.« Claudia Weiß holte Tassen aus dem Schrank und setzte sich zu den beiden Ermittlern an den Küchentisch. »Ich möchte meinen Mann mit meiner Affäre nicht noch mehr belasten. Er hat es schon schwer genug.« Sie spielte mit den Fingern auf der Tischdecke herum.

»Erzählen Sie bitte noch einmal, wann und wo Sie am Dienstagabend waren. Wann sind Sie bei Herrn Michelsen in Wesendorf angekommen?«

»Ich hab jetzt nicht genau auf die Uhr gesehen, aber die Falkenbergs sind so gegen zehn nach Hause gegangen. Wir haben noch aufgeräumt, und dabei habe ich Marinas Tasche gefunden. Ehe ich los bin, habe ich den Kindern noch Gute Nacht gesagt. Meinem Mann hatte ich erzählt, dass ich noch Freundinnen besuchen und Marina vorher noch ihre Tasche vorbeibringen wollte. Ich dachte, vielleicht ist ja etwas darin, was sie noch dringend braucht.«

»Was sollte das gewesen sein?«

»Tabletten oder so. Ihr geht es ja nicht so gut, das haben Sie wahrscheinlich gestern schon bemerkt, oder?«

Frommelt nickte.

»Es sind ja nur ein paar Schritte bis zu ihrem Haus. Aber es hat niemand aufgemacht und es war alles dunkel.« Claudia Weiß stand auf, holte den Kaffee, der mittlerweile durchgelaufen war, und schenkte die Tassen voll. »Dann bin ich nach Wesendorf gefahren. Ich denke, dass ich dort so gegen halb elf angekommen bin. Wie gesagt, ich habe nicht auf die Uhr gesehen.«

»Und wie lange sind Sie bei Herrn Michelsen geblieben?«

Claudia Weiß überlegte einen Moment. »Mein Wecker zeigte kurz nach zwei an, als ich hier in meinem Bett lag.«

Das deckte sich mit der Aussage von Berndt Michelsen. Und auf Frommelt machte Frau Weiß nicht den Eindruck, als verschwiege sie etwas. »Wie standen Sie zu Frau Kirch? Mochten Sie sie?«

Claudias Augen leuchteten. »Ja. Sie war eine tolle Frau, hatte immer ein offenes Ohr für alle Menschen hier im Ort. Sie war bei jedem hier sehr beliebt und sie kannte auch jede Familie. Das machte schon ihr Beruf, ich glaube, sie hat hier fast jedes Baby auf die Welt gebracht.«

Hannah schaute Claudia Weiß an und schüttelte leicht den Kopf.

Claudia schmunzelte. »Na ja, früher auf jeden Fall, da waren Hausgeburten normal, und in den letzten Jahren kommt das ja auch wieder in Mode.«

»Davon habe ich gehört«, sagte Hannah und fuhr fort. »Wusste Frau Kirch von Ihrem Verhältnis zu Herrn Michelsen?«

»Ich denke nicht. Aber auch wenn, Sie hätte es niemandem erzählt. Sie tratschte nicht.«

»Können Sie sich vorstellen, wer einen Grund hatte, Frau Kirch umzubringen?«

Claudia schlug die Hände vor das Gesicht. »Nein. Das ist ja das Schlimme. Wir können es uns alle nicht erklären. Wie gesagt, jeder hier im Dorf hat sie gemocht.«

»Im Wohnzimmer von Frau Kirch waren alle Unterlagen durcheinander, so als hätte jemand etwas gesucht. Haben Sie eine Idee, was das gewesen sein könnte?«

»Keine Ahnung.«

»Gestern erzählten Sie mir, dass Frau Kirch im Beisein Ihrer Gäste etwas von *Die Rache der verlorenen Kinder* gesagt hatte und dass sie den Namen *Louisa* erwähnte. Dafür muss es doch einen Grund geben.«

»Es tut mir wirklich leid, aber glauben Sie mir, Moritz und seine Eltern haben sich stundenlang den Kopf darüber zerbrochen. Und mir sagt der Name auch nichts. Es soll doch aber vorkommen, dass Menschen im Alter die Zeiten durcheinanderbringen. Vielleicht hat sie ja etwas verwechselt, als sie das sagte.«

»Das werden wir überprüfen.« Frommelt stand widerwillig auf. Er wäre gerne noch eine Zeitlang hier auf der

Bank sitzen geblieben. »Ich danke Ihnen fürs Erste, auch für den Kaffee, er war sehr gut. Falls Ihnen noch etwas einfällt, rufen Sie mich bitte an.«

Claudia reichte ihm und Hannah die Hand und brachte sie bis zur Vordertür.

»Und jetzt?« Frommelt drehte sich auf der Stelle, als sie auf der Straße standen.

»Wen willst du noch befragen?« Hannah hatte die Autoschlüssel bereits in der Hand.

Frommelt dachte an Marina Falkenberg. Auf eine seltsame Art und Weise fühlte er sich mit ihr verbunden. Er hatte an ihrer Mimik, ihrer Körperhaltung gesehen, wie sie litt. Auch Marina Falkenberg hatte einen herben Verlust erlitten. Den Verlust ihres ungeborenen Babys. Er wusste, wie sich so etwas anfühlte. Frau Falkenberg war vielleicht nur eine unbeteiligte Zeugin in diesem Fall und da sie gerade erst hierher in den Ort gezogen war, kannte sie die Menschen nicht. Aber dennoch wollte er mit ihr reden. Vielleicht beobachtete ja ein Außenstehender, ein Mensch mit einem so empfindsamen Charakter, die Dinge anders. »Ich würde gern noch einmal mit Marina Falkenberg reden«, sagte er zu Hannah, die bereits auf den Wagen zuging. Sie schaute verwundert, erwiderte aber nichts.

»Ich vermute, dass auch Moritz Weiß bei den Falkenbergs im Haus ist – sein Vater deutete ja eben so etwas an. Könntest du ihn dann ein wenig ablenken? Ich möchte mit Frau Falkenberg allein sprechen.«

Vor dem Haus der Falkenbergs angekommen, drückte Frommelt auf die Klingel. Sie hörten dieses *Horrorgeräusch*, wie Bernie es nannte, bis auf die Straße. Doch niemand öffnete. Hannah versuchte, durch die fast blinden Fensterscheiben zu gucken. »Da sieht man überhaupt nichts durch, und es scheint wohl auch niemand zu Hause zu sein«, sagte Hannah. Sie warteten noch einige Minuten, doch es tat sich nichts.

***

Feierabend. Frommelt räumte seinen Schreibtisch auf. Hannah war bereits nach Hause gegangen, nur Bräuer saß noch mit gesenktem Kopf über seine Unterlagen gebeugt. Frommelt stand auf und setzte sich seinem Kollegen gegenüber an den Schreibtisch. Jetzt erst sah er, dass Roland nicht arbeitete, sondern mit verklärtem Blick ein Foto seiner Frau Silke und seines Sohnes Marvin betrachtete, das neben dem Computer stand.

»Roland«, begann Frommelt vorsichtig, »ist etwas mit Silke? Ich meine, habt ihr Probleme oder so?«

Bräuer hob langsam den Kopf und schien durch ihn hindurchzusehen. Bräuer schüttelte schwach den Kopf, dann nickte er matt, bis er mit tränenerstickter Stimme sagte: »Silke ist schwanger.«

»Das ist doch schön.« Kaum hatte Frommelt diese Worte ausgesprochen, biss er sich auf die Lippen. *Schön* war wohl kaum das richtige Wort, wenn Roland so bedrückt war. »Sorry, Roland, das ist mir so rausgerutscht. Ich meine … normalerweise …«

»Was ist schon normal? Die Zwillinge, die Silke im Bauch hat, ganz sicher nicht.«

»Gleich zwei? Ach du meine Güte. Was wollt ihr tun? Ich meine …« Solche Gespräche waren nicht Frommelts Ding, doch als Leiter dieser Ermittlungsgruppe war es an ihm, auch persönliche Dinge anzusprechen und wenn möglich zu helfen. Und das nicht nur aus dienstlicher Sicht.

»Ich weiß es nicht. Ehrlich.« Bräuer vergrub sein Gesicht in den Händen. »Wir, also Silke und ich, haben stunden-, nein, nächtelange Gespräche deswegen und können kaum noch schlafen. Weißt du«, er sah Frommelt mit einem verzweifelten Blick an, »normalerweise würden wir vor Glück ja Purzelbäume schlagen. Ein Geschwisterchen für Marvin, das haben wir uns immer gewünscht, aber nie leisten können – aber gleich zwei? Marvin kommt im Herbst in die Schule, Silke hat seit einem halben Jahr einen Halbtagsjob und könnte weiter arbeiten gehen. Wir legen dieses Geld schon zur Seite, um vielleicht mal einen kleinen Urlaub zu machen. Wir müssen ja auch noch das Auto abbezahlen, das wir Anfang des Jahres endlich gefunden haben. Und jetzt zwei weitere Kinder. Doppelte Windeln, doppeltes Essen und doppelte Kleidung und so vieles mehr. Und wir sind beide nicht dafür, die Babys in den Hort zu geben, nicht, wenn sie noch so klein sind. Außerdem, finde mal einen geeigneten Krippenplatz.«

»Ihr wollt doch nicht …« Frommelt wusste nicht, wie er das Unaussprechliche ausdrücken sollte.

»Abtreiben? Nein. Unter gar keinen Umständen. Das

würden wir beide niemals verkraften. Lieber suche ich mir einen Zweitjob an der Tanke oder kellnere.«

»Vielleicht findet sich ja noch eine andere Möglichkeit, Roland.«

»Auf dieses Wunder hoffen wir auch noch. Ich mach jetzt Feierabend. Ich kann kaum noch denken.« Bräuer stand auf und nahm seine Jacke vom Haken. Frommelt schluckte schwer, ging zu seinem Kollegen und klopfte ihm wortlos zwei Mal kurz auf die Schulter.

***

Die Kirchturmuhr schlug sechs Uhr abends, als Marina die Haustür hörte. Als Leon in die Küche kam, sah er sich vorwurfsvoll um. Marina wusste, dass Leon auf den ersten Blick erkannte, dass sich hier im Haus nichts getan hatte. Sie saß noch immer in der Küche auf einem Stuhl. Wie lange schon? Ganz vage konnte sie sich daran erinnern, wie ihr vor der Bäckerei schwindelig geworden war – bis sie umfiel und Claudia sie gefunden hatte. Hier zu Hause hatte sie die Tabletten genommen, die noch auf dem Tisch lagen. Danach wurde alles schwarz. Für einen klitzekleinen Moment glaubte sie sich zu erinnern, dass jemand an der Haustür geklingelt hatte, konnte aber nicht sagen, ob dieses Geräusch real war oder nur in ihrer Einbildung stattgefunden hatte.

Leons flüchtigen Begrüßungskuss nahm sie ohne eine Regung hin.

»Wie geht es dir?«, fragte er.

Sie antwortete nicht.

»Hättest du nicht wenigstens die Kisten hier in der Küche ausräumen können?«

»Das Haus ist unheimlich. Es redet mit mir, und ich verstehe nicht, was es sagt.«

»Hast du deine Tabletten genommen?«

Sie nickte.

»Ich werde morgen noch einmal mit einer Kollegin sprechen. Vielleicht stellen wir deine Medikation noch einmal um. Es dauert eben alles seine Zeit, hat sie gesagt.«

Marina hob den Kopf. Leon schien sich wirklich Sorgen um sie zu machen.

»Was hast du den ganzen Tag getan?« Leon sprach langsam und mit ruhiger, tiefer Stimme. So wie man mit Verrückten eben spricht, dachte sie. »Ich war einkaufen, die Leute mögen mich nicht.«

»Das bildest du dir nur ein. Du bist neu hier im Dorf. Sie kennen dich nicht. Was erwartest du? Warst du mit meiner Jogginghose einkaufen?«

»Ich weiß es nicht.«

»Ich glaub es ja nicht.« Augenblicklich änderte sich seine Stimmung. Nur mühevoll schien Leon seine Wut unterdrücken zu können. Er ging zum Kühlschrank, öffnete ihn und räumte die Speisen auf den Tisch. Er schien nicht erwartet zu haben, dass sie wirklich eingekauft hatte oder dass Marina etwas kochte.

»Hast du nicht in der Kantine gegessen?«, fragte sie.

»Nein.«

»Bist du sauer?«

»Nein.«

Sie wusste, dass das nicht stimmte.

»Was möchtest du trinken?«

»Saft«, sagte sie, weil es schneller ging. Ihr wäre nach einem heißen Tee gewesen. Innerlich fror sie.

Leon packte das Brot aus der Tüte aus. »Warum hast du das Brot nicht gleich im Laden schneiden lassen?«

Marina antwortete nicht.

»Dann gib mir bitte das Messer, es liegt dort drüben auf der Spüle.«

Marina stand schleppend auf, nahm das große Messer in die Hand und betrachtete lange die glänzende Klinge.

»Marina, bitte.« Leon setzte sich an den Küchentisch. »Übrigens, morgen Nachmittag besuchen wir meine Eltern. Leg dich doch mittags etwas hin, damit du ausgeruht bist.«

Der Küchentisch war bereits abgeräumt, als es an der Haustür klingelte. Leon bedachte Marina mit einem Blick, den sie als *Du gehst ja sowieso nicht zur Tür* auffasste.

Kurz darauf standen Claudia und Moritz im Raum. »Hallo, Marina, ich wollte nur einmal kurz nach dir schauen und fragen, ob mit dir wieder alles in Ordnung ist.«

Claudia setzte sich Marina gegenüber an den Tisch. Moritz stand ein wenig verlegen daneben.

»Weshalb soll denn mit ihr etwas nicht stimmen?«, fragte Leon.

»Hat dir Marina gar nichts von ihrem Kreislaufzusammenbruch erzählt?«

Leon schaute von Claudia zu Marina und schüttelte den Kopf.

»Leon, kann ich dich bitte mal unter vier Augen sprechen?«, fragte Moritz und ging bereits in Richtung Wohnzimmer.

»Warum? Alles was du zu sagen hast, kannst du auch hier erzählen«, sagte Leon barsch.

»Na ja ... ich meine ...«

»Was meinst du denn? Mach den Mund auf, oder sei still«, fuhr Leon Moritz heftig an.

Moritz zuckte zusammen. Jetzt nahm auch seine Stimme einen schrofferen Ton an. »Ich halte es nicht für richtig, dass du Marina mit der ganzen Arbeit hier allein lässt.«

»Und wer soll bitte die Kohle verdienen? Hast du dir darüber schon mal Gedanken gemacht? Aber nein, du hast ja gar keine Arbeit – du weißt ja gar nicht, wovon ich rede.«

»Da hast du völlig recht, mein Lieber. Ich habe im Moment keinen Job, aber ich kann meine Familie ernähren und helfe, wo ich kann. Was ich mich frage, ist, warum ihr so überstürzt hier eingezogen seid, wo du weißt, wie schlecht es deiner Frau geht.« Moritz fuchtelte mit seinem Zeigefinger dicht vor Leons Gesicht herum.

»Und du, mein Lieber, weißt ganz genau, dass es meinem Vater nicht gutgeht und ich in seiner Nähe sein will.« Leon packte Moritz‘ Hand und baute sich drohend vor ihm auf.

»Stimmt. Meine Mutter hat mir erzählt, dass er einen Herzinfarkt hatte, sie hat mir aber auch erzählt, dass das vor über einem halben Jahr gewesen ist und dass du ihn in dieser Zeit nicht ein einziges Mal besucht hast.«

»Das reicht. Du hast dich hier nicht einzumischen, das ist ganz allein unsere Angelegenheit. Es ist besser, du verlässt jetzt mein Haus.« Leons Gesicht war puterrot geworden.

Claudia riss vor Entsetzen die Augen auf, Moritz nickte und zog seine Frau an der Hand zum Ausgang.

***

Als Kilian Frommelt die Haustür öffnete, war es im Haus totenstill. Sein schlechtes Gewissen, Birgit noch nichts von den ungeöffneten Briefen erzählt zu haben, trieb ihn auf Zehenspitzen ins Wohnzimmer. Fast glaubte er, sie hätte bereits ihre Sachen gepackt und sei ausgezogen. Doch sie konnte von dem neuen Brief gar nichts wissen – oder?

»Huhu.«

Erschrocken sprang Kilian um die eigene Achse. Er glaubte, einen Einbrecher hinter sich zu haben, und starrte in Birgits freudestrahlendes Gesicht.

»Hast du mich erschreckt.«

Sie fiel ihm um den Hals und küsste ihn leidenschaftlich. Fast bekam er keine Luft mehr.

»Das wollte ich nicht. Ich freu mich so auf dich, und letzte Nacht war …« Der restliche Satz verschwand in einem Nuscheln hinter vielen Küssen. Vorsichtig schob Kilian Birgit von sich. Sein Herz schlug Purzelbäume. Wie sehr liebte er diese Frau. Und bekam augenblicklich wieder ein schlechtes Gewissen wegen dieses dummen Briefes. Aber diese Stimmung wollte er nicht kaputt machen.

»Ach ja«, sagte Birgit. »Richard hatte vorhin angerufen, er meinte, er kommt heute Abend noch mal kurz vorbei. Wollt ihr lieber allein sein? So unter Männern?«

Kilian zog die Schultern hoch und hoffte, Birgit würde diese Geste als *ja* interpretieren. Frauen konnten so etwas, das wusste er.

»Dann fahr ich gleich zu Mara, wir wollten uns sowieso mal wieder einen Mädelsabend gönnen.« Sie sprang an ihm vorbei, schnappte sich ihre Jacke und war schon fast aus der Tür, als sie sich noch einmal umdrehte. »Ich hab euch was zu essen in die Küche gestellt, damit der Whiskey nicht so einsam im Magen rumdümpelt.« Und schon war sie verschwunden. Kilian pustete die angestaute Luft mit einem Schwung aus seinen Lungen. Zum Glück hatte sie ihm nicht angesehen, was in ihm vorging. Er wollte zunächst Richards Rat.

Dieser stand auch keine halbe Stunde später in seinem Wohnzimmer und sah sich um. »Ist Birgit nicht da?«

Kilian schmunzelte. Er wusste, wie sehr Richard Birgit mochte. »Die ist bei einer Freundin – sturmfreie Bude. Schach?«, fragte er und deutete auf das bereits aufgestellte Spiel.

»Heute ist nicht Sonntag. Ich glaube, du hast ein Problem, mein Junge, und darüber sollten wir reden.«

»Ich weiß gar nicht, was du meinst«, sagte Kilian, und augenblicklich fiel ihm das alkoholgeschwängerte Telefonat mit Richard ein. Bedrückt ging er zum Wohnzimmerschrank und holte eine Flasche Wein und zwei Gläser. Er wusste, der Freund trank gerne ein Glas Rotwein.

Sie saßen sich am Wohnzimmertisch gegenüber, und Kilian erkundigte sich nach Fabian, Richards Ziehsohn, der auch für Kilian und Birgit mittlerweile zur Familie gehörte.

»Der hat endlich die Abiprüfungen hinter sich und wartet auf die Ergebnisse«, sagte Richard.

»Was will er dann anschließend machen?«

Richard lächelte versonnen. »Er hat vor zu studieren, weiß aber noch nicht genau, was. Immer wenn ich ihn frage, dann hat er entweder ein ganz bestimmtes Studienfach oder gleich zwanzig. Der neueste Favorit ist aber Molekularbiologie.«

»Was macht man denn damit?« Frommelt riss überrascht die Augen auf.

Richard lachte. »Wenn du mich so fragst – keine Ahnung.«

»Fabian ist ein toller junger Mann geworden«, sagte Kilian. »Dank deiner Hilfe.«

Kilian hangelte sich jetzt mit belanglosen Themen über das Wetter und Richards Job um den heißen Brei herum. Denn er wusste, Richard würde ihn sofort auf sein Problem ansprechen. Und das wollte er, so lange es ging, hinauszögern, auch wenn er seinen Rat dringend ersehnte. Bis Richard ihm direkt in die Augen sah und nichts mehr sagte.

Kilian begriff sofort und senkte den Kopf.

»Was ist los mit dir? Jetzt quatsch nicht ständig um den heißen Brei herum. Raus mit der Sprache.«

»Maren hat die Scheidung eingereicht.«

Jetzt war es an Richard, der perplex aus der Wäsche schaute. »Was willst du eigentlich? Kannst du mir das bitte mal verraten? Warum macht dich das betroffen? Ich meine, ich bin es, der überrascht ist, denn ich dachte, die Sache sei schon längst erledigt. Und willst du Maren tatsächlich wiederhaben, oder ist es ganz einfach gekränkte Eitelkeit, dass sie damals so einfach abgehauen ist?«

So hatte er das noch nie gesehen. Kilian war baff. Nein, gekränkte Eitelkeit, das war es nicht, viel eher hatte ihn der Verlust getroffen.

»Du bist mit Birgit glücklich«, fuhr Richard fort, als Kilian nicht antwortete. »Das glaube ich zu erkennen. Was also willst du?«

Kilian musste zugeben, dass er genau das nicht wusste.

***

Marina wachte auf und wusste im ersten Moment nicht, wo sie war. Die Matratze neben ihr war leer. Sie tastete auf den Kissen herum. Kalt. Also musste Leon schon vor geraumer Zeit aufgestanden sein und war wohl bereits zur Arbeit gefahren. Ihr Kopf fühlte sich heute leichter an. Behäbig krabbelte sie von der Matratze herunter. Ihr Körper schien nicht so schwer wie sonst zu sein. Nach dem Duschen, einer Tasse Kaffee und Toast fühlte sie sich kräftig genug, um die Fenster zu putzen. Ihre Tabletten, die Leon ihr auf den Tisch gelegt hatte, schluckte sie, ohne mit der Wimper zu zucken.

Mit Eimer und Wischlappen ging sie ins Wohnzimmer. Nach dem Streit gestern würde Moritz heute wohl nicht zum Helfen herkommen.

Bereits nach dem zweiten Fenster begannen ihre Gedanken, ein Eigenleben zu führen. Zuerst wirbelten sie in ihrem Kopf herum, und Marina versuchte, den einen oder anderen davon zu erhaschen. Es schien, als würden sich mehrere Stimmen überkreuzen, wie bei einer Feier, auf der sich jeder mit jedem unterhielt. Marina vernahm in dem Gemurmel Worte, manchmal ganze Sätze und dann wieder nur Getuschel. Aber all das ergab keinen Sinn für sie. Mit dem Lappen in der Hand stand sie wie erstarrt und sah auf die Straße, ohne etwas zu erkennen. Die Stimmen wurden lauter und lauter, dröhnten in ihrem Kopf und peitschten ihr die Töne ins Hirn. Sie wich ein kleines Stück von der Scheibe zurück, wie um Anlauf zu nehmen, und schlug mit dem Kopf gegen den Fensterrahmen. Wieder und immer wieder.

Benommen krabbelte sie auf allen Vieren zum Tisch und stemmte sich darauf vom Boden hoch, auf dem sie nach ihrem Anfall gelandet war. Davon durfte Leon unter gar keinen Umständen erfahren. Ihr Kopf schmerzte. Doch das war kein psychischer Schmerz, wie eben, vor ihrem Anfall, sondern schien durchaus physische Gründe zu haben. Sie tastete ihren Schädel ab. Auf ihrer Stirn fühlte sie eine dicke Beule und als sie die Hand fortnahm und sich ihre Finger besah, haftete Blut daran. Im Gästebad reinigte sie die Wunde und klebte ein Pflaster drauf.

Was war das eben? So nah, so dicht bei ihr, waren die Stimmen noch nie gewesen. Marina war sich sicher, dass es das Haus war, das ihr seine Botschaften schickte. Sie musste sie nur zu deuten wissen.

Sie verließ das Bad und ging durch alle Räume. Beobachtend, lauernd. Wo bist du, böser Geist?

Sie sah sich um. Das Wohnzimmer war weitgehend sauber. Die Böden geschrubbt, die Spinnweben entfernt. Moritz hatte hier bereits begonnen, die Tapeten abzureißen. *Damit ihr wenigstens einen gemütlichen Raum habt,* hatte er gesagt. Er hatte recht. Das Haus konnte durchaus behaglich werden, sobald alles hergerichtet war. Die alten Möbelstücke, die die Vorbesitzer hier stehengelassen hatten, verteilten sich im ganzen Haus. Es waren nicht viele, hier ein Buffet, dort eine Kommode und ein Tischchen, an der Wand noch alte kitschige dunkle Gemälde. Sie wollten später entscheiden, ob es sich lohnte, sie aufarbeiten zu lassen. In den anderen Räumen war überall der Schmutz. Marina ging bedächtig durch die Zimmer, strich mit den Fingern über eine glatte Mahagonitischplatte, malte ein Muster in den Staub. Wie elektrisiert kribbelte es in ihrer Hand, es zog den Unterarm hinauf bis zu ihrem Hals. Als ob die Möbel ihr etwas mitteilen wollten. Sie ging die Treppe hinauf, was sie in den vergangenen Tagen vermieden hatte, stand auf dem kleinen Flur und wusste nicht, welche Kammer sie zuerst betreten sollte. »Du musst dich mit mir anfreunden«, sagte sie zu dem Haus, »sonst wird das nichts mit uns beiden.«

Sie hob den Kopf und starrte an die Decke, ohne zu begreifen, was sie dort sah. Eine Weile blieb sie so stehen, bis ihr der Nacken wehtat. Sie senkte den Kopf und rieb die schmerzende Stelle, bis sie begriff. Die ganze Zeit hatte sie die Bodenluke fixiert. Einen Stockhaken, um die Klappe zu öffnen, fand sie nicht sofort. Erst als sie im Badezimmer den Schalter für die schwache Glühlampe anknipste, fand sie ihn versteckt hinter der Tür. Marinas Bewegungen waren langsam, bedächtig, fast wie in Trance. Als ob sie sich auf einen großen Augenblick vorbereiten wollte. Die Deckentür schwang herunter, und einige Brocken Mörtel, die sich aus den Fugen des Dachs gelöst hatten, fielen neben ihr auf den Boden. Marina zog den Kopf ein, um nicht getroffen zu werden. Mit beiden Händen hielt sie sich an den Sprossen der altersschwachen Treppe fest und zog sich nach oben.

Sie fand sich auf dem Speicher, direkt unter den Dachziegeln neben einer alten Truhe kniend wieder. Vorsichtig hob sie den Deckel an. Die aufgewirbelten Staubpartikel tanzten und glänzten in den Sonnenstrahlen, die durch die schmalen Ritzen zwischen den Dachpfannen geworfen wurden.

Marina war enttäuscht. In der Truhe befanden sich zumeist lose Papiere, vergilbte Aktendeckel und Bücher, deren Blätter sich im Laufe der Zeit gewellt hatten. Was hatte sie erwartet? Einen Schatz? Sie schluckte das aufsteigende Kichern hinunter. Sie begriff erst nach einigen Momenten, dass ihre Hände wie von allein bereits in den Unterlagen wühlten. Sie zog ein ausgeblichenes, an einigen Stellen eingerissenes Schriftstück hervor und blätterte darin. Viel konnte Marina bei dem spärlichen Licht und ihrem benommenen Verstand nicht erkennen, also nahm sie die zusammengetackerten Seiten mit hinunter. Warum sie das tat, wusste sie nicht.

Doch auch im Wohnzimmer konnte sie nicht viel entziffern. Das meiste war mit der Zeit verblichen. Was wollte sie auch damit anfangen? Sie hatte genug mit sich selbst zu tun, als auch noch in anderer Leute Sachen zu wühlen, schalt sie sich in Gedanken. Es ging sie nichts an. Marina stand auf und ging auf den Flur. Hier zog sie die oberste Schublade einer kleinen Kommode auf, in die sie ihre Halstücher gelegt hatte. Sie nahm sie heraus und warf das Schreiben hinein. Die Tücher drapierte sie sorgfältig darüber.

***

Als Frommelt zur Arbeit fuhr, gingen ihm gleich mehrere Gedanken durch den Kopf. Zunächst der Brief vom Anwalt. Obwohl er Birgit heiraten wollte, machte ihn der Gedanke an eine Scheidung von Maren betroffen. Da nützte auch die wohlmeinende, aber deutliche Ansprache von Richard vom gestrigen Abend nichts. Er konnte es nicht einfach so fortwischen wie einen Kaffeefleck auf der Spüle.

Als Birgit gestern Abend nach Hause gekommen war, hatte er bereits im Bett gelegen und so getan, als schliefe er. Er wollte keine Fragen beantworten, denn Birgit glaubte ja, dass sie einen harmonischen Männerabend verbracht hatten. So musste er auch nichts von diesem verdammten Brief erzählen. Das würde er schon irgendwie hinbekommen.

Und er fragte sich, ob Birgit Kinder wollte. Über dieses Thema hatten sie sich noch nie unterhalten. Kinder. Roland und Silke erwarteten auch Nachwuchs und gleich in doppelter Form. Das trieb die Familie an das finanzielle Limit. Wie sollten sie das alles stemmen? Ihm fiel Marina Falkenberg ein, die noch immer um ihr verlorenes Kind trauerte. Das war ihm sehr nahegegangen, diese junge Frau in solch einem erschütterten Zustand zu sehen. Wie kam jemand mit solch einem Verlust zurecht?

Ehe er sich versah, war er bei der Polizeiinspektion angekommen.

»Guten Morgen, Roland, wie geht es dir heute?«, begrüßte Frommelt seinen Kollegen teilnahmsvoll. Bräuer stierte auf seine Aufzeichnungen und nickte nur.

»Hast du das Täterprofil schon fertig?«

»Bin noch nicht weitergekommen. Es ist zum Verrücktwerden.« Bräuer legte die Hände auf die Stirn und atmete einmal tief durch.

»Roland, ich meine es jetzt ernst. Möchtest du Urlaub nehmen? Du hast genug private Sorgen, die dich belasten.«

»Du meinst also, ich arbeite hier nicht effektiv genug? Willst du das damit sagen?«

»Nein. Entschuldige. Ich habe es nur gut gemeint. Du bist völlig fertig, und ich mache mir Sorgen um dich. Ich wüsste nicht, wie ich mit einer solchen Situation fertig werden würde.« Dabei dachte Frommelt, dass er selbst auch nicht sehr effektiv an seine eigenen Problemlösungen heranging, und setzte sich langsam an seinen Schreibtisch. »Überleg es dir.«

Sie arbeiteten schweigend, bis Hannah ins Büro kam. Sie strahlte schon wieder über das ganze Gesicht. Das kann ja heiter werden, dachte Frommelt und öffnete seine Mails. »Heute ist um vierzehn Uhr die Leichenöffnung von Frau Kirch angesetzt. Wer geht hin?« Frommelt schaute in die Runde.

Hannah hatte gerade Tassen aus dem Schrank geholt, drehte sich um und sah Frommelt kopfschüttelnd an. »Sorry, aber ich habe im Dienstplan bereits einen Arzttermin eingetragen. Den kann ich schlecht absagen. Nichts Schlimmes, nur eine Vorsorgeuntersuchung.«

»Roland?«

»Nein, tut mir leid. Ich möchte jetzt besser die Unterlagen und Geburtsregister von Frau Kirch durchgehen. Nicht, dass ich noch mal einen Anschiss kriege.« Ohne eine Antwort abzuwarten, beugte er sich über die Papiere.

Hannah verließ mit einem »Oh, oh« und der leeren Kaffeekanne den Raum.

Das hatte ihm gerade noch gefehlt. Frommelt hasste diese Leichenöffnungen. Es wurde ihm immer übel dabei, einmal hatte er sich sogar übergeben müssen. Um den Kollegen Bräuer nicht noch mehr zu verärgern, musste er heute selbst hingehen.

***

Was sollte sie jetzt tun? Marina drehte sich im Kreis, und plötzlich fiel ihr Leons Jogginghose ein. Die hatte sie gestern beim Einkaufen getragen. Leon würde wieder sauer werden, wenn die nicht gewaschen war. Sie suchte jeden Winkel ab, doch die Hose blieb verschwunden. Seltsam. Sie hatten doch gestern alle Kleidungsstücke ordentlich zusammengelegt. Ob die Sporthose dabei gewesen war, daran konnte sich Marina nicht mehr erinnern. Sie beschloss, nicht mehr zu suchen, und entsann sich, dass sie vorhin begonnen hatte, die Fenster zu putzten. Das wollte sie zu Ende bringen. Wie spät war es eigentlich? Sie erschrak. Fast halb drei. Hatte sie wirklich so lange auf dem Boden in der alten Truhe herumgewühlt? Leon würde gleich hier sein, um sie zu dem Besuch bei seinen Eltern abzuholen. Eine Weile stand sie auf der Stelle und überlegte, ob sie ihre Tabletten genommen hatte. Morgens, ja, daran konnte sie sich knapp erinnern, dass es ihr besser als an anderen Tagen gegangen war und sie zum Frühstück ihre Medizin genommen hatte. Mittags? Sie raufte sich die Haare, als ob ihr das helfen würde, sich zu erinnern. Die Zeiten verschwammen zu einem dicken Brei.

Marina war gerade mit Duschen fertig, als Leon vor ihr stand. Er lächelte sie an, legte seinen Arm um ihre Schultern und führte sie ins Wohnzimmer.

»Es tut mir leid«, sagte er. »Ich bin ein Narr, dich hier mit all den Sachen allein zu lassen. Mir ist der Streit mit Moritz nicht aus dem Kopf gegangen. Er hat völlig recht, ich habe nur an mich gedacht.« Er zog Marina an sich und küsste sie auf die Stirn. »Komm, ich helfe dir.«

***

Frommelts Magen krampfte sich noch immer zusammen. Heute, fand er, war die Leichenöffnung besonders schlimm gewesen. Die beiden Obduzenten kannte er nicht. Sie erledigten gewissenhaft, aber wie es Frommelt vorkam, ohne jegliche Emotion ihre Arbeit.

Mit gesenktem Kopf und der flachen Hand auf den Bauch gepresst, stürmte er die Treppe in der Polizeiinspektion hoch. Auf der letzten Stufe wäre er beinahe mit jemandem zusammengeprallt.

»Hallo, Kilian. Zu dir wollte ich.«

Frommelt spürte, wie ihm der letzte Rest Farbe aus dem Gesicht wich. »Hallo, Maren.« Mehr fiel ihm nicht ein.

»Hast du Zeit, mit mir einen Kaffee trinken zu gehen?«

Kaffee vertrug sein Magen im Moment ganz bestimmt nicht, aber er nickte zustimmend. Schweigend liefen sie nebeneinander die Treppe hinunter und verließen das Polizeigebäude. Auf dem Steinweg überlegte er kurz, wohin sie gehen sollten, bis er fragte: »Wo übernachtest du? Ich meine, du wirst doch bestimmt heute nicht mehr nach Berlin zurückfahren, oder?«

Maren schüttelte den Kopf. »Ich hab ein Zimmer im *Deutschen Haus*.«

Er fasste sie am Arm und zog sie in Richtung *Deutsches Haus*. Das war nicht sein Tag heute und würde es wohl auch nicht mehr werden. Er übersah auch die Frau, die gerade in Richtung *Paula's* ging, um ihren Dienst anzutreten. Aus den Augenwinkeln bemerkte er sie, erschrak und glaubte, Birgit zu sehen. Doch als er sich zur Seite drehte, war sie verschwunden. Da hatte ihm sein schlechtes Gewissen wohl einen Streich gespielt.

Im Restaurant des *Deutschen Hauses* suchten sie sich einen Platz am Fenster. Kilian Frommelt bestellte Kaffee für Maren und Pfefferminztee für sich selbst. Marens süffisanten Blick übersah er bewusst. »Warum bist du hier?«, fragte er. Kaum traute er sich, sie anzusehen. Seine Hände hielt er verkrampft unter dem Tisch verborgen.

»Du hast noch nicht auf die Briefe geantwortet, die der Anwalt dir geschickt hat.« Noch immer sah Maren ihn spöttisch an.

»Ich hab den Brief erst am Dienstag bekommen. Wie kommst du auf die Idee, dass ich die Unterlagen unverzüglich wieder zurückschicke? Meinst du, ich hätte nichts anderes zu tun?« Kilian senkte den Kopf und dachte angestrengt nach. Weshalb sprach Maren von *Briefen*? Hatte er noch mehrere bekommen und diese Tatsache wieder verdrängt?

»Entschuldige bitte, Kilian.«

Was hatte sie eben gesagt? Frommelt konnte es kaum fassen, denn Maren hatte sich noch niemals für irgendetwas bei ihm entschuldigt. Egal, was vorgefallen war. Er hob langsam den Kopf, noch immer darauf bedacht, ihr nicht in die Augen zu sehen. Maren führte ihre Kaffeetasse zum

Mund und verschüttete fast den Inhalt. Sie schien nervös zu sein. Frommelt ließ ihr einen Moment Zeit. Sie hatte sich sehr verändert, ihr Gesicht war schmaler geworden, ihr Mund hatte einen härteren Zug angenommen. Und die Frisur war auch neu, obwohl er nicht ganz genau sagen konnte, inwiefern etwas anders geworden war. Das schien die Großstadt aus ihr gemacht zu haben. Um die jetzt entstandene peinliche Stille zu überbrücken, fragte er: »Wie lange bleibst du hier?«

Sie zog die Schultern hoch. »So lange, bis du die Papiere unterschrieben hast.«

»Und wenn ich sie nie unterschreibe?« Was wie ein Scherz klingen sollte, kam wie durch Schleifpapier gezogen aus seiner Kehle.

Maren lachte nervös und künstlich auf. War das noch *seine Maren*? Hatte er in den vergangenen Tagen wirklich ihretwegen solch ein schlechtes Gewissen Birgit gegenüber gehabt? Anstatt seiner großen Liebe Birgit offen und ehrlich, so wie sie es verdient hätte, die Wahrheit zu sagen, saß er jetzt hier und druckste herum. Frommelt nippte an seinem Tee.

»Du musst aber zugeben, dass wir eine wunderschöne Zeit miteinander hatten.«

Frommelt hätte fast sein Getränk quer über den Tisch gespuckt. Was sollte das denn werden? »Maren, ich bitte dich, es war deine Idee, dass wir uns trennen.«

»Ich weiß, Kilian.« Sie legte ihre Hand auf seinen Arm.

»Was ist los mit dir? Was erwartest du jetzt von mir?«

Das hatte schärfer geklungen, als er beabsichtigt hatte, verfehlte seine Wirkung aber nicht. Maren standen die Tränen in den Augen. Frommelt musste sich beherrschen, dass er sie nicht in den Arm nahm und tröstete.

»Nichts«, flüsterte sie. »Gar nichts. Es ist nur so schwierig in Berlin. Ich habe noch keine richtigen Freunde gefunden. In den Kreisen, in denen Christian verkehrt, geht es sehr oberflächlich zu. Die Leute sind meist Arbeitskollegen von ihm, steif und hochnäsig. Christian versteht meine Meinung nicht, und wir streiten uns oft darüber.«

Das konnte sich Frommelt sehr gut vorstellen. Hausmann, sein ehemaliger Vorgesetzter, wollte Karriere machen und suchte keine Freunde, sondern Förderer.

»Was hast du vor? Willst du dich von ihm trennen?«

Maren sackte in sich zusammen. So kannte Frommelt seine Exfrau nicht – die früher so stolz und selbstbewusst durchs Leben gegangen war.

Sie schüttelte den Kopf. »Ich weiß nicht … ich dachte nur … wir beide …«

Jetzt war aber Schluss mit lustig. Er winkte den Kellner heran und beglich die Zeche. Dann stand er auf. »Tut mir leid, Maren, ich muss jetzt los. Birgit wartet bestimmt schon auf mich. Ich brauche dich sicher nicht zu begleiten, du hast ja hier im Hotel ein Zimmer«, sprach er und flüchtete aus dem Lokal.

***

Im Auto auf der Fahrt zu Leons Eltern, die zwei Orte weiter wohnten, ging es Marina einigermaßen gut. Sie wunderte sich zwar ein wenig, nahm es aber eher mit einer sanften Gleichmut zur Kenntnis.

Sie hatte Leons Eltern bisher nur zwei Mal gesehen. Das war kurz vor ihrer Hochzeit vor drei Jahren gewesen. Die Falkenbergs waren nach Braunschweig gekommen, und sie hatten sich in einem kleinen gemütlichen Café getroffen. Leons Mutter verwickelte Marina sofort in ein angeregtes Gespräch, während sich Leon mit seinem Vater unterhielt. Um was es in diesem Gespräch gegangen war, konnte Marina nicht mehr sagen, denn Irmgard Falkenberg hatte Marinas Aufmerksamkeit völlig auf sich gezogen. Einen kurzen Augenblick dachte sie, dass sich Leon und sein Vater über eine wichtige Sache stritten. Aber gab es das nicht in jeder Familie? Marina dachte an ihre eigenen Eltern, die sich ständig in den Haaren gelegen hatten.

Kurz darauf machte Leon ihr einen Heiratsantrag, und drei Wochen später fand sich Marina auf dem Standesamt wieder. Leons Eltern waren nicht dabei gewesen. Sie hätten bereits zuvor einen teuren Luxus-Urlaub gebucht, den könnten sie auf keinen Fall absagen. Danach besuchten sie sie zwei Wochen später kurz in ihrer Wohnung in Braunschweig und gaben ihr Geschenk ab, wobei Marina heute nicht einmal mehr wusste, was es gewesen war. Sie hatten nicht einmal Zeit, sich zu setzen.

Auch nach diesem Besuch gab es nie die Möglichkeit, sich zu treffen. Leons Eltern fanden immer wieder diverse

Gründe, die sie hinderten, ihre Arbeit im Hotel zu unterbrechen und die Leon mit einer achtlosen Handbewegung wegwischte, als hielte er es für eine Ausrede. Oder Leon musste ausgerechnet an diesen Tagen im Krankenhaus arbeiten.

Marina freute sich tatsächlich, Leons Eltern richtig kennenzulernen. »Wie sind sie? Ich meine, deine Eltern. Du hast mir nie viel von ihnen erzählt.«

»Da gibt es nicht viel zu erzählen. Sie hatten immer viel zu tun und selten Zeit für mich.«

»Oh, das ist schlimm. Umso schöner ist es, sie jetzt öfter zu besuchen, wo wir doch in der Nähe wohnen.«

»Viel Zeit werden wir für Besuche kaum haben. Und … ja … ehe du es von meinen Eltern erfährst – wir hatten in den letzten Jahren kein besonders gutes Verhältnis miteinander.«

»Dann kann es ja nur besser werden, oder?«

Leon schwieg.

Sie gingen durch die Rezeption ins Hotel hinein, Leon führte sie zu einer Treppe, die in das obere Stockwerk zur privaten Wohnung führte. Hier kam ihnen Irmgard Falkenberg bereits entgegen. Sie schien sich aufrichtig zu freuen, drückte erst Marina, dann ihren Sohn an sich. »Leon, ich freue mich, dass wir endlich deine Frau richtig kennenlernen. Kommt bitte herein.«

Im Esszimmer war die Kaffeetafel bereits mit einem hübschen Blümchenservice gedeckt. Marinas erster Gedanke war: Das könnte mir auch gefallen.

Leons Vater Siegburg betrat langsam und mit aristokratischer Haltung den Raum. Er hatte einen durchdringenden, aber nicht unangenehmen Blick. »Herzlich Willkommen … Verzeiht, wenn ich mich wieder setze.« Man sah ihm an, dass er nach dem Herzinfarkt noch immer sehr geschwächt war.

Die Unterhaltung plätscherte eher oberflächlich dahin, und Marina hatte das Gefühl, dass hier etwas Unausgesprochenes unter den Tisch gekehrt wurde. Von Leons Vater ging eine feindselige Stimmung aus, die sich aber scheinbar nur auf seinen Sohn bezog. Zu Marina war er überaus freundlich, und sie hatte fast das Gefühl, ihr Schwiegervater flirtete mit ihr. Leon schien sehr nervös zu sein. Seine Hände wischten fahrig auf dem Tisch herum, fast glaubte Marina, ihr Mann zitterte. Er nahm seinem Vater selbst die kleinste Anstrengung ab. So unterwürfig kannte sie Leon nicht – und doch sah sie einen gewissen Zorn in seinen Augen.

Leons Mutter war die perfekte Gastgeberin, die sehr darauf bedacht war, dass sich ihre Gäste wohlfühlten. Man konnte ihr die Freude, dass ihr Sohn hier war, ansehen. So eine liebevolle Mutter hätte sich Marina auch gewünscht.

Frau Falkenberg brachte Theklas Tod ins Gespräch. Sie unterhielten sich kurz über die Umstände, bis Marina erzählte, dass die alte Frau bei ihrem Besuch bei Moritz und Claudia etwas von einer Louisa erzählt hatte. Siegburg zuckte fast unmerklich zusammen, und doch bekam Marina diese plötzliche Regung mit. Leon starrte sie genervt an.

»Wer ist denn diese Louisa?«, fragte Irmgard Falkenberg.

Leon fasste sich als erster. »Keine Ahnung. Aber die Polizei war gestern bei mir im Krankenhaus und hat mich auch gefragt, ob ich eine Louisa kenne.«

»Davon hast du mir gar nichts erzählt.« Marina schaute ihren Mann fragend an.

»Tut mir leid, Liebes, das habe ich völlig vergessen. Aber das ist ja auch nicht so schlimm, oder? Wir haben an wichtigere Dinge zu denken.«

Leons Mutter sah sorgenvoll ihren Mann an, der mit finsterer Miene am Tisch saß, und sagte: »Ich denke, es ist besser, ihr fahrt jetzt nach Hause. Der Vater darf sich nicht aufregen, und für heute ist es genug.« Sie begleitete Marina und Leon bis zur Treppe, nahm dann ihren Sohn bei der Hand und sah ihm liebevoll in die Augen. »Ach Junge, warum vertragt ihr euch nicht wieder? Lange kann Papa das Hotel nicht mehr halten, du weißt, auf welcher Kippe das steht. Mitarbeiten kann er nicht mehr, er fehlt überall, und gutes Personal ist sehr teuer.«

»Dann soll er mir das Hotel überschreiben. Ich habe Pläne, wie du weißt.«

»Die Hirngespinste mit der Kurklinik. Das würde dein Vater niemals überleben. Und selbst wenn, da würde er hier nicht mehr wohnen wollen. Wo sollen wir denn dann hin?«

»Ihr könntet ja in unser Haus ziehen.«

»In das Unglückshaus? Nur über meine Leiche.«

Marina zuckte zusammen. Was war hier los? Was verschwieg ihr Mann noch alles?

Als sie im Auto saßen und auf dem Heimweg waren, fragte Marina: »Wieso hat deine Mutter das mit dem Unglückshaus gesagt? Was war das denn für ein Unglück?«

Leon antwortete kurz und gereizt. »Ach, gar nichts. Du weißt doch, wie die Leute reden. Da ist nichts dran, glaub mir. Ich habe alles unter Kontrolle.«

»Was meinte deine Mutter denn mit dieser Kurklinik? Davon hast du mir auch nichts erzählt.«

»Da gibt es nichts zu erzählen, du hast Mutter doch gehört.«

»Und warum hast du dich mit deinem Vater gestritten? Waren deine Eltern deshalb nicht bei unserer Hochzeit gewesen?«

»Marina, komm, jetzt lass gut sein.«

Den Rest des Weges schwiegen sie.

***

Noch immer schüttelte Frommelt den Kopf, als er wieder zurück im Büro war. Dass Birgit auf ihn warten würde, war eine glatte Lüge gewesen, aber er wollte Maren klarmachen, dass es eine neue Liebe in seinem Leben gab.

Diese kurze Zeit mit seiner Exfrau hatte ihm mehr als deutlich vor Augen geführt, was er an Birgit hatte und wie sehr er sie liebte. Warum ließ er dieses ganze Gefühlschaos überhaupt zu? Im vergangenen Jahr hatte er doch bereits beschlossen, mit Birgit glücklich alt zu werden. Sie war die tollste Frau, der er jemals begegnet war. Und das wollte er aufs Spiel setzen, weil er nicht klar und deutlich Stellung beziehen konnte? Weil er alles verdrängen musste? So in seine Gedanken versunken, hatte er seine Kollegen völlig übersehen. Er erschrak, als das Wort an ihn gerichtet wurde.

»Kilian, du hast uns noch gar nicht erzählt, was bei der Obduktion herausgekommen ist.« Bräuer drehte sich mit seinem Stuhl um und schaute Frommelt erwartungsvoll an.

»Nichts, was wir nicht schon wüssten.« Frommelt brauchte einen Moment, um sich zu sammeln. »Der Todeszeitpunkt konnte zeitlich auf zweiundzwanzig bis dreiundzwanzig Uhr eingeschränkt werden. Dem Opfer wurde für eine geraume Dauer hinweg die Luft abgedrückt, was aber nicht zu ihrem Tod geführt hat. Des Weiteren wurden mehrere Hämatome an ihrem Körper gefunden, und es sieht ganz so aus, als ob der Täter auf ihr gekniet hätte und sie dabei würgte. Welches auch Rolands These unterstützt, also dass der Täter Informationen aus ihr herauspressen wollte.« Er wischte sich mit beiden Händen über das Gesicht. Bräuer grinste ihn ziemlich verschlagen an. Vermutlich dachte er, dass ihm die Obduktion an die Nieren gegangen war. So falsch war das nicht, er hatte das Gefühl, als sei er von Maren selbst obduziert worden.

»Und die durchwühlten Unterlagen deuten ja auch darauf hin.« Auch Hannah schien Frommelts desolaten Zustand zu bemerken.

»Richtig. Und der Hauptobduzent – ich habe seinen Namen vergessen –, irgendwas mit *…iczewitz* am Ende, aber egal, jedenfalls meinte er, dass diese finale Tötungsart, also dass das Opfer mit einem handelsüblichen Küchenmesser erstochen wurde, darauf hindeute, dass der Täter vom Opfer nicht identifiziert werden sollte.«

»Also kannten sich Täter und Opfer?«

»Das ist anzunehmen.«

***

Frommelt hatte noch die fälligen Berichte getippt und dann Feierabend gemacht. Er freute sich auf Birgit und betrat fröhlich sein Haus. Dieses alte Gemäuer seiner Großeltern hatte so viel an Leben gewonnen, seit seine Birgit hier wohnte. Er war stolz auf sie. Und ein wenig auch auf sich selbst, dass er eine so tolle Frau an seiner Seite hatte. Er fand sie im Wohnzimmer auf der Couch. Sie hatte die Beine unter den Körper gezogen und blätterte in einer Illustrierten. Glücklich ging er auf sie zu und nahm sie in den Arm. Es schien ihm, dass sie seine Zuwendung mehr oder weniger über sich ergehen ließ, denn sie blickte noch nicht einmal von ihrer Lektüre auf. Verwundert wandte er sich ab, in Richtung Bad. Er musste nicht pinkeln, es war nur, er wusste nicht, wohin er in seinem eigenen Haus gehen sollte. Schnell warf er sich eine Handvoll eiskaltes Wasser ins Gesicht.

Birgit war noch immer im Wohnzimmer, als er zurückkam. »Hast du Ärger auf der Arbeit?«, fragte er sanft.

»Nicht mehr als sonst.« Das kam ziemlich barsch. Sie sah ihn fragend an. Frommelt überlegte angestrengt. Hatte sie den Brief vom Anwalt gelesen und war sauer, weil er ihr nichts davon erzählt hatte? Doch wie hätte sie an diesen Brief kommen können? Der steckte noch immer ungeöffnet in seiner Jackentasche. »Soll ich uns was zu essen machen?«, fragte Frommelt.

»Für mich nicht, danke.« Birgit blätterte scheinbar interessiert einige Seiten weiter.

Das war eine eiskalte Abfuhr. Er ging in die Küche und schmierte sich ein Brot, obwohl ihm der Appetit vergangen war. Was sollte er jetzt tun? Für ihn war die Sache doch erledigt, er hatte sich für Birgit entschieden, was machte sie jetzt so ein Theater? Kauend lief er durch die Küche, dachte angestrengt nach und kam zu keinem Ergebnis. Als er zurück ins Wohnzimmer ging, war Birgit bereits auf dem Weg ins Schlafzimmer. Er hörte gerade noch ihre Schritte auf der Treppe, und dann fiel die Tür laut zu.

***

Marina wachte am nächsten Morgen auf und wunderte sich. Sie fühlte sich ausgeschlafen und konnte sich auch an keine wirren Träume erinnern. Nach dem Duschen zog sie sich an und ging in die Küche. Einen Moment lang war sie erstaunt über ihren Zustand. In der Hosentasche fühlte sie die Tabletten, die Leon ihr am Vorabend noch in die Hand gedrückt hatte. Sie schüttelte den Kopf. Das konnte nicht sein. Die Tabletten hätte sie gestern Abend noch nehmen sollen, doch sie hatte es zunächst vergessen, und noch einmal aufzustehen, dazu hatte sie sich nicht aufraffen können. Die Pillen sollten ihr helfen, dass es ihr besser ging – nicht umgekehrt. Aber vielleicht hatte ja auch schon die Wirkung, die Leon ihr versprochen hatte, eingesetzt, und sie brauchte nicht mehr so viel von ihnen.

Es klopfte. Marina schüttelte ihre befremdlichen Gedanken ab und sah Moritz und Claudia an der Hintertür stehen. Beide winkten fröhlich, und Marina öffnete ihnen. Nach einer herzlichen Begrüßung sagte Moritz: »Leon hat mich gestern Abend noch angerufen und sich für seine Worte entschuldigt. Wir sind alle entsetzt über Theklas Tod, aber zu Hause fällt uns die Decke auf den Kopf. Es ändert nichts, wenn wir uns zu meinen Eltern setzen und mit ihnen jammern. Hier muss es ja auch weitergehen.«

Claudia nahm Marina fest in den Arm. »Es tut mir leid, dass es vorgestern so eskaliert ist. Aber jetzt ist ja alles geklärt. Ich werde heute mithelfen, denn ihr braucht unbedingt ein ordentliches Schlafzimmer. Die ganze Zeit im Wohnzimmer auf dem Boden ist doch auch kein Zustand.« Claudia stellte einen Korb auf den Küchentisch, und Marina erkannte darin etliche Schüsseln und Behälter.

»Ich habe etwas zu essen mitgebracht«, sagte sie, als sie wohl Marinas fragenden Blick erkannte.

Zwei Stunden werkelten Claudia und Marina im Schlafzimmer im Obergeschoss herum. Zuerst beseitigten sie die Spinnweben, dann kehrten sie den Staub und den Schmutz zusammen. Marina hatte klebrige Fäden von den Spinnennetzen in den Haaren, und ihr Gesicht war völlig verschmiert, aber sie war glücklich. So gut hatte sie sich seit langem nicht mehr gefühlt.

»Ich denke, wir haben uns eine Pause verdient«, sagte Claudia und ging voraus zur Treppe.

»Wir setzen uns kurz in die Küche, eine Tasse Kaffee würde mir jetzt richtig guttun«, sagte Marina und ließ den

Spachtel fallen, mit dem sie angefangen hatte, die alten Tapeten von der Wand zu kratzen.

»Stimmt. Und der Kaffee würde mir die Spinnweben aus dem Hals wegspülen.«

Lachend fielen sich die beiden Frauen in die Arme und gingen nacheinander die schmale Treppe hinunter in die Küche.

»Vielen Dank, dass ihr mir helft«, sagte Marina, nahm ihre Tasse und hielt sie Claudia hin.

»Das machen wir doch gern.« Claudia schenkte Marina Kaffee ein und zog aus dem Korb eine Tüte mit Brötchen. Flink zauberte sie Wurst, Käse und Marmelade auf den Tisch. »Habt ihr Butter? Dann könnten wir uns vor dem nächsten Arbeitseinsatz noch etwas stärken.«

Moritz schien sie gehört zu haben. Er kam kurz in die Küche, schenkte sich auch Kaffee ein, warf Claudia einen seltsamen Blick zu, den Marina nicht zu deuten vermochte, und verschwand wieder ins Wohnzimmer.

»Sag mal«, begann Marina, »weißt du, warum dieses Haus ein *Unglückshaus* sein soll?«

Claudia wich ihrem Blick aus, doch Marina wollte nicht aufgeben. »Leons Mutter hat gestern so etwas angedeutet.«

Claudia zögerte einen Augenblick. »Ich dachte, Leon hätte es dir erzählt.«

Marina schüttelte den Kopf, und Claudia sah aus, als denke sie angestrengt nach. »Na gut. Vor gut fünfzehn Jahren sind die beiden ehemaligen Besitzer bei einem Unglück ums Leben gekommen. Mechthild und Erwin waren bei den Rindern im Stall. Erwin wollte wohl ausmisten und Mechthild das Vieh auf die Weide treiben. Im Dorf wurde gemunkelt, dass die Tiere durchgedreht wären und die beiden totgetreten hätten. Mechthilds Schwester Sophia hat die beiden dann tot im Stall gefunden. Ein tragisches Unglück.«

»Und seitdem steht dieses Haus leer?«

»Ja. Sophia war damals schon verheiratet und wohnte bei ihrem Manfred auf dem Hof. Sie hat aber jeden Tag ihre Schwester besucht. Sie hatten ein sehr inniges Verhältnis zueinander.«

»Warum hat Sophia das Haus denn erst jetzt verkauft?«

»Weißt du, das hatte sie schon seit damals veräußern wollen, aber niemand wollte es haben.«

»Weil die Leute meinen, es liegt ein Fluch darauf?«

Claudia zog die Schultern hoch. »Wer weiß schon, was die Leute so denken. Es gibt immer und überall Gerede und Getratsche. Wusste Leon nichts davon?«

»Keine Ahnung. Er hat nie etwas gesagt. Vielleicht wollte er mich nicht beunruhigen.«

»Das könnte schon sein. Er macht sich wirklich große Sorgen um dich.«

Marina nickte. Auch wenn es ihr merkwürdig vorkam, warum Leon es ihr nicht erzählt hatte. So schlimm war das Unglück für sie selbst doch nicht. Es betraf sie nicht und war schon lange her.

Claudia stand auf. »Komm, wir machen weiter. Das wird ein hübsches Zimmer, wenn es fertig ist. Habt ihr schon neue Tapeten gekauft?«

***

Als Frommelt an diesem Samstag aufwachte, schlief Birgit noch. Er betrachtete sie voller Liebe im Herzen und seufzte. Wenn er nur wüsste, warum sie gestern Abend so zickig gewesen war. Aber vielleicht hatte sie wirklich Ärger auf der Arbeit gehabt und wollte ihn nicht damit belasten. So war sie, seine Birgit. Leise stand er auf und ging ins Bad.

Eine halbe Stunde später stand er frisch geduscht und angezogen in der Küche. Frommelt konnte sich nicht entscheiden, ob er ein leckeres Frühstück vorbereiten oder gleich zur Arbeit fahren sollte. Was wäre, wenn Birgit nach dem Aufstehen noch immer so abweisend zu ihm war? Das wollte er unter gar keinen Umständen riskieren. Schnell schnappte er sich den Autoschlüssel und war keine fünfzehn Minuten später in Gifhorn.

Im Büro der Ermittler waren weder Hannah noch Bräuer, als Frommelt eintraf. Das war ihm heute Morgen sehr recht. Er sortierte gedankenlos die Berichte und Gutachten vor sich auf dem Schreibtisch, stierte darauf – und sah nichts. Er stand auf und betrachtete sich die Fotos der Beteiligten, die an der Wand hingen. Sein Blick blieb bei Marina Falkenberg hängen. Er dachte an die psychisch labile Frau, die er kennengelernt hatte. War es möglich, dass *sie* die alte Hebamme getötet hatte? Er führte sich das Bild vor Augen, als Marina Falkenberg, ein Schatten ihrer selbst, vor ihm gestanden hatte. In Gedanken ging er den Weg mit ihr – von ihrem Haus bis zum Haus der alten Frau –, klopfte an die Tür, ging hinein. Was wollte sie überhaupt dort? Eine Aussprache, weshalb Thekla das mit den verlorenen Kindern gesagt hatte? Das hätte sie auch gut am nächsten Tag machen können. Marina hatte gesagt, sie hätte eine Tablette genommen und so tief und fest geschlafen, dass sie nicht einmal diese schreckliche Haustürklingel gehört hätte. Und hatte Marina Falkenberg überhaupt die Kraft dazu, eine stämmige Frau zu überwältigen und zu würgen? Frommelt schüttelte unbewusst den Kopf. Wie mochte es ihr in diesem Haus gehen?

Frommelt hatte noch immer den sauren Geruch in der Nase, sah den Staub und die Spinnweben. Bernie hatte recht. Warum zog man mit all seinem Hab und Gut in ein solch marodes und schmutziges Gebäude? Wie passte Marinas Mann Leonhard in dieses Bild? Frommelt stand noch immer vor der Tafel, sein Blick wechselte zwischen den Aufnahmen von Marina und Leon hin und her. Er konnte sich Herrn Falkenberg nicht an der Seite seiner Frau als fürsorgenden Ehemann vorstellen.

Frommelt wandte sich ab. Ein Gedankenblitz raste durch seinen Kopf. War er selbst eigentlich ein fürsorglicher Partner seiner Birgit gegenüber? Ehe er sich in weitere Schuldgefühle verstrickte, öffnete sich die Bürotür, und Hannah kam herein. »Oh, du bist hier?«

»Weshalb denn nicht? Ich wollte noch einmal in Ruhe alle Spuren vergleichen, die wir haben.«

»Das ist aber nicht der Hauptgrund, oder?«, fragte Hannah und als Frommelt eine zerknirschte Miene aufsetzte, fuhr sie fort: »Gestern hast du ziemlich niedergeschlagen gewirkt. Das kam nicht von der Obduktion, habe ich recht?«

Frommelt wurde wieder vor Augen geführt, welch eine gute Freundin er in Hannah hatte. »Lass uns ein andermal darüber reden, im Moment ist mir nicht danach.«

»Mir scheint, hier hat grad jeder Probleme – außer mir, meine ich.«

»Hat Roland dir erzählt, was ihn bedrückt?«

Hannah nickte. »Er hat es jedenfalls angedeutet. Ich habe dann nicht mehr nachgehakt. Ich glaube, dass Silke schwanger ist, bedrückt ihn gar nicht mal so sehr, sie hatten ja eh ein Geschwisterchen für Marvin geplant.«

»Ja, wenn es in ihre Familienplanung passt, tja, wann ist schon der richtige Zeitpunkt? Aber gleich doppelten Nachwuchs in der Familie, ich wüsste nicht, wie ich mich entscheiden würde.«

»Du meinst wegen der Kinder oder wegen Rolands Einkommen?«

»Finanziell wird es sehr eng werden. Ich hab auch schon dran gedacht, ob er sich vielleicht auf einen höher besoldeten Posten versetzen lassen will. Das hatte er doch im vergangenen Jahr schon einmal vorgehabt.«

»Stimmt. Er träumt schon seit langem von einer eigenen Ermittlungsgruppe. Ich hoffe, dass er hierbleibt. Irgendwie mag ich ihn, unseren Roland.«

»Ja, ich auch. Vor allem ist er in unserem Team unersetzlich. Er schlussfolgert mit seiner logischen und analytischen Denkweise Zusammenhänge, da denkt sonst niemand dran.«

Hannah nickte. »Und ich mag ihn auch menschlich sehr gern. Selbst wenn er manchmal seine Macken hat. Vor allem ist er loyal. Was ganz anderes … was ich dich schon längst mal fragen wollte: Was hältst du eigentlich von unserer neuen Staatsanwältin? Ich meine, ihr Aufzug am Mittwoch am Tatort. Das traut sich ja auch nicht jeder.«

»Sie ist schon ein wenig speziell.«

»Und so völlig anders als Hausmann oder die Grevenbach.«

»Na, das will ich doch hoffen.« Frommelt grinste. »Ich mag ihre Art, sie ist offen und ehrlich, so scheint es mir, und sie bringt die Dinge auf den Punkt.«

»Was meinst du damit?«

»Mir ist es lieber, jemand sagt mir auf den Kopf zu, dass ich ein Arschloch bin, als wenn ich das hintenrum von jemand anderem erfahren müsste.«

»Was meinst du, warum ist sie aus Frankfurt weggezogen?«

Frommelt zog die Schultern hoch. »Sie meinte, es wären mehrere Gründe und sehr persönliche.«

»Die persönlichen Gründe für solch einen Umzug hatten wir ja im vergangenen Jahr erst«, sagte Hannah, und auf Frommelts fragenden Blick fuhr sie fort: »Na ja, die Grevenbach.«

Frommelt lachte laut auf. In diesem Fall ist es wohl so, dass sich Bernie hier um ihre Oma kümmern will.«

»Aber sie muss ja wohl Jura studiert haben. Was ich mich frage, ist, wenn sie bis letzten Monat noch im Kriminaldauerdienst gearbeitet hat, wie kann sie dann so schnell als Staatsanwältin eingesetzt werden? Warum ist sie nicht gleich dabei geblieben? Ich meine, als Staatsanwältin.«

»Danach fragst du sie am besten selbst. Sag mal, weißt du, ob Roland heute noch herkommt?«

»Ich glaub nicht. Ich bin auch nur hier, um noch einige Sachen aufzuarbeiten, die wegen meines Arzttermins gestern liegengeblieben sind. Und was ist mit dir? Kein schönes Zuhause?«

Frommelt brummelte etwas und war sich sicher, dass Hannah das nicht verstehen konnte. Es war auch nicht für fremde Ohren bestimmt gewesen.

»Na, dann mach ich mich mal an die Arbeit«, sagte sie und setzte sich mit einem wissenden Grinsen an ihren Schreibtisch.

***

Bis um kurz vor fünf hatten sie geschuftet und jetzt standen sie vor ihrem fast fertigen Werk. Marina wischte sich den Schweiß und Dreck von der Stirn. So viel hatte sie während der letzten Monate nicht mehr gearbeitet. Die alten Tapeten waren abgerissen, die Wände, bis auf eine, mit einer hellblauen neuen beklebt. Erschöpft, aber zufrieden lehnte sie sich gegen die unfertige Wand und rutschte hinunter, bis sie auf dem Boden saß. Claudia setzte sich im Schneidersitz Marina gegenüber. »Dir scheint es heute viel besser zu gehen als neulich … ich meine … dein Zusammenbruch vor der Bäckerei.«

Marina nickte. »Wahrscheinlich bin ich jetzt auf die Tabletten eingestellt, Leon meinte ja, das könne eine Zeitlang dauern.«

»Du hast heute so schwer geschuftet. Alle Achtung.«

Marina wischte die Bemerkung mit einer Handbewegung fort. Sie hatte etwas anderes auf dem Herzen. »Sag mal«, flüsterte sie, »ist irgendwas zwischen euch? Ich meine, Moritz hat dich heute Morgen so seltsam angesehen.«

Claudia blickte auf den Boden und schien zu überlegen, dann sah sie Marina an und verzog ihren Mund zu einem Lächeln. »Dir scheint es wirklich viel besser zu gehen, dass dir das aufgefallen ist. Stimmt. In letzter Zeit läuft bei uns nicht alles so, wie es sein sollte. Moritz vermutet, dass ich eine Affäre habe.«

»Es geht mich ja nichts an …«

Claudia lachte laut. »Es stimmt. Ich habe vor einiger Zeit einen Mann kennengelernt, und wir treffen uns einmal in der Woche.«

»Aber du hast es ihm noch nicht gesagt? Wie soll das weitergehen?«

»Keine Ahnung. Weißt du, Moritz ist so liebevoll und aufmerksam, ich möchte ihm nicht wehtun. Ach, was soll›s.« Claudia sprang auf, reichte Marina die Hand und zog sie auf die Beine. »Morgen machen wir diese eine Wand noch fertig und dann können wir das Bett und den Schrank aufbauen.« Claudia drehte sich im Kreis und sah dann Marina an. »Komm, wir gehen zu Moritz, der soll den Grill anschmeißen, ich habe fürchterlichen Hunger.«

Keine Stunde später saßen sie zusammen im Garten. Marina war frisch geduscht und trotz der anstrengenden Arbeit war sie zufrieden. Das Gespräch mit Claudia beschäftigte sie noch, aber diese machte nicht den Eindruck, als hätte sie ein allzu schlechtes Gewissen. Moritz zündete gerade die Holzkohle an, als Leon nach Hause kam. »Pünktlich wie die Maurer«, rief Moritz Leon zu und wedelte mit der Grillzange. »Ist die Arbeit beendet, kommen die Faulenzer nach Hause.«

Marina biss sich auf die Lippen. Solch ein Spruch kam bei Leon normalerweise nicht gut an. Doch heute schien er gute Laune zu haben. »Dann ist es ja perfekt, dass ich einen Kasten Bier besorgt habe.«

Die Stimmung wurde immer besser, und auch die Grillwürstchen waren bald aufgegessen.

»Wie war es denn gestern bei deinen Eltern, Leon? Marina hatte mir erzählt, dass ihr zum Kaffee bei ihnen gewesen seid. Wie geht es deinem Vater?« Claudia nahm sich eine Flasche Bier aus dem Kasten, der neben dem Tisch stand.

»Er muss sich schonen. So einen Herzinfarkt sollte man nicht auf die leichte Schulter nehmen.«

»Und was wird aus dem Hotel?«, fragte Moritz. »Das kann deine Mutter doch nicht ganz allein führen.«

»Du hast recht. Es läuft auch nicht mehr so gut. Die guten alten Zeiten sind vorbei.«

»Und wenn du das Anwesen übernimmst? Ich meine, ihr wohnt doch jetzt hier in der Nähe, da wäre das doch kein Problem, oder? Du hast doch neulich gesagt, du bist hierhergezogen, um deinen Vater zu unterstützen.«

»Ich bin Arzt und kein Hotelier.« Leons Stimme nahm einen schärferen Ton an. Moritz schaute wie entschuldigend in die Runde, seine Frage schien er zu bereuen.

»Mein Vater wird mir das Hotel zu Lebzeiten niemals überschreiben, das hat er mir selbst gesagt. Er ist immer noch sauer auf mich, weil ich Arzt geworden bin«, fuhr Leon fort. »Und ich kann mit diesem Verwaltungskram nichts anfangen.«

»Aber irgendwann wirst du diesen Klotz am Bein haben. Was hast du damit vor? Verkaufen?«

»Weißt du, ich hätte schon genaue Pläne, was ich damit machen würde. Es würde sich hervorragend für eine Kurklinik eignen. Aber mein Vater dreht durch, sobald ich auch nur ein einziges Wort darüber verliere.«

Es entstand eine unangenehme Pause, bis Claudia ihre Bierflasche hob. »Prost, Jungs – und Mädchen natürlich auch. Es ist ein schöner Abend, und den sollten wir uns nicht durch Probleme verderben lassen.«

Alle prosteten zurück, und die angespannte Situation entschärfte sich augenblicklich.

Leon und Moritz sprachen dann über alte Zeiten, über die Streiche, die sie zusammen ausgeheckt hatten und welche Strafen sie dafür bekamen. Jeder zweite Satz fing mit *weißt du noch* an. Marina und Claudia redeten über die Einrichtung und hörten den Männern nur mit halbem Ohr zu. Bis Moritz lachend sagte: »Weißt du noch, wie wir mit Katharina …«

Leon sprang augenblicklich auf, warf seine halbvolle Bierflasche quer durch den Garten und rannte ins Haus. Claudia stand auf. »Es ist wohl besser, wenn wir jetzt nach Hause gehen.«

Moritz sammelte die Flaschen zusammen und löschte die noch glimmende Grillkohle.

Marina erhob sich langsam aus ihrem Stuhl. Sie konnte die Situation nicht einordnen. Claudia kam auf sie zu, um sich bei Marina zu verabschieden.

»Wer ist Katharina?«, fragte Marina.

»Das soll Leon dir besser selbst erzählen.«

Moritz gab Marina die Hand. »Tut mir leid. Ich wusste nicht, dass Leon nach so langer Zeit noch immer so heftig reagiert.«

***

Als Frommelt nach Hause kam, hatte Birgit bereits ihre Jacke an und den Autoschlüssel in der Hand. Er wollte ihr einen Kuss geben, doch sie wich ihm aus. »Birgit, was ist los? Was habe ich dir getan?«

Sie starrte ihn an und schwieg.

»Es tut mir leid, Birgit. Ich weiß zwar nicht, warum du sauer auf mich bist, aber alles, was ich dir jemals angetan haben könnte – es tut mir leid. Ich liebe dich.«

Birgit zuckte nicht einmal mit den Wimpern. »Deine Liebe zu mir, die überprüf aber bitte noch einmal. Ich möchte, dass du ehrlich zu mir bist.«

»Das bin ich. Wirklich.« Im gleichen Moment senkte er den Kopf. Ein klares Schuldeingeständnis, das wusste er, doch wie sollte er ihr jetzt in die Augen sehen, nachdem er sie wegen des Briefes wieder angelogen hatte?

Birgits vernichtender Blick traf ihn, ehe sie zu ihrem Auto ging.

Den restlichen Abend verbrachte Frommelt in seinem alten Sessel am Fenster und starrte in die Dunkelheit. Denken konnte er nicht mehr – es gab auch nichts mehr zu denken – glaubte er.

***

Heute war ein Sonntag, und Leon hatte ausnahmsweise keinen Dienst. Sie schliefen bis halb neun und als Moritz und Claudia vor der Tür standen, waren sie noch im Schlafanzug. Doch das schien die Freunde nicht zu stören. Sie begrüßten sich, als sei am gestrigen Abend nichts vorgefallen, und Moritz und Claudia suchten sofort ihre Arbeitsutensilien zusammen. Marina ging ins Bad und als sie in die Küche kam, hatte Leon den Frühstückstisch bereits gedeckt. Mit einem verschämten Lächeln sagte er: »Entschuldige, Marina, dass ich mich gestern so danebenbenommen habe.«

Sie wusste nicht, was sie antworten sollte, und setzte sich schweigend an den Tisch. Sie bedrückte etwas ganz anderes. Nicht *dass* sich Leon daneben benommen hatte, sondern *warum*. Doch wie sollte sie das Thema ansprechen, ohne dass er wieder ausrastete? Leon schenkte Kaffee ein und schob einige Tabletten in ihre Richtung. Mit dem Finger spielte sie eine Weile damit herum, bis sie all ihren Mut zusammennahm. »Wer ist Katharina?«

Leon nickte. »Ich wusste, dass du danach fragst.« Er setzte sich ihr gegenüber an den Tisch. »Wir waren damals noch zur Schule gegangen. Eine Gruppe von vier Freunden; Moritz, Katharina, ein Junge namens Klaus, der aber schon lange nicht mehr hier wohnt, und ich. Wir drei Jungs waren alle in Katharina verliebt gewesen, doch sie wählte mich als ihren Freund aus. Drei Jahre waren wir zusammen und wollten eines Tages heiraten. Du weißt doch, wie das mit Jugendschwärmereien ist. Kurz bevor wir achtzehn geworden sind, wurde Katharina im Wald überfallen und so schwer verletzt, dass sie jetzt in einem Behindertenheim lebt.«

»Das ist ja schrecklich.«

»Ja. Und die Erinnerung daran tut immer noch weh.«

Marina stand auf, ging um den Tisch herum und nahm Leon in den Arm. Kurz ließ er es sich gefallen, bis er aufstand und die Küche verließ. Marina blieb auf der Stelle verblüfft zurück. So viel Nähe hatte Leon in letzter Zeit selten zugelassen. Wenig später kam er mit Moritz und Claudia in die Küche. »Ich habe es geschafft, dass die beiden wenigstens eine Tasse Kaffee mit uns trinken, ehe wir uns in die Arbeit schmeißen.«

An diesem Tag bekamen sie tatsächlich das Schlafzimmer fertig. Marina und Claudia klebten die letzten Tapetenbahnen an die Wand, und Leon und Moritz bauten anschließend die Möbel auf. Immer unter der strengen Kontrolle von Claudia, die lachend mit dem Finger drohte. »Sobald ihr auch nur eine einzige Schramme in die Tapeten reißt, seid ihr tot!«

Moritz schüttelte den Kopf. »Keine Bange, aber anstatt hier nutzlos rumzustehen, könntet ihr schon mal im Wohnzimmer weiter die alten Tapeten abkratzen.«

Marina fühlte sich wohl. Die Stimmung war ausgelassen, und sie kam sich nicht mehr so nutzlos vor wie in den vergangenen Tagen. Bevor die Arbeit im Wohnzimmer losging, wollte sie noch schnell den Frühstückstisch abräumen. In Marinas Hosentasche befanden sich noch immer die Tabletten, die sie gestern und heute früh hätte nehmen sollen. Solange es ihr so gutging, brauchte sie keine Pillen.

***

Den ganzen Tag war Kilian Frommelt genervt. Er konnte sich nicht erklären, warum Birgit sauer auf ihn war. Warum hatte sie diesen Streit angefangen? Sie war von der Arbeit nicht nach Hause gekommen, vermutlich hatte sie bei einer Freundin geschlafen. Immer dieser Ärger mit den Weibern. Vor allem war er sauer auf Maren, dass sie hierher nach Gifhorn gekommen war und ihn scheinbar zurückhaben wollte. Hatte sie noch alle Latten am Zaun? Erst verließ sie ihn und zog dann mit seinem ehemaligen Vorgesetzten nach Berlin, und jetzt heulte sie sich bei ihm aus, weil es ihr dort nicht mehr gefiel. Was sollte diese ganze Pillepalle?

Bis zum Abend rannte Kilian wie ein angeschossener Tiger durchs Haus. Es klingelte an der Haustür und als er sie freudestrahlend öffnete, weil er dachte, Birgit hätte ihren Schlüssel vergessen – stand Richard Wehmeier vor ihm und schwenkte eine Flasche Rotwein vor seinem Gesicht hin und her.

Kilian musste ihn so entgeistert angestarrt haben, dass Richard entsetzt zurückprallte. »Ich dachte … es ist doch Sonntag … und wir …« Weiter kam er nicht, denn Kilian zog ihn am Ärmel ins Haus.

Im Wohnzimmer schaute sich Richard nach allen Seiten hin um, sagte aber nichts. Kilian bemerkte seinen Blick und deutete auf den Sessel, der neben dem Tischchen mit dem Schachbrett stand. Die Figuren lagen allesamt kreuz und quer auf dem Brett, einige waren auf den Boden gefallen. Auf dem Wohnzimmertisch standen noch die Flasche Jack Daniel's von gestern Abend und ein Glas. Die verklebten Abdrücke waren auf der weißen Tischplatte gut erkennbar. Kilian schnappte sich die Whiskeyflasche und räumte sie in das Barfach des Schrankes. »Hab's nicht geschafft sauberzumachen«, sagte er über die Schulter hinweg in Richtung seines Freundes.

»Ist Birgit nicht zu Hause?«, fragte Richard vorsichtig.

Kilian schüttelte den Kopf.

»Oh, oh.« Richard setzte sich in den ihm angebotenen Sessel und stellte die Schachfiguren ordentlich auf.

»Was heißt hier *oh, oh*?«

»Übersetzt würde das heißen: Du steckst bis zur Unterlippe in der Scheiße.«

»So deutlich hätte ich es nicht ausgedrückt, aber ja.«

»Es geht mich ja nichts an, aber wenn du darüber sprechen möchtest, ich bin dabei.«

»Das ist ja das Problem. Ich habe keine Ahnung, was Birgit hat.«

»Hast du ihr von dem Brief von Marens Anwalt erzählt?«

»Ne, das ist es ja. Sie kann doch nicht sauer auf etwas sein, was sie gar nicht weiß. Und den Brief kann sie nicht in die Finger bekommen haben, den habe ich immer bei mir.«

»Das ist allerdings ein Problem. Hast du ihn schon gelesen?«

Kilian schüttelte den Kopf. »Nein, noch nicht. Hatte ich noch keine Zeit dafür.«

»Das Übliche also.« Richard kramte auf dem Boden herum und versuchte, den Springer unter dem Schrank hervorzuklauben.

»Verdammt, ich habe nebenbei auch noch einen Job zu erledigen«, rief Kilian energischer, als er wollte.

»Mit mir brauchst du gar nicht so zu reden. Entweder wir sprechen hier in einem normal höflichen Tonfall, oder ich fahre wieder nach Hause.«

»Es tut mir leid.« Kilian suchte den Boden nach dem letzten schwarzen Bauern ab. »Ich bin im Moment ziemlich genervt.«

»Ach ja? Komisch, das merkt man dir überhaupt nicht an.«

Kilian, der gerade aufgestanden war und Weingläser aus dem Schrank holte, drehte sich um. »Mach dich nur lustig. Ich hab es verdient.«

»Wo ist der schwarze Bauer?« Richard suchte mit den Augen den Boden ab.

»Egal. Lass ihn, wo auch immer er ist. Werde ich beim Saugen finden. Das wird wohl in nächster Zeit meine Aufgabe werden.«

»Jetzt spuck's endlich aus. Was ist passiert?« Richards Ton wurde milder und mitfühlender.

»Maren ist hier.«

»Wo, hier?«

»In Gifhorn. Hat sich ein Zimmer im *Deutschen Haus* genommen.«

»Und warum? Ich meine, du hast mir erzählt, dass der Brief Anfang der Woche bei dir ankam.«

»Ich dachte ja zuerst auch, dass sie deshalb hier ist.« Auf Richards fragenden Blick fuhr er fort. »Sie hat mich in der Polizeiinspektion abgepasst, und wir sind Kaffeetrinken gegangen.«

»Das zeugt von einem einvernehmlichen Miteinander.«

»Pah. Sie will anscheinend zu mir zurückkehren, weil ihr Hausmann nicht das Leben bieten kann, das sie erwartet.«

Richard, der gerade an seinem Wein nippte, verschluckte sich heftig. Nach dem Hustenanfall keuchte er. »Und? Weiß Birgit davon?«

»Nein, woher sollte sie?«

***

Kaum hatte Frommelt am Montagmorgen die Bürotür hinter sich geschlossen, knallte sie ihm wieder in die Hacken. Zornig drehte er sich um. Ihm lag noch immer das Gespräch mit Richard wegen der Spannungen mit Birgit im Magen. Auch in dieser Nacht war sie nicht nach Hause gekommen.

Bernie stand hinter ihm und riss die Augen auf. »Sorry, Kilian …« Weiter kam sie nicht, denn Frommelt winkte brüsk ab und setzte sich an seinen Schreibtisch.

Als er den Computer hochgefahren hatte, sah er die eingegangenen Mails durch.

»Ja … ähm … ich wollte eigentlich nur fragen, wie weit ihr mit den Ermittlungen gekommen seid und ob ihr schon neue Ergebnisse habt? Wann ist denn die Vormittagsbesprechung? Ich würde gerne dabei sein.«

Frommelts Wut war wie weggefegt, er grinste. So hatte Bernies Vorgängerin nie mit ihm gesprochen, diese hatte nur Befehle erteilt. »Kein Problem, ich sag dir dann Bescheid.«

Anstatt hinauszugehen, drehte sich Bernie zwei, drei Mal im Kreis. Was wird das denn, dachte Frommelt. Balztanz für Arme? »Bernie?«

Sie sah plötzlich erschrocken aus. »Oh, sorry, ich dachte gerade an etwas …«

»Ach ja, und dabei tanzt du den Fruchtbarkeitstanz?« Auch das wäre Frommelt bei der Grevenbach nie eingefallen.

»Sah das tatsächlich so aus? Na, dann muss ich wohl noch etwas üben. Ich weiß nicht, wo ich mich hinsetzen darf. Ich habe mir einige Unterlagen mitgebracht, die würde ich gerne in Ruhe bearbeiten.« Das klang fast verlegen, und Frommelt hätte sie jetzt gerne getröstet, konnte aber noch an sich halten. Wer wusste schon, in welche Richtung sich Bernie entwickelte, wenn sie hier erstmal Fuß gefasst hatte und welche Überraschungen auf ihn warten würden. Nach zwei *verbrauchten* Staatsanwälten war er lieber vorsichtig.

»Drüben ist noch ein kleines Büro, das zurzeit nicht genutzt wird.« Frommelt stand auf und vermied es, ihr zu erzählen, dass Bernies Vorgängerin dort gethront hatte. Ansonsten müsste er ihr erklären, warum einer Staatsanwältin hier in der Polizeiinspektion unüblicherweise ein eigenes Büro zustand.

Und an die Grevenbach wollte er ganz bestimmt nicht erinnert werden. »Komm, ich zeig es dir.«

Als er wieder zurück in sein Büro kam, zog Bräuer gerade seine Jacke aus.

»Guten Morgen, Roland. Wie war dein Wochenende?« Frommelt vermied es, allzu enthusiastisch zu klingen. Wer wusste schon, was sich über das Wochenende in der Familie Bräuer abgespielt hatte?

Bräuer wischte sich über die Augen. »Geht so.« Dann schmunzelte er.

Frommelt war etwas verwirrt. »Das heißt, ihr habt eine Entscheidung getroffen?«

»Also die Entscheidung hatten wir ja schon längst getroffen. Weder Silke noch ich würden es übers Herz bringen, unsere Kinder weg…« Bräuer schluckte schwer. »Also, was ich sagen will, wir wissen, dass wir die Babys behalten, aber nicht, wie wir das alles stemmen sollen.« Er nahm die Kaffeekanne in die Hand, ging damit zur Tür und als er die Klinke hinunterdrückte, drehte er sich noch einmal um. »Übrigens freut sich Marvin wie verrückt auf seine Geschwister. Er hat bereits an die hundert Namensvorschläge für sie.« Dann ging Bräuer mit seinem üblichen wippenden Gang auf den Flur hinaus. Frommelt war froh, das zu sehen.

Kurz nachdem Bräuer wieder zurückkam, traf auch Hannah ein. »Neuigkeiten?«, fragte sie knapp nach der allmorgendlichen Begrüßung.

Frommelt nickte. »Unsere zuständige Staatsanwältin ist hier.«

Hannah schaute sich augenzwinkernd um.

»Sie möchte bei der Besprechung dabei sein, und ich hab sie bis dahin in Grevenbachs altem Büro untergebracht.«

»Weiß sie das?« Hannah grinste verschmitzt.

»Das kannst du ihr gerne erzählen. Aber jetzt sollten wir uns an die Arbeit machen. Ich habe vorhin gesehen, dass der abschließende Untersuchungsbericht aus dem Haus von Frau Kirch angekommen ist.«

Frommelt druckte die Mail aus und las die Ergebnisse durch, während er durch den Raum lief. Bräuer brütete wieder über den Geburtslisten. »Ich dreh bald durch«, sagte er.

Frommelt sah auf und schüttelte den Kopf.

»Dann mach es halt selbst«, polterte Bräuer los. Als er Frommelts Bewegung sah, stand er auf, verließ das Zimmer und knallte die Tür hinter sich zu. Frommelt konnte sehr gut verstehen, dass sein Kollege emotional sehr aufgewühlt war. Nur an diese Stimmungsschwankungen wollte sich Frommelt gar nicht erst gewöhnen. Wie ein Pubertierender.

»Was war das denn?« Hannah wirkte erschrocken.

»Ich sag mal Bernie in ihrem Kabuff Bescheid, dass die Besprechung später stattfindet«, sagte er, ohne auf Hannahs Frage einzugehen.

***

Marina hatte gut geschlafen. Keine wirren Träume über ungewollte Kinder oder alte Hebammen, die sie anschrien. Sie stand auf und horchte. Nichts. Keine Geräusche oder unbekannte Stimmen, die ihr im Haus an anderen Tagen zuwisperten. Sie fühlte sich frisch und munter, selbst ihr Geist spielte ihr keine üblen Streiche. Hatte sie es sich nur eingebildet, dass das alte Gemäuer mit ihr sprach? Kamen diese Laute aus ihrem Unterbewusstsein, weil sie in der vergangenen Zeit viel zu erschöpft gewesen war? Nach dem Duschen zog sie sich an, frühstückte und wanderte durchs Haus. Was sollte sie heute tun? Womit sollte sie beginnen? Marina spürte, wie die einstige Energie zurück in ihren Körper kehrte, und ging zum Fenster. Am Freitag hatte sie damit begonnen, die Scheiben zu putzen – sie sollte damit weitermachen. Eine Weile starrte sie gedankenlos hinaus in den neuen frischen Tag, bis sie erschrak und eine Eiseskälte ihren Körper durchzog.

Jemand starrte zurück. Marina brauchte eine Weile, bis sie begriff, dass es die Alte mit den stahlblauen Augen war. Wieder versteckte sich diese auf der gegenüberliegenden Straßenseite halb in einem Hauseingang. Wie an dem Tag, als Marina und Leon hier im Dorf angekommen waren. Es war dieselbe Frau, die sie auch beim Bäcker in Groß Oesingen gesehen hatte.

Was will die von mir? Warum glotzt die mich ständig an? Warum verfolgt sie mich? Marina schüttelte sich und hoffte, dadurch die Alte verschwinden zu lassen. Doch die harrte weiterhin auf genau der gleichen Stelle aus und rührte sich nicht.

Marina drehte sich auf der Stelle im Kreis und spürte, wie sie zu schwitzen begann. Ihre Hände wurden feucht. Die Begegnung mit fremden Menschen oder gar ein Gespräch mit ihnen anzufangen, brachte sie noch immer an den Rand ihrer Kraft. Sie riss sich zusammen und konzentrierte sich auf einen einzigen Punkt: Was kann mir die Alte schon tun? Und ehe Marina es begriff, war sie auf dem Weg zur Haustür, auf dem Fußweg, über die Straße – und stellte sich genau vor die Frau. »Was wollen Sie von mir? Und wer sind Sie überhaupt?«, herrschte sie die Fremde an.

Diese lächelte. Es war nicht feindselig, aber auch nicht besonders freundlich. Marina kam es so vor, als lache die grauhaarige Frau sie aus.

»Ich heiße Lucy«, sagte die Alte jetzt endlich.

»Was wollen Sie von mir?«

»Nichts, Kindchen. Ich will gar nichts von Ihnen. Nur mal sehen, wer in dieses alte Haus gezogen ist.«

»Aber das haben Sie neulich schon getan. Und letzte Woche beim Bäcker haben Sie mich auch beobachtet. Also, warum?«

»Ich wollte Sie kennenlernen.«

Marina war überrascht. Damit hatte sie nicht gerechnet. »Mögen Sie einen Tee? Ich habe gerade welchen aufgesetzt.«

Die alte Frau nickte und folgte Marina mit kleinen tapsenden Schritten ins Haus.

In der Küche bot Marina ihr einen Stuhl an und schenkte Tee für sie beide ein. Schwerfällig ließ sich Lucy auf den Sitz fallen. Marina wunderte sich. Diese Bewegungen hätten eher zu einer dicken Frau gepasst. Aber Lucy hatte einen kräftigen Körperbau und machte auf Marina den Eindruck, als sei sie von der Arbeit durchtrainiert. Obwohl die Frau ziemlich heruntergekommen, fast schäbig aussah, schätzte Marina sie auf etwa Mitte bis Ende Fünfzig. Sie hatte längeres, grau gesträhntes Haar, und ihre Hände waren voller Falten und Risse. Sie trug wieder diesen fleckigen grün gestreiften Pulli und die ausgeleierte Hose, die Marina bereits an ihr gesehen hatte. Alles an ihr wirkte schmuddelig und ungepflegt. Dennoch zog diese Frau Marina an.

Über eine Stunde saßen sie am Küchentisch und unterhielten sich. Dabei wurde es Marina keinen Augenblick langweilig. Lucys Stimme klang rau, als ob sie erkältet wäre, doch Marina vermutete, dass Lucy ansonsten eher wenig redete. Sie erzählte von ihrem Leben draußen allein im Wald.

»Meine Eltern sind schon lange tot. Jetzt versorge ich den kleinen Acker und das Vieh allein«, sagte Lucy. »Aber das macht mir nichts aus, ich bin nicht gern unter Menschen.«

Marina fühlte sich schon allein von dieser Aussage mit der Frau verbunden. »Aber wieso hast du mich beobachtet?« Sie waren übergangslos zum Du gewechselt.

Lucy seufzte kurz und schüttelte den Kopf. »Ich weiß es nicht. Wirklich nicht. Es ist alles so … so verwirrend. Es ist, als müsste ich immer wieder hierherkommen. Als ob hier drinnen irgendetwas ist, das mit mir zu tun hat.«

»Deshalb bist du in den letzten Tagen so oft hier im Dorf gewesen?«

»Hin und wieder war ich ja bei Thekla. Die alte Hebamme … die … die jetzt tot ist. Sie war die Einzige, die sich mit mir abgeben wollte. – Und jetzt ist sie auch tot.«

»Ja, ich weiß. Das ist eine ganz schlimme Sache.« Marina bereute ihre letzten Worte sofort, als sie sah, dass Lucy die Tränen in die Augen stiegen. Sie erhob sich halb von ihrem Stuhl und deutete an, Lucy durch eine Umarmung trösten zu wollen. Doch diese wehrte sofort ab und stand auf. »Ich muss denn mal wieder.«

»Es tut mir leid, wenn ich dir zu nahegetreten bin.«

»Nein. Schon gut. Ich wollte sowieso grad gehen.« Lucy ging auf den Flur und wischte wie nebenbei über die Kommode, in die Marina die Papiere gelegt hatte. Die Schublade stand ein kleines Stückchen offen. Ein Zipfel von einem Halstuch hatte sich in der Öffnung verklemmt. Marina war sich sicher gewesen, die Lade ordentlich geschlossen zu haben. Aber es passierte ihr häufiger, dass sie sich nicht mehr genau erinnern konnte, was sie wann getan hatte. Die Zeit, so schien es ihr, verwischte die Konturen ihres Erinnerungsvermögens. War es am Wochenende gewesen, dass sie das Schreiben in die Kommode gelegt hatte, oder schon früher?

Lucy zog die Lade einige Zentimeter weiter heraus. »Das Tuch ist eingeklemmt. Es sieht so schön aus, und es wäre schade darum.« Flugs schnappte Lucy den Seidenschal und wollte ihn ordentlich zusammenlegen. Dabei rutschte das Papier nach vorn. Marina sah, wie Lucy eine geraume Weile auf das Schreiben starrte, dann schmiss sie das Tuch achtlos weg und rannte aus dem Haus.

***

Im Büro der Ermittler herrschte Schweigen. Jeder war in seine Arbeit vertieft und brütete über den bisherigen Ermittlungsergebnissen. Die Besprechung, die normalerweise gegen neun Uhr stattfand, hatte Frommelt um eine Stunde verschoben. Frommelt hatte Bernie darüber zwar informiert, konnte aber keine genaue Zeitangabe machen, so kam Bernie eine dreiviertel Stunde später in das Büro und setzte sich schweigend Hannah gegenüber, arbeitete konzentriert in den mitgebrachten Akten und sprach auch weiterhin kein Wort. Sie schielte zu Bräuer, doch der saß mit verkniffener Miene über seine Arbeit gebeugt. Nach Bräuers Gefühlsausbruch vorhin wollte Frommelt ihn erst einmal zur Ruhe kommen lassen. Bis Bräuer mit der flachen Hand auf den Tisch schlug. »Hab ich es doch gewusst.«

Bernie zuckte zusammen. Für Frommelt sah es so aus, als wäre sie fast vom Stuhl hochgejagt, so sehr schien sie in Gedanken gewesen zu sein. Bräuer sprang auf und rannte zur Tafel, an der die Fotos und Berichte hingen.

Frommelt und Hannah sahen sich kurz an und ließen den Kollegen gewähren. Er hatte seine Macken, und die akzeptierten sie stets. Nachdem Bräuer mit dem Finger die

Informationen auf der Tafel nachgezogen hatte, spurtete er zurück zu seinem Tisch und nahm eine Kladde aus dem Haus der Toten in die Hand. »Hier.« Jetzt tippte er mit dem Finger auf eine bestimmte Zeile. »Frau Kirch war so sorgfältig mit ihren Eintragungen, selbst die Abstände der Wehen, die Lage des Kindes und die Dauer der Geburt hatte sie hier eingetragen.«

»Ja, und?« Frommelt hob nur kurz den Kopf von seiner Arbeit. »Was ist denn daran so merkwürdig?«

»Hier ist ein Geburtsdatum ausradiert und scheinbar durch ein neues ersetzt worden. Und es steht, wie ansonsten bei allen anderen, kein Name dabei – nur *Mädchen*.«

»Seltsam«, gab Frommelt seinem Kollegen recht. »Man weiß doch als Hebamme, an welchem Tag ein Kind auf die Welt kommt.«

»Genau das meine ich. Dem sollten wir nachgehen.«

»Aber das mit dem Namen finde ich gar nicht so merkwürdig. Das gibt es schon hin und wieder mal, dass Eltern sich zum Zeitpunkt der Geburt nicht über den Vornamen einigen können. Vielleicht hatte sich der Vater einen Stammhalter gewünscht.« Hannah war mittlerweile aufgestanden und schaute Bräuer über die Schulter.

»Die Kollegen von der Kriminaltechnik sollten sich das noch einmal genauer ansehen«, sagte Frommelt.

Bernie hatte sich mit ihrem Stuhl in Bräuers Richtung gedreht und hörte aufmerksam zu.

Bräuer nickte. »Und in der Spalte darüber ist eine Sophia Scheurich zur Welt gekommen. Irgendwie stimmt hier etwas mit der Eintragung nicht. Für mich sieht die Handschrift danach aus, als wäre das am selben Tag geschrieben worden.«

In diesem Moment klingelte das Telefon. Frommelt nahm das Gespräch an, hörte eine Weile zu, nickte, bedankte sich und legte wieder auf. »Das war die Polizeistation Wesendorf. Es hat sich ein Zeuge gemeldet, der am Abend von Frau Kirchs Tod eine Frau vor deren Haus gesehen hat. Ich fahre jetzt nach Zahrenholz, dann kann ich auch gleich mit dieser Sophia Scheurich sprechen. Und die alten Einträge über die Geburten im Ort müssten doch noch irgendwo vorhanden sein. Roland, könntest du dich bitte darum kümmern und rufst mich dann an?«

Bräuer nickte. »Aye, aye, Käpt'n.«

Frommelt schaute ihn fragend an, drehte sich zu Bernie um, die ein leichtes Schmunzeln auf den Lippen hatte. »Lust auf einen kleinen Ausflug, Gnädigste?«

***

Lucy war den Weg bis zu ihrem Haus im Wald gerannt, als ginge es um ihr Leben. Vielleicht tat es das ja auch? Bis sie vor ihrer Haustür angelangt war, musste sie an das Stück Papier denken, das sie in Marinas Schublade gesehen hatte.

Damals, kurz bevor ihre Eltern starben, hatte sie mit ihrer Mutter in der Küche gehockt und Kartoffeln geschält. Viel geredet hatte die Mutter nie, meist nur Anweisungen gegeben. An diesem Tag aber hatte ihre Mutter etwas auf dem Herzen gehabt, das hatte Lucy gemerkt. Aus den stotternden Worten war sie allerdings nicht schlau geworden. *Du musst den Vertrag suchen*, hatte sie ihr eingeschärft. Mehrmals. Doch um welchen Vertrag es sich handelte, wollte die Mutter ihr nicht sagen. *Damit du weißt, wer du bist*, sagte sie an jenem Tag. Lucy hatte diese Sache längst wieder vergessen, denn sie wusste ja, wer sie war. Bis sie heute bei Marina dieses Schriftstück in der Kommode gesehen hatte. Sie konnte nur ihren eigenen Namen lesen, mehr nicht. Das alles vermochte sich Lucy noch weniger zu erklären als die Worte ihrer Mutter.

Jetzt saß sie in ihrer kleinen Küche, schnappte japsend nach Atem und überlegte, sich einen Kaffee zu kochen. Doch dafür zitterten ihr noch viel zu sehr die Hände. Wenn ihre Mutter noch leben würde, könnte sie sie fragen, was es mit diesem dummen Vertrag auf sich hatte. Doch ihre Eltern waren tot. Seit jener verhängnisvollen Nacht vor etlichen Jahren. Es war ein eisig kalter Winter gewesen. Sie hatte in ihrem Bett tief und fest geschlafen, bis sie die Rindviecher brüllen hörte. Ihre Schlafkammer lag Wand an Wand mit dem Viehstall und war um einiges wärmer als die Kammer ihrer Eltern auf der anderen Seite des Hauses. Und in solch eisigen Winternächten ließen sie den Kohleofen unter Glut und die Zimmertür offenstehen. Das Feuer musste plötzlich aus dem alten Ofen entwischt sein, anders konnte Lucy sich das, was geschehen war, nicht vorstellen. Ihre Eltern schliefen, als sich der giftige Qualm in deren Kammer und Lungen schlich. Der Doktor hatte es ihr später erklärt, wie das mit dem Kohlenmonoxid funktionierte. Er hatte noch mehr fremde Worte benutzt, die Lucy sich nicht merken konnte.

Aber was halfen einem fremde Worte, wenn man hintennach keine Eltern mehr hatte?

Als sie wach wurde in jener Nacht vom Geschrei des Viehs, rannte sie aus dem Zimmer und prallte gegen eine dunkle Wolke, die sie kaum atmen ließ. Sofort hatte sie Fenster und Türen geöffnet und als sie endlich etwas erkennen konnte, fand sie ihre Eltern tot in den Betten liegen.

Später konnte niemand mehr sagen, ob es ein Unglück gewesen war oder ob jemand nachgeholfen hatte. Im Schornstein wurden eine Menge Stroh und kleine Zweige gefunden, die den Abzug verstopft hatten, und so konnte der giftige Qualm ins Haus gelangen. Im Ort wurde viel geredet, und man machte die Vögel dafür verantwortlich, die sich Nester bauen wollten. Lucy tippte sich gegen die Stirn. Welcher vernünftig denkende Mensch konnte annehmen, dass sich Vögel um diese Jahreszeit Nester bauten? Sie hatte dazu geschwiegen – es hätte ihre Eltern nicht wiedergebracht.

***

Frommelt und Bernie fuhren auf der B4 in Richtung Zahrenholz, bis Bernie prustete. »Ist hier immer so viel Verkehr? Ich meine, diese ganzen LKWs, man kommt ja kaum voran.«

»Die Planung für die neue A39 ist schon abgeschlossen und soll auch irgendwann gebaut werden, das entlastet die B4 dann enorm.«

»Was heißt *irgendwann*?«

»Na ja, vielleicht in den nächsten zehn Jahren?« Frommelt schaute kurz zur Seite und lachte, als er Bernies verdutztes

Gesicht bemerkte. »Darf ich dich noch etwas fragen?«

»Nur zu, wenn es nichts Persönliches ist.«

Frommelt schwieg und sah aus dem Augenwinkel, dass Bernie ihn die ganze Zeit beobachtete.

»Also? Was wolltest du fragen?« Bernie musterte ihn und schmunzelte.

»Ich darf ja keine persönlichen Fragen stellen«, sagte Frommelt gespielt entrüstet.

Stur hielt er seinen Blick auf die Fahrbahn gerichtet und musste an sich halten, nicht zu grinsen. Dafür schnaubte Bernie. »Na los, mach schon, dann haben wir es hinter uns.«

»Wir haben uns die Frage gestellt, warum du im Kriminaldauerdienst gearbeitet hast, obwohl du deine Staatsexamen bereits in der Tasche hattest.«

»Das spricht sich ja schnell herum.«

»Flurfunk gibt es in jeder Dienststelle, und unser funktioniert tadellos. Im Ernst, ich habe mit Tassilo von Troytem gesprochen.« Frommelt schielte immer wieder zu Bernie, um ihre Reaktion mitzubekommen.

Sie guckte fragend.

»Tassilo, unser neuer Dienststellenleiter.«

»Ach der, der immer so geschwollen spricht?«

»Genau der. Aber lass mal, er ist in Ordnung. Aber es war keine Antwort auf meine Frage. Nicht ablenken, Frau Staatsanwältin.«

»Ui, jetzt wird es förmlich. Also gut. Meine Familie hält sich für etwas Besseres. Und für eine Tochter aus gutem Hause gehört es sich, ein höheres Studium zu absolvieren. Um dem Ärger aus dem Weg zu gehen, habe ich Rechtswissenschaft belegt, es bis zum zweiten Staatsexamen geschafft und mich dann auf meinen Traumberuf beworben, bei der Polizei. Der Kriminaldauerdienst ist nicht einfach, gerade in Frankfurt. Das hat schon oft an den Nerven gezehrt, vor allem wenn man mitbekommen hat, dass man doch gar nicht so viel ausrichten kann, wie man sich vorgenommen hatte. Aber ich hab es immer gern gemacht.«

»Und warum arbeitest du jetzt hier als Staatsanwältin? Ich meine, du hättest dich doch hier auch in den Kriminaldauerdienst nach Braunschweig versetzen lassen können.«

»Stimmt. Hatte ich auch zuerst überlegt. Aber wenn ich Oma Bruni erst mal nach Hause geholt habe, dann kann ich kaum noch Überstunden machen. Es wird halt nicht besser mit ihr. Und einer Dienststelle kann ich nicht zumuten, dass ich nur noch Normaldienst leiste.«

Frommelt nickte. Jetzt war die Straße frei, und er konnte schneller fahren, da musste er schon wieder auf die Bremse treten. Kurz vor Groß Oesingen stand ein Blitzer.

Bernie saß tief in ihrem Sitz versunken und schaute schweigend aus dem Fenster. Frommelt war es recht, so hatte er Zeit nachzudenken. Ihm war noch immer nicht klar, warum Birgit so zickig war. Sie war doch sonst nicht so. Bislang hatten sie immer offen miteinander gesprochen. Es konnte nicht an dem Brief liegen, den er ihr verschwieg. Heute früh hatte er nachgesehen; noch immer war er fest zugeklebt und in der Innentasche seiner Jacke sicher verborgen. So in Gedanken versunken waren sie schneller in Zahrenholz angekommen, als er mitbekommen hatte.

Jetzt standen sie vor einem gemütlichen Backsteinhäuschen. Die Hortensien blühten und schmiegten sich in dem kleinen Vorgarten an die Hauswand. Hier hatte der Zeuge, der sich gemeldet hatte, ein kleines Zimmer gemietet. Frommelt drückte auf den Klingelknopf, worunter der Name Foerster stand – und kurz danach wurde die Tür geöffnet. Eine Frau, die Frommelt auf Mitte fünfzig schätzte, schaute sie fröhlich an. Frommelt stellte sich und Bernie kurz vor.

»Ich bin Pia Foerster«, sagte sie und gab den beiden die Hand zur Begrüßung. »Kommen Sie herein, Herr Heise wartet bereits auf Sie.«

Im Inneren des Hauses bestätigte sich Frommelts erster Eindruck. Es war sauber und sehr gemütlich eingerichtet.

Frau Foerster ging voraus und drehte sich auf dem schmalen Flur zu den Ermittlern um. Dabei wies sie auf eine offenstehende Zimmertür. »Nehmen Sie doch bitte kurz im Wohnzimmer Platz. Ich hole Herrn Heise herunter, er hat oben nur ein kleines Zimmer, das wird Ihnen mit Sicherheit zu eng werden mit drei Personen. Und hier ist es bestimmt gemütlicher.« Sie verschwand, und Frommelt hörte ihre Schritte auf der steilen Treppe.

Kurz nachdem sie auf dem bequemen Sofa Platz genommen hatten, betrat ein sympathisch aussehender Mann das Wohnzimmer. Er trug ein Polohemd und Jeans, seine blonden Haare standen wirr vom Kopf ab, so dass Frommelt nicht wusste, ob er gerade geschlafen hatte oder ob es eine moderne Frisur sein sollte.

Der Mann stellte sich als Niclas Heise vor und begrüßte Bernie und Frommelt mit einem festen Händedruck.

Schnell stellte sich heraus, warum er sich nicht eher bei der Polizei gemeldet hatte. »Ich arbeite in der Gegend als Bauleiter für das Neubaugebiet und bin immer nur zeitweise im Ort. Deshalb habe ich mir hier ein Zimmer angemietet. In der letzten Woche musste ich noch am Dienstagabend nach Hannover zurück, weil ich Mittwoch früh einen Termin in der Firma hatte. Und als ich gestern Abend wieder hierhergekommen bin, erzählte mir Frau Foerster sofort von dem Tod der alten Frau.«

»Sie sagten zu meinem Kollegen am Telefon, dass Sie in der Nacht, als Frau Kirch getötet wurde, etwas bemerkt hätten.«

»Ja, das stimmt. Am Dienstag hatte ich mir keine Gedanken darüber gemacht, aber als ich vom Tod … ähm … auf alle Fälle stand auf der Straße eine Frau, die Frau Kirchs Haus beobachtete. Also, ich nehme das an, denn sie stand nur einfach da auf der gegenüberliegenden Straßenseite und rührte sich nicht.«

»Um welche Zeit war das?«

»Auf die Minute kann ich das gar nicht mehr sagen, wann ich genau losgefahren bin. Das muss so gegen halb zehn, oder kurz vor zehn gewesen sein. Es war jedenfalls schon fast dunkel.«

»Konnten Sie die Person erkennen?«, fragte Bernie.

Heise schüttelte den Kopf. »Ich bin mir nicht sicher. Die Person hatte sich in einen Hauseingang gedrückt. Und genau das kam mir seltsam vor. Ich meine, wer stellt sich mitten in der Nacht einfach an die Straßenseite? Aber sie sah aus wie die alte Lucy Kauber.«

»Wer ist das?«, fragte Frommelt.

»Eine merkwürdige Frau. Als ich ihr das erste Mal begegnet bin, hab ich mich schon erschrocken. Sie rennt öfter hier in den Ortschaften rum und wohnt draußen ganz allein im Wald. Nur mit ihren Viechern zusammen. Sie hat dort wohl einen kleinen Hof. Die Leute hier im Dorf nennen sie Eishexe. Aber wie gesagt, das habe ich alles nur vom Hörensagen und will mich da auch nicht festlegen.«

»Und dann sind Sie losgefahren?«

Heise nickte. »Aber mir ist noch etwas anderes aufgefallen. Am späten Vormittag war ich schon einmal hier gewesen. Ich habe mein Auto am Haus abgestellt, schnell etwas gegessen und bin danach zu Fuß zu Moritz Weiß gegangen. Er hilft gelegentlich bei uns auf dem Bau aus. Ich hatte ihn gefragt, ob er in der nächsten Woche Zeit hätte. Als ich am Haus von Frau Kirch vorbeikam, hörte ich, wie sich zwei Frauen heftig unterhalten haben.«

»Was heißt heftig?«

»Ja also, laut, würde ich sagen. Ich konnte nicht verstehen, um was es ging, aber es klang irgendwie nach einem Streit. Ich habe mir nichts dabei gedacht, das kommt ja in den besten Familien vor.«

»Können Sie mir sagen, wie spät es da war?«

»Gegen halb eins vielleicht. Aber nageln Sie mich jetzt bitte nicht darauf fest, ich habe nicht auf die Uhr gesehen.«

»Konnten Sie erkennen, wer der Besuch bei Frau Kirch war?«

Niclas Heise schüttelte den Kopf. »Nein, tut mir leid. Ich hielt es nicht für wichtig, die Stimme der zweiten Person bei Frau Kirch kenne ich nicht, und durch das Fenster habe ich auch nicht geschaut.«

»Das hilft uns schon einmal weiter, vielen Dank, Herr Heise.«

Frommelt und Bernie standen auf und verabschiedeten sich.

***

Marina erschrak. Plötzlich stand Leon vor ihr. »Wo kommst du denn her?«

»Von der Arbeit. Was meinst du denn?« Leon verzog sein Gesicht zu einem Lächeln, Marina kam es wie eine Fratze vor. Trotzdem gelang es ihr, die Fassung zu bewahren.

»Hattest du Besuch?« Leon starrte auf die beiden Tassen auf dem Küchentisch.

»Ja, stell dir vor, die alte Frau, von der ich dir erzählt habe, stand wieder vor unserem Haus. Da habe ich sie zum Tee eingeladen.«

»Und wer ist sie?«

»Sie heißt Lucy und wohnt draußen im Wald. Weißt du, ich hatte ja ziemliche Angst vor ihr, aber sie ist sehr nett. Wir haben uns gut unterhalten.«

Leon nickte. »Siehst du, ich habe es ja immer gesagt, die Leute hier sind gar nicht so schrecklich, wie du glaubst.« Er sah sich in der Küche um. »Hast du etwas zu essen gemacht? Ich habe schrecklichen Hunger. In der Klinik war mal wieder so viel zu tun, dass ich es nicht geschafft habe, in die Kantine zu gehen.«

Marina sackte in sich zusammen. Daran hatte sie überhaupt nicht gedacht. Leon war gestern Abend noch zur Nachtschicht gefahren, und sie hatte keinen einzigen Gedanken daran verschwendet, wann er nach Hause kommen würde. »Ich kann uns ein paar Brote schmieren«, flüsterte sie.

»Ist mir egal, Hauptsache, dass ich etwas in den Magen bekomme.«

Leon half ihr tatsächlich, den Tisch zu decken, holte Saft für sie aus dem Kühlschrank und schenkte ihr ein Glas voll ein. »Wie war dein Tag?«, fragte Marina. Die entstandene Stille war für sie nicht länger erträglich.

»Wie immer. Sagte ich ja, viel zu tun.« Leon sprach mit vollem Mund. »Kommt Moritz heute noch zum Arbeiten?«

»Nein, er hat heute früh abgesagt. Hat einen anderen Termin.«

»Hm. Ich dachte, das würde hier schneller vorwärtsgehen.«

Marina verbiss sich den Kommentar, dass es noch schneller mit der Arbeit voranginge, wenn ihr Mann mithelfen würde, so wie er es versprochen hatte.

»Hast du deine Tabletten genommen?«

Marina nickte. Das war gelogen, aber es ging ihr gut, warum sollte sie Tabletten nehmen? Leon sah sie an, als würde er ihr nicht glauben. Er zog einen Blisterstreifen mit kleinen hellrosa Pillen aus seiner Hosentasche, drückte drei davon heraus und schob sie Marina über den Tisch hinweg zu.

»Aber mir geht es viel besser, wenn ich keine Tabletten nehme«, wehrte sie sich halbherzig.

»Meinst du nicht, dass ich der Arzt bin und weiß, welche Medikamente du nehmen solltest?«

Marina nickte, legte sich die Pillen auf die Zunge und spülte sie unter Leons Kontrollblick mit Saft hinunter. Sie schmeckten bitter.

Leon stand auf. »Ich leg mich hin, bin hundemüde.«

Marina saß jetzt bereits über eine Stunde im Wohnzimmer in einem Sessel und starrte an die Decke. Kurz nachdem sie den Tisch abgeräumt und das Geschirr abgewaschen hatte, war ihr schummrig vor den Augen geworden. Ihr Kreislauf spielte verrückt, und sie konnte sich kaum noch auf den Beinen halten. Sie wachte auf und wusste nicht, wie spät es war oder welchen Tag sie heute hatten. Als sie aus dem Sessel aufstehen wollte, sackten ihr fast die Beine weg. Ob Leon noch schlief? Vorsichtig ging sie in den Flur, hielt sich bei jedem Schritt fest, am Tisch, an der Tür, bis sie vor der Treppe stand. Dort hinauf würde sie niemals kommen. Da hörte sie die Spülung der Toilette. Erleichtert atmete sie auf. Leon war wach, dann brauchte sie den beschwerlichen Weg nicht zu bewältigen. Bis in die Küche schaffte sie es gerade so und ließ sich erschöpft auf einen Stuhl fallen. Kurz danach kam Leon die Treppe hinuntergelaufen. Er sah sie kurz an und sagte: »Ich muss noch mal weg. Kann länger dauern, warte nicht auf mich.«

***

Auf der Straße sahen sie sich um, bis Bernie das Schweigen brach. »Und wohin jetzt? Zu dieser Lucy Kauber?«

In diesem Moment klingelte Frommelts Handy, und Bräuer gab ihm Namen und Anschrift des ehemaligen Bürgermeisters durch. Dieser könnte eventuell die alten Einwohnerregister noch aufgehoben haben.

Während Frommelt das Handy in die Jackentasche steckte, schüttelte er den Kopf. »Das können wir auch später noch machen.« Ohne weitere Erklärung ging Frommelt einfach los. Bernie folgte ihm auf dem Fuß. Zwei Straßen weiter standen sie vor einem Bungalow, der Anfang der achtziger Jahre erbaut worden sein musste.

Auf ihr Klingeln öffnete ein älterer Mann. Er hatte ein von der Sonne gebräuntes Gesicht, das verriet, dass er sich viel an der frischen Luft aufhalten musste. Er trug eine dunkelgrüne Cordhose und ein farblich passendes, kariertes Hemd dazu. Frommelt stellte sich und Bernie vor, und der ehemalige Bürgermeister, Rudolf Peuckert, bat sie mit einer ausholenden Handbewegung ins Haus und dirigierte sie ins Wohnzimmer. Frommelt wunderte sich, denn auf dem Tisch standen schon Kaffeetassen und ein Teller mit Keksen bereit. Peuckert bemerkte seinen Blick. »Ihr Kollege hat Sie eben bereits telefonisch angemeldet, und meine Frau meinte, Sie würden sich bestimmt über eine Tasse Kaffee freuen.«

Frommelt bedankte sich und kam gleich zur Sache. »Sie haben bestimmt vom Tod der alten Frau Kirch gehört.«

»Ja, schreckliche Sache. Ich meine, die alte Thekla, die hat doch niemandem etwas getan. Oder?«

»Wir ermitteln noch. Aber wir haben in den Unterlagen von Frau Kirch einige unklare Eintragungen gefunden und hoffen, dass Sie noch die alten Aufzeichnungen von damals haben. Es geht um die Geburten des Jahres 1961.«

»Ja, die sind oben auf dem Speicher. Das ist so lange her, die kann ich hier unten nicht alle lagern. Und das alles wegzuschmeißen, habe ich nicht übers Herz gebracht. Obwohl meine Frau mehrmals mit mir geschimpft hat, weil ihr der alte Plunder oben immer im Weg rumsteht. Um wen geht es denn?«

»Genau das versuchen wir herauszufinden.«

Peuckert ging schlurfenden Schrittes hinaus. Vom Flur her drangen leise Gesprächsfetzen ins Wohnzimmer. Anscheinend wollte Frau Peuckert auf den neuesten Stand gebracht werden. Der Kaffee schmeckte ausgezeichnet und als Frommelt bereits den fünften Keks in den Mund steckte, erschien Peuckert wieder im Wohnzimmer mit einem verstaubten Ordner, dessen Deckel sich schon bogen. Er knallte den Ordner auf den Esstisch, und eine Staubwolke wirbelte aus den Akten hervor. Frommelt musste an sich halten, dass er nicht anfing zu husten. Er stand auf und sah Peuckert über die Schulter, als dieser in den Unterlagen blätterte.

»Ich hab es gleich«, sagte dieser. »Welches Datum, sagten Sie?«

»Zwischen dem fünften und achten August 1961.«

»Hier.« Peuckert tippte auf eine Spalte. »Am fünften August ist Sophia Scheurich geboren. Sie heißt jetzt aber Hellmeier, nach ihrer Heirat mit Manfred Hellmeier. Die arme Sophia.«

»Was meinen Sie mit *arme Sophia*?« Bernie war jetzt auch zu ihnen an den Esstisch getreten.

Peuckert, der gebeugt über den Unterlagen am Tisch gestanden hatte, brachte sich in eine aufrechte Stellung und drückte sich die Hand ins Kreuz. »Die alten maroden Knochen, aber was soll man machen, das Alter macht vor niemandem Halt«, sagte er, als er Bernies mitleidigen Blick sah. »Die arme Sophia, ja, das war schrecklich damals. Ihre Schwester Mechthild hatte das Elternhaus geerbt, als ihre Eltern, also Magdalena und Fritz Scheurich, gestorben waren. Mechthild wohnte schon einige Jahre mit ihrem Mann Erwin dort. Auch ihre Schwester Sophia lebte bei ihnen, bis sie ihren Mann Manfred kennenlernte und zu ihm auf seinen Hof zog. Die beiden Mädchen hatten immer ein sehr gutes Verhältnis zueinander, und Sophia hat ihre Schwester oft besucht. Und eines Tages fand sie Mechthild und ihren Schwager Erwin tot im Kuhstall. Die Viecher müssen die beiden wohl totgetrampelt haben. Jahrelang hat das Haus leergestanden, bis letzte Woche die Neuen aus der Stadt eingezogen sind.«

»Sie meinen Leonhard und Marina Falkenberg?«

Peuckert nickte. »Ja, der Sohn vom alten Siegburg, also der, dem das Hotel in Groß Oesingen gehört.«

Die Welt ist klein, dachte Frommelt.

»Ja, am achten August sagten Sie ... einen Augenblick ...« Peuckert nahm seine Brille ab und wischte sich über die Augen. »Das ist ja seltsam.«

Frommelt beugte sich tief über die Eintragungen, konnte aber nichts erkennen, was dem ehemaligen Bürgermeister merkwürdig vorkommen könnte. Er sah ihn fragend an.

»Hier steht am achten August die Geburt von Bonita Komber.«

»Und was ist daran so merkwürdig?«

»Hier im Ort gibt es keine Familie, die Komber heißt.«

»Eigenartig, aber Sie haben diese Eintragung doch selbst vorgenommen, oder?«

»Stimmt, es ist meine Handschrift. Wissen Sie, ich war zu dieser Zeit erst kurz Bürgermeister, und ich erinnere mich jetzt ganz gut daran, wie Thekla – ich meine Frau Kirch – damals zu mir gekommen ist und mir diesen Zettel mit der Geburtsbescheinigung gegeben hatte. An dem Tag war hier im Ort ein großes Fest. Was genau das für eine Veranstaltung gewesen ist, daran erinnere ich mich leider nicht mehr, aber das ist, glaube ich, auch nicht so wichtig. Auf alle Fälle habe ich den Zettel erst mal zur Seite gelegt und die Geburtsurkunde später ausgestellt. Ich glaube mich zu erinnern, dass ich Thekla die Urkunde später selbst vorbeigebracht habe.«

»Hat Frau Kirch sich nicht über den Namen gewundert?«

Peuckert schüttelte den Kopf. »Jetzt, wo Sie das sagen. Nein, ich kann mich jedenfalls nicht erinnern, dass sie sich seltsam benommen hätte. Vielleicht hat sie auch einfach nicht genauer hingesehen, weil sie der Meinung war, dass alles richtig sein würde.«

»Kamen nicht normalerweise die Eltern selbst zu Ihnen und ließen ihr Neugeborenes eintragen?«, mischte sich jetzt Bernie in die Unterhaltung ein.

»Stimmt, meistens war das so, aber es gab auch hin und wieder Fälle, bei denen Frau Kirch den Eltern diesen Weg abgenommen hatte. Und ich hatte nie einen Grund zu zweifeln, dass vielleicht nicht alles mit rechten Dingen zugehen würde.«

»Kannten Sie Frau Kirch gut?«

»Wie man sich so kennt in einem kleinen Dorf. Man läuft sich oft über den Weg und spricht ein paar Worte miteinander.«

»Was hielten Sie von Frau Kirch? Wie war sie?« Frommelt beugte sich über den Ordner, konnte aber kein relevantes Detail erkennen.

»Nett, freundlich, hatte für jeden ein offenes Ohr – falls Sie das meinen.«

Frommelt nickte und sah Peuckert direkt an. »Das entspricht unseren Ermittlungsergebnissen, aber können Sie sich vorstellen, dass Frau Kirch, sagen wir mal, ein absichtliches Versehen passiert ist?«

Peuckert schien sofort zu verstehen. »Sie meinen, dass Frau Kirch unredlich gehandelt hat? Niemals. Glauben Sie mir, sie war die rechtschaffenste und ehrbarste Frau hier im Dorf.«

»Und den Zettel, haben Sie den noch?«

»Ich glaube ja, warten Sie.« Er blätterte in den Unterlagen und zog ein Papier mit handschriftlichen Notizen heraus. »Wie gesagt, ich schmeiße, zum Ärger meiner Frau, nichts fort.« Er grinste schelmisch.

»Darf ich das mitnehmen?«, fragte Frommelt.

»Selbstverständlich. Ich bekomme die Bescheinigung aber wieder, oder?«

»Sobald wir mit den Untersuchungen fertig sind. Vielen Dank für Ihre Mühe.« Frommelt gab Peuckert die Hand, und Bernie nickte dem ehemaligen Bürgermeister kurz zu, ehe sie das Haus verließen.

***

Marina saß noch immer in der Küche auf dem Stuhl, als es an der Tür klingelte. Sie schob sich hoch, musste sich am Tisch festhalten und ging vorsichtig den Flur entlang, um zu öffnen. Moritz stand vor ihr und lächelte, bis er Marinas Zustand zu bemerken schien. Er trat einen Schritt vor und führte sie am Arm zurück in die Küche. »Soll ich dir etwas zu essen machen? Möchtest du etwas trinken? Dir geht es nicht gut, das sehe ich.« Moritz stand hilflos vor dem Kühlschrank und sah Marina mit besorgtem Gesicht an.

»Es geht schon. Leon hat mir Tabletten gegeben, mir wird es gleich besser gehen.«

»Ich habe gesehen, dass Leon mit dem Auto weggefahren ist. Das ist fast zwei Stunden her. Wann hast du die Tabletten denn genommen?«

Marina zog die Schultern hoch. Sie konnte sich beim besten Willen nicht erinnern, sie wusste ja noch nicht einmal, wie spät es im Moment war.

»Aber dir ging es doch so gut am Wochenende. Da warst du fröhlich, und wir haben viel gelacht. Was sind das denn für Tabletten, die Leon dir gibt?«

»Keine Ahnung. Er legt sie mir immer einzeln hin, damit ich sie nicht durcheinanderbringe. Manchmal kann ich mich gar nicht erinnern, welche ich schon genommen habe und welche nicht.«

»Hast du Leon erzählt, dass es dir danach nicht gutgeht?«

»Ja, er meint, ich muss mich erst daran gewöhnen, das sei normal, wenn er die Dosis umstellt. Er ist Arzt und er weiß doch, was er tut.«

»Ja, sicher«, erwiderte Moritz zaghaft und setzte sich Marina gegenüber an den Tisch. »Und wenn du die Tabletten einfach weglässt?«

»Dann wird er sauer.«

»Aber dann würde es dir besser gehen.« Moritz legte seine Hand auf ihren Arm.

»Aber er liebt mich doch und er würde mir keine Medikamente geben, die ich nicht vertrage oder die mir schaden würden. Und wenn ich sie ein paar Tage hintereinander nicht nehme, wird es doch nur wieder schlimmer, oder?«

***

Frommelt und Bernie gingen schweigend zurück zu ihrem Auto, als sie das Haus des Bürgermeisters verlassen hatten. Frommelt fotografierte mit dem Handy die Geburtsbescheinigung und schickte die Aufnahme sofort an Bräuer. Sollte er sich darum kümmern. »Und jetzt zu Frau Hellmeier?«, fragte Bernie.

Frommelt nickte.

Sophia Hellmeier war eine rundliche Person mit einer fröhlichen Ausstrahlung, doch in ihren Augen sah Frommelt eine Spur von Angst, als sie sich nach einer Begrüßung vorstellten. Diesen Gesichtsausdruck kannte er von anderen Ermittlungsarbeiten – sobald er sich als Kriminalbeamter vorstellte, zuckten die Leute zusammen und schienen zu überlegen, was sie angestellt haben könnten.

Frau Hellmeier bat sie herein, und wieder saßen sie in einer gemütlichen Wohnküche. Frommelt lehnte den angebotenen Kaffee ab; er würde noch Herzrasen bekommen, wenn er seinen Kaffeekonsum nicht endlich einschränkte.

»Frau Hellmeier«, begann Frommelt. »Stimmt es, dass Sie am 5. August 1961 geboren sind?«

Sophia Hellmeier bestätigte dies und sah die beiden Ermittler fragend an.

»Sie kennen doch bestimmt die meisten Bewohner hier im Dorf?«

Als Frau Hellmeier nickte, fuhr Frommelt fort: »Ist Ihnen eine Familie Komber bekannt?«

»Tut mir leid, ich habe diesen Namen noch nie gehört.

Wer soll das sein? Und hat das was mit dem Tod von Thekla zu tun?«

Ohne auf die Gegenfrage zu reagieren, sagte Frommelt: »Und sagt Ihnen der Name Bonita etwas?«

Frau Hellmeier runzelte die Stirn, als überlege sie, doch dann schüttelte sie den Kopf. »Auch dieser Name sagt mir nichts. Aber ich kenne die Leute, die neu hier zugezogen sind, auch nicht alle.«

»Bonita Komber ist drei Tage nach Ihnen auf die Welt gekommen, also am 8. August 1961. Sie müsste also mit Ihnen zur Schule gegangen sein.«

Sie dachte einen Moment nach und sagte dann: »Auf unserer Schule war ganz bestimmt niemand, der so hieß. Wissen Sie, das ist schon ein sehr ungewöhnlicher Name, an den hätte ich mich erinnert.«

»Wir haben einen Zeugen, der hat angegeben, dass er in der Nacht, als Frau Kirch zu Tode kam, eine Frau namens Lucy Kauber vor dem Haus von Frau Kirch gesehen hat. Kennen Sie Frau Kauber?«

Sophia Hellmeier schien irritiert zu sein. »Wen …? Ach so, ja, die alte Lucy. Die geht öfter hier durchs Dorf, aber gesprochen habe ich kaum mit ihr. Also, außer guten Tag und guten Weg. Es heißt, sie sei nicht ganz richtig im Kopf und haust ganz allein dort draußen im Wald.«

»Wissen Sie, wo das ist? Also wo genau Frau Kauber wohnt?«

Frau Hellmeier beschrieb ihnen den Weg, so gut sie es vermochte, und Frommelt hoffte, dass sie sich nicht verfuhren.

»Noch eine Frage: Kennen Sie jemanden, der Louisa heißt?«

Sophia Hellmeier zuckte nur ganz kurz mit den Augenlidern, doch Frommelt bemerkte es trotzdem.

»Nein, tut mir leid«, antwortete sie schnell.

Frommelt war sich sicher, Frau Hellmeier verschwieg ihnen etwas. In dieser Sache brauchte er im Augenblick nicht weiter nachzuforschen, deshalb versuchte er davon abzulenken. Sie würde sich verraten, da war er sich sicher. »Bei unseren Ermittlungen haben wir erfahren, dass Ihnen das alte Haus, in das die Falkenbergs gezogen sind, gehört hat und dass es dort ein Unglück gegeben haben soll.«

Sophia Hellmeier nickte. »Das ist mein Elternhaus. Die liegen aber schon lange auf dem Friedhof, also meine Eltern. Meine Schwester Mechthild und ihr Mann Erwin haben es dann übernommen. Ich wohnte bei ihnen, bis ich meinen Manfred heiratete und zu ihm auf seinen Hof gezogen bin. Das Haus hat fünfzehn Jahre lang zum Verkauf gestanden, aber niemand wollte es haben. Die Leute glauben, dass ein Fluch darauf liegt. Meine Schwester und ihr Mann sind im Stall von den Rindern totgetrampelt worden.«

»Das tut mir sehr leid für Sie.«

Sophia Hellmeier senkte den Kopf, und es schien, als würde sie in Gedanken an das schreckliche Unglück von damals gefangen sein. »Ich habe sie dort im Stall gefunden«, sagte sie nach einer Weile leise. »Es war schrecklich.«

Frommelt schwieg. Er war sich sicher, dass sie noch mehr zu erzählen hatte. Manchmal kam es bei einer Befragung darauf an, den Zeugen Zeit zu lassen, damit sie ihre Gedanken sortieren konnten, und sie nicht mit zu vielen Fragen zuzuschütten.

»Ich habe meine Schwester jeden Tag besucht. Ist ja nicht weit. Wir hatten ein sehr gutes Verhältnis.« Es schien, als würde Sophia Hellmeier zu sich selbst sprechen und sich der Anwesenheit der Ermittler gar nicht mehr bewusst sein. Und ihre Aussage deckte sich mit der von Herrn Peuckert.

»So viel Unglück in dieser Familie, es scheint wirklich ein Fluch auf uns zu liegen.«

»Was meinen Sie mit *so viel Unglück*? Ist noch etwas passiert?«

»Katharina. Ja.« Sophia Hellmeier sah auf. In ihren Augen glitzerten Tränen. »Meine Tochter«, fügte sie schnell als Erklärung hinzu und wischte sich mit dem Handrücken über das Gesicht. »Sie war im Wald und wollte Blaubeeren suchen. Abends, es war schon fast dunkel, war Katharina immer noch nicht zu Hause. Wir haben uns Sorgen gemacht.« Jetzt sah sie Frommelt direkt in die Augen. »Ich kannte ja ihre Stellen, wo sie immer Beeren sucht. Und Manfred hat sie dann gefunden. Jemand hat sie wohl überfallen, sie lag blutüberströmt auf der Erde.«

»Wann war das?«, fragte Frommelt sehr leise.

»Das ist jetzt über zwanzig Jahre her. Katharina feiert in diesem Jahr ihren vierzigsten Geburtstag.«

»Also hat sie den Überfall überlebt?«

»Ja, aber sie ist schwerstbehindert und lebt seitdem im Diakonischen Heim in Kästorf. Die Ärzte sagten, dass sie zu spät gefunden wurde.«

»Weiß man, wer Ihrer Tochter das angetan hat?«

Sophia Hellmeier schüttelte den Kopf. »Nein. Es gab keine Spuren, die auf einen Täter hingewiesen hätten. Man sagte nur, dass bei Katharinas Untersuchung im Krankenhaus Holzsplitter in der Kopfwunde gefunden wurden, die von einem dicken Ast stammen würden. Die Ärzte meinten, dass Katharina auch gefallen sein könnte, aber ich glaub daran nicht.« Sie schüttelte sich in der Erinnerung, als würde sie einen Weinkrampf haben, doch ihre Augen blieben trocken. »Sie wollte doch heiraten, hatte sich ihr Brautkleid schon ausgesucht.« Sophias Gesicht verzog sich zu einer mitleiderregenden Grimasse. »Es hängt noch immer oben im Schrank, wollen Sie es sehen?«

»Vielen Dank, aber ich glaube, das ist nicht nötig. Wen wollte Ihre Tochter denn heiraten?«

»Na, den Leonhard Falkenberg.«

Das war ja mal eine interessante Neuigkeit. »Und jetzt hat Herr Falkenberg Ihr altes Haus gekauft. Gab es dafür einen Grund? Ich meine, das muss doch für ihn damals auch nicht einfach gewesen sein nach diesem Schicksalsschlag, und ich frage mich gerade, warum er dann ausgerechnet wieder hierher in das Dorf zieht und sich dieser Erinnerung aussetzt.«

»Ja, wissen Sie, im Grunde habe ich mich das auch schon gefragt, aber ich wollte keine schlafenden Hunde wecken. Wir waren ja froh, dass wir diesen alten Kasten verkauft hatten.«

»Hat denn Herr Falkenberg noch Kontakt zu Katharina?«

»Das weiß ich gar nicht so genau. Zu Anfang ja, da war er ständig bei ihr in Kästorf. Er hatte sich wohl Hoffnungen gemacht, dass es mit ihr wieder besser würde, dass sich ihr Gehirn wieder erholt. Aber im Laufe der Jahre hat er einsehen müssen, dass Katharina nie wieder gesund wird.« Sophia starrte eine Zeitlang auf ihre Hände, und Frommelt bedrängte sie nicht. Bis sie leise sagte: »Wissen Sie, obwohl sie mein eigenes Kind ist, habe ich oft gedacht, was besser gewesen wäre: Droben im Wald nicht mehr aufzuwachen, anstatt im Heim vor sich hin zu vegetieren und nicht mal zu wissen, welcher Tag ist.« In diesem Moment kullerten Sophia die Tränen aus den Augen, doch sie machte keine Anstalten, sie fortzuwischen. Wie erstarrt saß sie am Tisch. Frommelt beschloss, diese arme Frau nicht mehr zu bedrängen. Viel mehr, als sie in Erfahrung gebracht hatten, konnte sie ihnen bestimmt nicht mehr erzählen. Sie bedankten sich und verließen leise das Haus.

»Das ist ja ein Ding«, sagte Bernie, als sie wieder auf der Straße standen. »Mir scheint, als schließt sich der Kreis und dass alles miteinander verwoben ist.«

»Meinst du, der Auslöser könnte sein, dass die Falkenbergs hierhergezogen sind?«

»Katharina Hellmeier für immer behindert, Sophias Schwester und Schwager im Stall tot aufgefunden, und kaum ist dieser Leonhard Falkenberg im Ort, wird Frau Kirch umgebracht.«

»Du hast recht, es wird immer mysteriöser.« Frommelt drehte sich einmal um die eigene Achse, bis er Bernie ins Gesicht sah. »Wir sollten uns mal mit dieser Lucy Kauber unterhalten. Was meinst du?« Ehe Bernie nicken konnte, zog Frommelt den Schlüssel aus der Tasche und ging in Richtung Auto.

***

Sofort, als sich Moritz verabschiedet hatte, legte sich Marina im Wohnzimmer auf die Couch und schlief ein. Sie wachte auf und wusste weder Zeit noch Tag. Benommen rappelte sie sich auf und rieb sich mit den Fäusten über die Augen. Ihrem Kreislauf ging es besser, sie konnte aufstehen, ohne sich festhalten zu müssen.

In der Küche trank sie ein Glas Wasser in einem Zug aus. Es kam wieder Leben in ihren Körper. Auch ihr Geist war längst nicht mehr so marode wie am Vormittag. Da klopfte es leise an der Hintertür. Moritz stand mit besorgtem Gesicht vor ihr. »Ich wollte nicht vorne klingeln und dich wecken, falls du schläfst. Aber ich hab mir Sorgen um dich gemacht.«

»Ist schon besser, ich habe ein paar Stunden geschlafen. Du hast mich nicht geweckt. Komm doch rein.«

Sie setzten sich nebeneinander an den Küchentisch. Moritz betrachtete Marina eine Weile, bis er sagte: »Ich habe mit Claudia gesprochen, auch sie meinte, dass das mit den Tabletten vielleicht … also … dass du vielleicht eine andere Dosis …«

»Es ist alles in Ordnung. Glaub mir. Leon weiß, was er tut.«

Moritz nickte. Doch einige sorgenvolle Falten zogen sich über seine Stirn. »Also … ähm … morgen wollte ich wieder herkommen und weiterarbeiten. Wenn es dir recht ist, meine ich.«

»Das ist lieb von dir. Wir müssen hier ja auch vorankommen. Kann Claudia auch mithelfen? Ich meine, das ginge dann schneller.«

»Claudia. Ja. Hm. Ich weiß nicht. Sie ist unterwegs, und ich bin mir nicht sicher, ob sie morgen …«

Trotz ihres benebelten Zustands sah Marina, wie Moritz' Augen glänzten. »Ist etwas mit Claudia? Ich will ja nicht neugierig sein.«

»Tust du nicht. Ich bin ja froh, wenn ich mal mit jemandem darüber reden kann.«

Marina nahm Moritz' Hände in die ihren und drückte sie sanft. Dankbar lächelte Moritz. »Ich weiß nicht, wie ich das sagen soll, aber bei uns ist schon lange nichts mehr so, wie es früher war. Also in unserer Ehe. Das sieht nur nach außen hin so aus. Fassade für die Leute.« Er lachte bitter auf. »Und ich bin mir sicher, Claudia hat jemand anderen.«

»Hast du sie mal daraufhin angesprochen?«

Moritz blickte erschrocken auf. »Wo denkst du hin? Was wäre, wenn sie es zugibt? Dann müsste ich eine Entscheidung treffen. Und ohne meine Kinder könnte ich nicht leben.«

Betroffene Stille hing für einige Zeit im Raum. Bis Moritz den Kopf hob und fragte: »Ich möchte dir ja jetzt nicht zu nahetreten, aber ist bei euch wirklich alles in Ordnung?«

Marina zögerte eine Weile. »Ich weiß nicht. Seitdem ich das Baby verloren habe, ist für uns eine Welt zusammengebrochen. Dies hier sollte ein Neuanfang sein. Jedenfalls glaube ich das. Leon muss auch erst mal mit der Situation zurechtkommen. Auch für ihn ist es nicht einfach. Aber er ist nicht der Typ dafür, Schwäche zu zeigen. Er gibt sich Mühe, ansonsten würde er sich ja nicht solche Gedanken über meine Tabletten machen.«

Moritz stand auf und ging um den Tisch herum. Er setzte sich auf den Stuhl neben Marina und legte seinen Arm um ihre Schultern. Ganz sanft zog er sie zu sich. »Wir sind schon zwei arme Kreaturen, oder?«

»Ich weiß nicht. Bislang dachte ich immer, dass es nur an mir liegt. Dass ich Schuld habe an der ganzen Misere. Und daran, dass Leon unglücklich ist.«

»Das stimmt nicht. Jeder ist für sein Glück selbst verantwortlich.« Moritz beugte sich zu Marina, zog sanft ihren Kopf in seine Richtung und küsste sie auf den Mund. Marina fühlte einen Schauer der Sehnsucht und Geborgenheit in ihrem Körper aufsteigen. Sie saßen beide mit dem Rücken zur Tür, und so sahen sie nicht, wie Leon im Türrahmen stand und auf die beiden sich küssenden Menschen starrte.

***

Obwohl Sophia Hellmeier ihnen den Weg, so gut es ging, beschrieben hatte, war es doch ein schwieriges Unterfangen, hier mitten im Wald den richtigen Pfad zu finden.

Endlich standen Frommelt und Bernie vor einer winzig kleinen Bauernkate, die mehr schlecht als recht in Ordnung gehalten wurde. Das Häuschen schien von außen besehen nur aus zwei bis drei winzigen Zimmern zu bestehen, aus dem Nebengebäude drang das verhaltene Muhen von Rindern. Das Gebäude stand auf einer Lichtung, die einige Morgen Weideland und Ackerfläche umfasste. Der Wald rückte auf der Hinterseite nah an das Grundstück heran. Da sie keine Klingel fanden, klopfte Frommelt mit der Faust gegen die hölzerne Eingangstür. Sie warteten eine Weile, doch es tat sich nichts. Bernie zuckte mit den Schultern, und Frommelt zog bereits den Autoschlüssel aus der Tasche, als in diesem Moment eine vom Alter und körperlicher Arbeit gebeugte Frau um die Ecke schlurfte. Sie hatte strähnige, graue Haare und trug eine ausgeleierte dunkle Baumwollhose und einen schmuddeligen grün-weiß gestreiften Pulli. Im Arm hielt sie eine Emailleschüssel mit dunkelroten Kirschen. Sie schien so sehr in Gedanken zu sein, schrak beim Anblick der Besucher heftig zusammen, so dass das Obst fast herauskullerte. Sie stand starr auf der Stelle und riss den Mund auf.

Hierher schienen sich nicht oft andere Menschen zu verirren, vermutete Frommelt aufgrund ihrer heftigen Reaktion. »Frau Kauber?« Frommelt ging vorsichtig einen Schritt auf sie zu. Es sah aus, als denke die Alte angestrengt nach, fast so, als könnte sie sich nicht mehr an ihren eigenen Namen erinnern. Doch plötzlich nickte sie, und ihr Körper kam wieder in Bewegung. Sie tippelte mit schnellen Schritten an Frommelt und Bernie vorbei und verschwand im Haus. Die beiden Ermittler sahen sich kurz an, und da Frau Kauber die Haustür offengelassen hatte, folgten sie ihr. Im ersten Moment sah Frommelt nichts. Durch die grelle Sonne draußen und wegen des Dämmerlichts hier auf dem winzigen Flur mussten sich seine Augen erst an die Umstellung gewöhnen. Bernie schien es genauso zu gehen, denn sie rannte in ihn hinein. Er spürte ihre Hände auf seinen Schultern, und es fühlte sich durchaus angenehm an.

Linkerhand befand sich eine kärglich eingerichtete Wohnküche. Frau Kauber saß bereits am Tisch und knetete nervös ihre Finger. Ohne Aufforderung setzten sie sich zu ihr.

»Frau Kauber«, begann Frommelt und wartete auf eine zustimmende Reaktion. Als die nicht kam, fuhr er fort: »Sie sind doch Lucy Kauber, nicht wahr?«

Lucy nickte.

»Wohnen Sie hier allein?« Frommelt sah sich um. Alles deutete darauf hin. Wieder nickte die Alte und kniff die Augen zusammen, als hätte sie Angst.

»Frau Kauber, entschuldigen Sie, ich habe uns noch gar nicht vorgestellt; ich bin Kilian Frommelt von der Kriminalpolizei in Gifhorn, und das ist Staatsanwältin Bernadette Lillejander.«

Keine Reaktion. Lucy schaute auf ihre Finger.

»Haben Sie gehört, dass die alte Hebamme, Frau Kirch, tot ist?«

Lucy nickte. Ihr standen die Tränen in den Augen.

Frommelt beschloss, keine geschlossenen Fragen mehr zu stellen. »Wie nahe standen Sie Frau Kirch?«

Lucy wischte sich mit der Hand über die Augen. »Sie war die einzige, die ich hatte.« Ihre Stimme klang krächzend, als hätte sie lange Zeit nicht mehr gesprochen und müsse sich dauernd räuspern.

»Wie meinen Sie das?«

»Zu ihr konnte ich immer hingehen, sie hat mir zugehört und immer mit mir geredet.«

»Das heißt, Sie haben zu den anderen Leuten hier im Ort keinen Kontakt?«

»Die mögen mich nicht. Die sagen, ich sei dumm im Kopf und dass ich eine Hexe bin.«

»Hexe?«

»Ja. Eishexe, das haben sie gesagt.«

Lucy musterte Frommelt scheinbar neugierig. Jetzt erst bemerkte er ihre Augen. Sie hatten etwas Stechendes, ja, etwas Eiskaltes. Und irgendwo hatte er solche Augen schon einmal gesehen. »Frau Kauber, es gibt einen Zeugen, der hat Sie in der Nacht, als Frau Kirch zu Tode gekommen ist, vor deren Haus gesehen. Können Sie mir sagen, was Sie dort wollten?«

Lucy starrte Frommelt an. Ihr linkes Augenlid zuckte.

Frommelt dachte gerade, dass er seine Frage zu lang formuliert hatte, dass die alte Frau deren Sinn nicht begriffen hatte, als ein Ruck durch ihren Körper ging und sie sagte: »Besuchen.«

»Wen wollten Sie besuchen? Frau Kirch?«

Lucy nickte.

»Warum um diese späte Uhrzeit?«

Lucy richtete ihren Oberkörper auf und räusperte sich jetzt tatsächlich. »Ich musste es doch wissen.«

»Frau Kauber, um was ging es? Was mussten Sie so dringend zu dieser späten Stunde wissen?«

Lucy schüttelte den Kopf. Frommelt beschloss, anders an die Sache heranzugehen; so kam er nicht weiter. »Der Zeuge, der Sie gesehen hat, sagte auch, dass er einen Streit im Haus von Frau Kirch gehört hatte, als er daran vorbeigegangen ist. Waren Sie vorher schon einmal bei Frau Kirch gewesen?«

»Ja. Vormittag, da bin ich los.«

»Dafür gab es doch bestimmt einen Grund, oder?«

»Na, die Neuen. Die aus der Stadt.«

»Sie meinen das Ehepaar Falkenberg, also die neuen Bewohner, die das Scheurich-Haus gekauft haben?«

Lucy nickte heftig. »Ich wollt nur wissen, wer die sind.«

»Und Frau Kirch hat es Ihnen erzählt?«

Lucy schüttelte den Kopf. »Ne, hat nur gesagt, Leute aus der Stadt. Mehr nicht.«

»Und deshalb haben Sie sich gestritten?«

»Ne, weil Thekla gesagt hat, ich soll vorsichtig sein und aufpassen, dass mir nichts passiert.«

»Warum sollten Sie aufpassen?«

Lucy schüttelte sich, so dass ihr gesamter Körper bebte. »Das war's ja, deshalb haben wir uns ja gezankt. Und weil sie mir nicht sagen wollte, warum ich vorsichtig sein soll. Mir passiert doch nichts, hier mitten im Wald. Hier kommt doch keiner her.« Lucy Kauber riss die Augen auf, als sei ihr gerade eingefallen, dass auch Frommelt und Bernie hier bei ihr waren.

»Und dann sind Sie in der Nacht noch einmal bei Frau Kirch im Haus gewesen?«

Lucy schüttelte heftig den Kopf. »Ne. Ich bin da wieder nach Hause gelaufen.«

»Obwohl Sie so dringend wissen wollten, warum Sie sich vorsehen sollen, sind Sie nach Hause? Warum?«

»Ich hatte Angst.«

»Wovor?«

»Da kam dieser Mann. Und das Auto.«

»Welcher Mann? Kennen Sie ihn?«

Lucy zuckte wie erschrocken zusammen. »Keine Ahnung.« Die Antwort kam schnell. Zu schnell, wie Frommelt fand. »Haben Sie den Mann in dem Auto erkannt?«

Lucy schien in Panik zu geraten. Sie trommelte mit den Fingern auf dem Tisch herum und zitterte am ganzen Körper. Frommelt beschloss, seine Fragen in eine andere Richtung zu lenken. »Wie lange leben Sie denn schon hier, so ganz allein?«

»Ich bin nicht allein, ich habe mein Viehzeug.«

»Ich dachte auch eher an menschliche Bewohner.«

»Ach so. Also seit es gebrannt hat.«

»Dieses Haus ist also abgebrannt?«

»Ne, nicht das ganze Haus. Der Ofen.« Sie zeigte auf einen Kamin mit einer festen Tür, der in der Wand eingebaut war und scheinbar auch vom anderen Zimmer aus befeuert werden konnte. »Alles war voller Qualm. Ich bin wachgeworden, weil die Kühe so gebrüllt haben.«

»Und was passierte dann?«

»Dann waren sie tot.«

»Die Kühe?«

»Ne, die Kühe doch nicht, meine Eltern. Die lagen tot im Bett, als ich sie rausholen wollte. Die ganze Kammer war schwarz vor Rauch, und ich konnte fast gar nichts sehen.«

»Wann war das?«

»Weiß nicht mehr. Vor Jahren. Hab's nicht gezählt. Ist schon ein bisschen her.«

»Dann danke ich Ihnen erst mal. Sie haben uns sehr geholfen, damit wir den Mörder von Frau Kirch finden.« Das stimmte so zwar nicht ganz, aber er sollte der alten Frau zum Schluss des Besuches ein gutes Gefühl geben. Außerdem wollte er ihre Reaktion sehen, als er das Wort Mörder nannte. Doch das schien sie wohl wegen des Lobes überhört zu haben. Sie lächelte.

Vor dem Haus warf Frommelt Bernie den Autoschlüssel zu und rief Roland Bräuer an. Noch während der Fahrt zurück nach Gifhorn forderte er die alten Akten über den Unfall im Stall von Mechthild und Erwin, von Katharina Hellmeier und über den Tod des Ehepaars Kauber an. Als Bräuer das jeweilige Ermittlungsdatum hörte, jammerte er: »Als ob ich hier nicht schon genug zu tun habe, muss ich mich jetzt mit Fällen beschäftigen, die längst verjährt sind?« Frommelt beendete kurzerhand das Telefonat, ehe Bräuer sich noch ausschweifender äußern konnte. Bernie, die mitgehört hatte, sah ihn grinsend an.

»Der wird sich schon wieder beruhigen«, sagte Frommelt und starrte gedankenverloren aus dem Fenster.

»Du willst wirklich alle alten Fälle noch einmal aufrollen? Die haben doch nichts mit unserem aktuellen Fall zu tun. Das ist Jahrzehnte her.«

»Und wenn doch?«

Den Rest des Weges schwiegen sie.

***

Als Frommelt das Büro betrat und Roland Bräuers Gesicht sah, musste er schmunzeln. Der Kollege schien beleidigt zu sein. Frommelt ging mit gesenktem Kopf an seinen Schreibtisch und tat so, als würde er etwas suchen. Auch Bernie, die Frommelt gefolgt war, nickte Bräuer nur kurz zu.

»Wo ist Hannah?«, fragte Frommelt.

»Kommt gleich wieder«, murmelte Bräuer, ohne den Kopf zu heben.

»Dann warten wir noch. Wir haben neue Erkenntnisse, und ich möchte, dass alle im Team auf dem neuesten Stand sind.«

»Du möchtest, du möchtest.« Jetzt wurde Bräuer lauter. »Und das mit dem Team kannst du dir an die Backe nageln. Anscheinend nimmst du ja eh keine Rücksicht auf *das Team.*«

Selbst Bernie schien erschrocken über Bräuers Ton. Sie sah Frommelt fragend an, doch der schüttelte nur den Kopf. Zum Glück kam Hannah gerade in diesem Augenblick zurück. Sie schien bester Laune zu sein, fröhlich summend goss sie Wasser in die Kaffeemaschine. Frommelt freute sich. Hannah sah bezaubernd aus, seit sie mit Richter Schuft zusammen war. Er wartete, bis sie sich auf ihren Platz setzte. Sie schien die angespannte Stimmung nicht zu bemerken.

»Jetzt, da unser Ermittler*team* vollständig anwesend ist, können wir ja beginnen.« Frommelt betonte absichtlich das Wort Team. »Wie schon gesagt, haben wir neue Erkenntnisse. Und ich habe Roland gebeten, uns einige alte Akten von Vorfällen, die in Zahrenholz passiert sind, zu besorgen.«

Bräuer schnaubte hörbar die Luft aus.

Da niemand weiter etwas sagte, fuhr Frommelt fort: »Fangen wir mal ganz von vorne an, denn ich glaube, es hat alles miteinander zu tun, und wir müssen die Puzzlestücke nur an die richtige Stelle setzen. Roland, bist du bei uns?«

Bräuer drehte seinen Stuhl in Frommelts Richtung und schluckte sichtbar. Hier war wohl eine Entschuldigung fällig, dachte Frommelt. »Roland, es tut mir leid, dass ich dich nicht früher vollständig informiert habe, aber all das, was wir in Erfahrung gebracht haben, kam kurz hintereinander. Und ich wollte es nicht mehrmals erzählen.«

»Alles gut«, sagte Bräuer. »Ich bin im Moment etwas angespannt. Also los, was hast du für Neuigkeiten?«

»Ich denke, alles begann vor zweiundzwanzig Jahren, als Katharina Hellmeier, das ist die Tochter von Sophia und Manfred Hellmeier, im Wald verunglückt ist. Ob es ein Unfall war, oder ob nachgeholfen wurde, konnte uns ihre Mutter nicht sagen. Die Tochter lebt jetzt im Diakonischen Heim in Kästorf. Sophia Hellmeier ist eine geborene Scheurich, sie sagte, dass ihre Tochter kurz vor ihrer Hochzeit stand. Und jetzt haltet euch fest: Sie wollte Leonhard Falkenberg heiraten.«

»Den Leonhard Falkenberg, der vor einer Woche nach Zahrenholz gezogen ist?«, fragte Hannah.

»Genau den. Und sieben Jahre später wurden Sophia Hellmeiers Schwester und ihr Mann – Mechthild und Erwin – von ihren eigenen Rindern im Stall totgetrampelt. Das ist jetzt, wie gesagt, fünfzehn Jahre her.« Frommelt blätterte in seinem Notizbuch, so dass er die genauen Daten nicht durcheinanderbrachte. »Und eben waren wir bei Lucy Kauber. Das ist die Frau, die von dem Zeugen Niclas Heise nachts vor dem Haus von Frau Kirch gesehen wurde. Sie gab an, dass sie gegen Mittag schon einmal bei Frau Kirch gewesen war. Sie sei mit Frau Kirch in Streit geraten, weil diese ihr nicht sagen wollte, warum sie sich vorsehen sollte, damit ihr nichts passierte. Das hätte Frau Kauber so zugesetzt, dass sie gegen zweiundzwanzig Uhr noch einmal zu Frau Kirch wollte, um die Angelegenheit zu klären.« Wieder schaute Frommelt in seinen Notizen nach. »Frau Kauber meinte aber, dass sie zu dieser Zeit nicht bei Frau Kirch im Haus gewesen sei, sondern nur auf der Straße gestanden hätte. Sie hatte Angst gehabt, weil sie einen Mann in einem Auto gesehen hätte, und lief wohl in Panik wieder nach Hause. Mehr war leider nicht aus ihr herauszubekommen.«

»Wir sollten ihre Fingerabdrücke abnehmen. Vielleicht passen sie ja zu den unbekannten Abdrücken, die Kramer gefunden hat«, sagte Bräuer.

»Das würde ihre Aussage unterstützen. Aber seltsam ist das schon. Sie erzählte auch, dass ihre Eltern im Schlaf an einer Kohlenmonoxyd-Vergiftung gestorben sind. Wann genau das war, das konnte sie uns nicht sagen, sie schien auch etwas – wie soll ich sagen – schlicht zu sein.« Frommelt sah jetzt Bräuer entschuldigend an. »Deshalb wollte ich auch die alten Akten einsehen, Roland. Mir scheint, als hängt alles miteinander zusammen.«

Bräuer nickte. »Klingt plausibel. Leonhard Falkenberg zieht vor einer Woche mit seiner Frau Marina in das Dorf, und zwei Tage später ist die alte Hebamme tot.«

»Und Falkenbergs haben genau das Haus gekauft, in dem das Ehepaar Scheurich im Kuhstall zu Tode kam.«

»Das ist wirklich sehr merkwürdig«, sagte Hannah. »Warum ist der nach Zahrenholz gezogen? Er arbeitet doch in Gifhorn in der Helios-Klinik.«

»Als Grund gibt er an, dass sein Vater vor einem halben Jahr einen Herzinfarkt hatte und er ihn unterstützen wollte.«

»Und deshalb kauft er ein heruntergekommenes Haus, das fünfzehn Jahre lang leerstand? Ich meine, wenn der Infarkt seines Vaters ein halbes Jahr her ist, dann hatte er doch Zeit genug, sich ein vernünftiges Haus zu suchen. Der Immobilienmarkt ist zwar recht eingeschränkt im Moment, aber in der Umgebung von Groß Oesingen ließe sich bestimmt etwas Besseres finden. Warum also dieses verkommene Haus?« Hannah zog ihre Stirn in Falten. Frommelt musste schmunzeln. Sie sah trotzdem sehr hübsch aus. Er konzentrierte sich wieder auf seine Ausführungen. »Eben. Das alles ist wirklich merkwürdig. Ist der Bericht vom Graphologen schon da?«

»Bislang noch nicht. Die haben wohl viel zu tun. Aber sie haben mir den Bericht für morgen früh zugesagt. Du hast mir ja das Foto von der Eintragung geschickt. Ich habe den Namen Bonita Komber durch unsere Datenbank geschickt – es existiert niemand, der so heißt.« Bräuer schien sich wieder beruhigt zu haben. So kannte Frommelt den Kollegen, auch wenn er private Probleme hatte oder zuweilen mal ausrastete; wenn es drauf ankam, arbeitete er höchst konzentriert und zuverlässig.

Hannah stand vor ihrem Schreibtisch und stützte sich mit den Händen auf der Tischplatte ab. »Es wird immer merkwürdiger. Kilian, du hattest eben gesagt, Frau Kauber sei vor Angst wieder nach Hause gerannt, weil sie ein Auto gesehen habe, das an Frau Kirchs Haus vorbeigefahren ist. Das deckt sich zeitlich mit der Aussage von Herrn Heise. Was ist, wenn sie Herrn Heise erkannt und Angst vor ihm hatte?«

»Wir sollten Heise noch einmal überprüfen. Aber ich habe nicht den Eindruck, dass er etwas mit unserem Fall zu tun hat.«

»Also gut, dann warten wir auf die Berichte. Die nächste Besprechung ist morgen um neun.«

***

Als Kilian Frommelt nach Hause kam, war Birgit noch immer nicht da. Er versuchte, sie auf dem Handy zu erreichen, doch sie ging nicht ran. Auch auf seine entschuldigende SMS reagierte sie nicht. Er drehte sich um die eigene Achse. Was sollte er tun? Das Haus kam ihm seltsam leer und verlassen vor. Obwohl er hier einige Zeit allein gelebt und sich dabei nie einsam gefühlt hatte, fehlte Birgit an allen Ecken und Enden. Er verwarf den Gedanken, sich mit dem besten Tröster, Jack Daniel's, zu betrinken, und ging sofort zu Bett.

***

Am nächsten Morgen lag Leon noch neben Marina im Bett und wurde wach, als sie aufstand. Er ging sofort ins Bad und duschte, während Marina Kaffee kochte und den Frühstückstisch deckte. Sie hatte großen Hunger, und ihr fiel ein, dass sie gestern kaum etwas gegessen hatte. Kurz danach kam Leon mit nassen Haaren und offenem Hemd zu ihr in die Küche und sah sie wachsam an. »Geht es dir heute besser?«, fragte er, während er sich Kaffee eingoss. Sie nickte. Bereits nach dem Aufstehen hatte sie gemerkt, dass sie keine Probleme mit dem Kreislauf mehr hatte.

Leon nahm sie in den Arm. »Ich habe mit meiner Kollegin über deinen Zustand gesprochen, also dass du neulich zusammengeklappt bist und sie meinte, dass die Tabletten, die sie mir letztes Mal für dich mitgegeben hatte, wohl etwas zu heftig waren.« Er zog eine Blisterpackung aus seiner Hemdtasche und drückte eine längliche Kapsel aus der Umhüllung. Sie sträubte sich innerlich dagegen, schon wieder neue Medikamente zu nehmen, sagte aber nichts dazu.

»Hier.« Er hielt hier die offene Hand hin. Die Gelantinehülse schimmerte im Licht bläulich. »Trink bitte viel dazu. Vermutlich hast du gestern zu wenig getrunken, sonst wäre dein Kreislauf nicht so sehr abgesackt.«

Nur langsam griff sie zu und führte die Hand mit der Kapsel zum Mund. Leon ließ währenddessen ein Glas voll Wasser laufen und reichte es ihr ebenfalls. Es blieb ihr nichts anderes übrig, sie schluckte tapfer.

***

Frommelt war noch immer in Gedanken bei Birgit, als er um kurz vor acht seinen Wagen in das Parkhaus gegenüber der Polizeiinspektion steuerte. Er rieb sich die Augen. In der Nacht hatte er kaum geschlafen. Immer wieder überlegte er, wo Birgit wohl stecken konnte. Ob ihr etwas passiert war? Im Halbschlaf malte er sich die schrecklichsten Bilder von einem Verkehrsunfall mit einer blutüberströmten Birgit aus. Dreimal war er aufgestanden, auf die Toilette gegangen und hatte sich einen Narren geschimpft. Wenn Birgit wirklich in einen Unfall verwickelt wäre, dann hätten ihn die Kollegen längst informiert. Sollte er ihre Freundin Mara anrufen? Machte er sich dadurch lächerlich?

Ohne sich dessen bewusst zu werden, fand er sich an seinem Schreibtisch wieder. Bräuer und Hannah wünschten ihm einen guten Morgen und schwiegen dann, als sie wohl merkten, dass Frommelt nicht sehr kommunikativ war. Frommelt hob erst den Kopf, als die Bürotür aufging.

Der junge Mann mit der Nickelbrille kam herein. Noch immer wusste Frommelt nicht, wie er hieß.

»Guten Morgen«, rief der fröhlich und schwenkte eine Aktenmappe durch die Luft. »Ich habe eben den Bericht vom Graphologen bekommen. Eigentlich sollte er gleich zu euch gehen, aber aus irgendeinem mysteriösen Grund ist er bei uns gelandet. Macht aber nichts, ich habe mir das mal angesehen und bin über etwas gestolpert.«

Wie kann man nur am frühen Morgen so redselig sein, dachte Frommelt und nahm ihm die Akte aus der Hand. »Guten Morgen und vielen Dank für die Mühe«, sagte er und schlug den Bericht auf. Ganz unten hatte der Nickelbrillenträger einen Vermerk notiert und, zu Frommelts Glück, seine sehr lesbare Unterschrift hinterlassen. »Was meinen Sie damit, Herr Redmann?« Frommelt schmunzelte, der Name passte wie die Faust aufs Auge.

Jetzt wurden auch Hannah und Bräuer aufmerksam. Sie hatten bislang konzentriert an ihren Schreibtischen gearbeitet.

»Diese Eintragung hier. Die graphologische Abteilung hat festgestellt, dass das ausradierte Datum vom 8. August vormals der 5. August gewesen ist. Aber das meine ich gar nicht.« Elias Redmann zog aus der Akte den handgeschriebenen Zettel vom Bürgermeister hervor. »Mir ist der Name aufgefallen. Wie kommt Peuckert auf Bonita Komber?«

Frommelt starrte auf die Geburtsbescheinigung und zog die Schultern hoch. Die Schrift war in Sütterlin, und die konnte er nicht lesen. Bräuer war nähergekommen, schaute Frommelt über die Schulter und schüttelte den Kopf.

»Ich habe im vergangenen Jahr dafür einen Kurs bei der Volkshochschule belegt. Ich hatte Briefe von meinem Opa aus dem Krieg gefunden, die waren alle in Sütterlin geschrieben und um die lesen zu können, habe ich den Kurs belegt«, sagte Redmann.

»Und was bedeutet das jetzt?«, fragte Bräuer.

»Das bedeutet, dass dieses B von Bonita, eindeutig ein L ist. Das kann man leicht verwechseln, wenn man Sütterlin nie in der Schule gelernt hat.«

»Aber Lonita klingt doch auch dämlich.« Bräuer sah Redmann stirnrunzelnd an.

»Stimmt.« Elias Redmann grinste. »Also weiter. Das o ist richtig, der nächste Buchstabe aber ist ein u und kein n. Sehen Sie hier.« Er tippte auf den Namen. »Was aber noch irreführend ist und leicht verwechselt werden kann, ist das t und das s. Ich schreib das mal richtig auf.« Redmann nahm sich Stift und einen Notizzettel. Frommelt und Bräuer starrten sich an. Wie konnte das passieren?

»Brauchen Sie den Nachnamen auch?« Redmann grinste wieder, als er die entsetzten Gesichter der Ermittler sah.

Was die Kriminalbeamten jetzt sahen, verschlug ihnen die Sprache.

Vor ihnen auf dem Zettel stand der Name.

Louisa Kauber.

***

Nach dem Frühstück war Leon sofort in die Klinik gefahren. Marina räumte die Küche auf und war gerade fertig, als Moritz an die Hintertür klopfte. Ein Brennen zog sich durch ihren Körper, und ihr Kopf drohte zu platzen. Sie hielt die geballte Faust an die Schläfe, als sie die Tür öffnete. Moritz schien bestens gelaunt zu sein. Fröhlich trällerte er: »Ein wunderschönen guten Morgen, meine liebe Marina, es ist ein wundervoller Tag, lasst ihn uns mit Arbeit verbringen.« Doch als er ihr gegenüberstand, sie in die Arme nehmen wollte, prallte er zurück. »Mein Gott, Marina, was ist los? Geht es dir nicht gut?«

Sie schlug sich zwei Mal mit der Faust gegen den Kopf. »Alles in Ordnung. Leon hat mir andere Tabletten gegeben.« Sie beugte sich nach vorn. Ihr Körper verkrampfte sich, vor ihren Augen zogen gelblich-weiße Schlieren vorbei. Das Gesicht von Moritz verschwamm vor ihren Augen, es schien ihr, als löse er sich vor ihr auf.

»Hast du mal in den Spiegel geschaut? Du bist ganz blass und hast tiefschwarze Ringe unter den Augen.« Er ging einen Schritt auf sie zu.

Marina wusste nicht, was das alles bedeuten sollte, was wollte diese Person von ihr? »Ich hab doch gesagt, es geht mir gut. Leon weiß, was er tut. Und jetzt verschwinde endlich, lass mich in Ruhe.« Ihre Stimme klang grell in ihren Ohren. Hatte sie wirklich geschrien? Sie hielt sich am Tisch fest. Jetzt nahm sie jemand beim Arm und zog sie mit sich. Was sollte das? Sie versuchte, sich aus dem Griff herauszuwinden, doch sie hatte keine Kraft dazu. Zu den hellen Schlieren gesellten sich nun dunkelgraue. Sie musste sich hinlegen, doch wie kam sie in ihr Bett oder bestenfalls auf die Couch?

***

Bräuer hatte sofort die Wesendorfer Kollegen informiert. Sie sollten Lucy Kauber abholen und nach Gifhorn bringen. In der Zwischenzeit suchten sie in der Kladde von Frau Kirch nach anderen Spuren, die darauf hindeuteten, weshalb Thekla Kirch Lucy Kaubers Geburtsdatum manipuliert hatte.

»Ach, ehe ich es vergesse, vorhin habe ich Frau Doktor Kubicki erreicht. Sie bestätigt Falkenbergs Alibi – also sie hätte ihn gegen zweiundzwanzig Uhr am Dienstag zu diesem Notfall gerufen, und er sei innerhalb der nächsten halben Stunde auch im Krankenhaus in Gifhorn eingetroffen«, sagte Bräuer, ohne aufzusehen, und kratzte sich am Kopf.

Dann mussten sie Leonhard Falkenberg wohl oder übel von der Verdächtigenliste streichen. Frommelts Handy klingelte. Er nahm das Gespräch an, ohne auf das Display zu schauen. »Hallo, Kilian. Ich hoffe, ich störe nicht, aber hast du einen Moment Zeit für mich?« Frommelt schaute Bräuer neben sich fragend an, der diese Worte mit Sicherheit mitgehört hatte. Bräuer nickte, und Frommelt ging hinaus auf den Flur. »Hallo, Richard«, sagte er zur Begrüßung. »Was gibt es denn so Wichtiges?«

»Birgit hat mich vorhin angerufen.«

»Und deshalb rufst du mich an? Birgit darf telefonieren, mit wem und wann immer sie möchte.«

»Du blöder Hund! Sag mal, hast du diese leidige Sache noch immer nicht geklärt?«

»Ich weiß jetzt wirklich nicht, was du willst. Ich habe dir doch am Sonntag erzählt, dass ich zu Maren gesagt habe, dass ich die Papiere unterschreibe. Und dass ich sie auf keinen Fall zurückhaben will.« So genau hatte er es Maren nicht gesagt, aber das musste jetzt für seinen Freund Richard erst mal reichen.

»Spinnst du jetzt? Was geht mich Maren an? Ich meine Birgit. Sie sitzt grad bei mir, heult sich die Augen aus dem Kopf und will dich verlassen.«

»Ach du Scheiße.«

»Du sagst es.«

»Kannst du nicht … ich meine … du bist doch in so was viel besser als ich …«

»Ne, mein Freund. Deine Angelegenheiten kläre mal besser ganz allein. Das übt.« Damit hatte Richard das Gespräch beendet.

Bräuer sah ihn fragend an, als Frommelt zurück im Zimmer war. »Alles in Ordnung bei dir?«

»Anscheinend nicht. Mist ist nur, wenn man davon nichts ahnt.«

Eine Dreiviertelstunde später brachten die Wesendorfer Kollegen die Zeugin Kauber.

Vor Frommelt am Tisch saß ein Häufchen Elend. Er startete das Aufnahmegerät, erklärte Frau Kauber ihre Rechte und war sich sicher, dass sie nichts davon verstanden hatte. Sie knetete ihre Finger wie gestern in der Küche ihres Hauses, ließ die Schultern hängen und kaute auf ihrer Unterlippe herum. Für Frommelt ein deutliches Zeichen, dass sie sich mehr als unwohl fühlte. Die Kollegen hatten sie in einen viel zu großen Trainingsanzug der Polizei gesteckt, da ihre eigene Kleidung auf Spuren untersucht wurde. Das ließ sie schmächtig und eingefallen erscheinen. Bräuer setzte sich neben Frommelt an den Tisch, ihr gegenüber.

»Frau Kauber«, begann Frommelt vorsichtig. »Heißen Sie mit Vornamen Louisa?«

Lucy hob langsam den Kopf, dann nickte sie.

»Würden Sie bitte Ihren vollständigen Namen laut sagen.«

»Ich heiße Louisa Kauber«, sagte Lucy, und ihre Stimme klang brüchig.

»Vielen Dank. Warum haben Sie uns das nicht schon gestern gesagt?«

»Sie haben mich nicht danach gefragt.«

Bräuer, der neben Frommelt saß, räusperte sich. Frommelt reagierte nicht auf diesen unausgesprochenen Vorwurf. »Sie nennen sich Lucy. Warum?«

»Mein Vater hat mich immer so gerufen. Vielleicht ging es schneller so mit dem kurzen Namen.«

»Sie haben nie einen Ausweis beantragt. Warum nicht?«

»Weil ich nie einen gebraucht habe.«

»Auf Ihrer Geburtsurkunde steht der Name Bonita Komber. Ist Ihnen das nicht aufgefallen?«

Lucy sah Frommelt geradeheraus an und runzelte die Stirn. »Doch schon. War aber nicht wichtig, ich weiß doch, wie ich heiße.«

»Na gut, belassen wir es erstmal dabei. Kommen wir zu dem Dienstag, als Frau Kirch zu Tode kam. Sie sagten aus, dass Sie bei Frau Kirch im Haus gewesen sind. Um welche Uhrzeit war das?«

»Hab ich doch schon gesagt.«

»Würden Sie das bitte wiederholen?«

»Warum?«

»Weil wir das noch einmal offiziell protokollieren möchten und Sie das auch unterschreiben müssen. Also, was haben Sie am Dienstag gemacht?«, fragte Frommelt, um Lucy eine einfachere Frage zu stellen.

»Bin ins Dorf, brauchte noch Brot.«

»Um welche Uhrzeit war das?«

»Sagte ich doch. Vormittags.«

»Also sind Sie zum Bäcker nach Groß Oesingen gegangen?«

Lucy nickte.

»Sind Sie immer zu Fuß unterwegs?«

»Manchmal. Manchmal nicht.«

Frommelt rieb sich die Stirn. Diese Fragerei ergab keinen Sinn. Entweder war Frau Kauber wirklich so einfältig, oder sie wollte sie vorführen. »Also sind Sie auch mit dem Rad unterwegs? Denn einen Führerschein für ein Auto haben Sie ja nicht.«

»Manchmal.«

Bräuer neben ihm schnaufte leise.

»Und was haben Sie danach gemacht, als Sie vom Bäcker weggingen?«, fuhr Frommelt fort.

»Wollte ich nach Hause.«

»Und vom Einkaufen gehen Sie immer durch Zahrenholz zurück zu Ihrem Haus?«

Lucy Kauber starrte Frommelt an, als hätte er nicht mehr alle Tassen im Schrank. Für sie schien es der normale Weg zu sein. »Dann sind Sie also auch an Frau Kirchs Haus vorbeigekommen und haben sie auf diesem Weg besucht?«

Lucy Kauber nickte kaum merklich.

»Warum? Also aus welchem Grund wollten Sie Frau Kirch besuchen?«

»Wegen den Neuen.«

»Sie meinen die neuen Bewohner des Scheurich-Hauses?«

Lucy nickte.

»Würden Sie das bitte laut sagen.«

»Ja.«

Frommelt schlug die Hände vor das Gesicht. Wenn das so weiterging, würden sie heute Abend noch hier sitzen. »Was hat Sie daran so beunruhigt, dass neue Bewohner in dieses Haus gezogen sind?«

Lucy zog die Schultern hoch. »Wollt es einfach nur wissen.«

»Frau Kauber, wie ich Ihnen schon gesagt hatte, hat ein Zeuge einen Streit bei Frau Kirch im Haus gehört. Und Sie haben gestern ja auch zugegeben, dass Sie am Dienstag gegen Mittag bei Frau Kirch im Haus gewesen sind. Ist das richtig?«

Lucy nickte, und als Frommelt sie mahnend ansah, sagte sie: »Ja.«

»Und bei diesem Besuch haben Sie mit Frau Kirch gestritten?«

»Ja. Wohl.«

»Worum ging es in diesem Streit?«

»Weil sie mir doch gesagt hat, dass ich auf mich aufpassen soll, damit mir nichts passiert.«

»Und den Grund dafür wollte Frau Kirch Ihnen nicht sagen?«

»Ne.«

»Und aus diesem Grund sind Sie später um zweiundzwanzig Uhr noch einmal zu ihr und haben Frau Kirch umgebracht?«

»Herrgottjehmineh. Ne, ne, ne. Ich hab ihr doch nichts getan.«

»Also waren Sie gegen zweiundzwanzig Uhr bei Frau Kirch im Haus und haben noch einmal mit ihr gesprochen?«

»Ne. Ich war nur auf der Straße, als der Mann kam und das Auto.«

»Davon haben Sie mir ja gestern schon erzählt. Ist Ihnen eingefallen, was das für ein Auto gewesen ist? Farbe, Marke, Kennzeichen?«

»Nein. War doch dunkel.«

»Was haben Sie danach gemacht?«

»Bin wieder nach Hause gerannt.«

»Warum sind Sie gerannt? Es war doch stockdunkel gewesen, sagten Sie eben.«

Lucy starrte Frommelt an, doch er hatte das Gefühl, dass sie ihn gar nicht mehr wahrnahm. Ihre Augen füllten sich bereits mit Tränen, und ihr Zittern verstärkte sich. Sie schien sehr große Angst zu haben. Frommelt startete noch einen letzten Versuch. »Frau Kauber, wovor haben Sie so große Angst?«

Lucy schmiss ihren Kopf auf ihre Hände, die auf der Tischplatte lagen. Ihr Körper schüttelte sich unter dem Weinkrampf. Sie brauchte dringend eine Pause, und Frommelt bat den anwesenden Kollegen, ihr etwas zu trinken zu bringen.

***

Als die Klingel lärmte, öffnete Marina kurz die Augen. Noch immer ging es ihr nicht besser. Wie festgeklebt lag sie auf dem Sofa. Jemand musste sie zugedeckt haben. Wie in Zeitlupe schob sie die Wolldecke von ihrem Körper und versuchte, sich aufzurichten. Da hörte sie, wie jemand die Treppe herunterpolterte. Sofort schmiss sie sich wieder in die Kissen. Gedämpfte Sätze, die sie nicht verstehen konnte, drangen vom Flur zu ihr ins Wohnzimmer. Kurz darauf wurde die Tür geöffnet, und Moritz stand mit ihrer Schwiegermutter im Raum. »Hallo, meine Liebe«, sagte Irmgard Falkenberg und beugte sich zu ihr. »Ich dachte, ich könnte euch etwas beim Renovieren helfen. Aber ich wusste ja nicht, dass es dir so schlecht geht. Am Freitag, als ihr bei uns zum Kaffee wart, ging es dir doch sehr gut, schien mir.«

Marina versuchte wieder, sich vom Sofa hochzustemmen, und jetzt gelang es ihr auch einigermaßen. Langsam stand sie auf, wäre jedoch um ein Haar hingefallen. Ihre Knie fühlten sich an wie Pudding. Moritz konnte sie gerade noch auffangen, ehe sie auf dem Boden landete. Sie lächelte ihn dankbar an.

»Leg dich wieder hin und ruh dich noch ein wenig aus«, sagte er. »Wir kommen zurecht. Magst du etwas essen, oder soll ich dir ein Glas Wasser bringen?« Moritz bedachte sie mit einem zärtlichen Blick. Irmgard Falkenberg lächelte und verließ das Wohnzimmer.

***

Als Frommelt und Bräuer ihr eigenes Büro betraten, saß Johann Kramer bei Hannah am Schreibtisch. Jeder hatte eine Kaffeetasse vor sich stehen, und sie schienen sich gut zu unterhalten. Kramer grinste die beiden Ermittler an und zog aus einer Aktenmappe einen Bogen Papier. Er wedelte Frommelt damit vor dem Gesicht herum. »Also, die Fingerabdrücke aus dem Haus der Toten sind eindeutig von Frau Kauber. Aber wie ich schon gesagt hatte, wurden diese Spuren überdeckt durch die des Opfers. Das könnte natürlich auch bedeuten, dass sich Frau Kirch bei dem Tatangriff noch einmal am Tisch festgehalten hatte und so die Abdrücke überlagert wurden. Wenn wir die Spuren abnehmen, steht natürlich keine Uhrzeit dabei.« Was wohl wie ein Scherz klingen sollte, irritierte die Ermittler. Bräuer sah von Hannah zu Frommelt, und Hannah schmunzelte.

»Was ist mit dem Baumwollfussel?«, fragte Frommelt.

Kramer zog die Schultern hoch. »Von der Kleidung von Frau Kauber ist er mit Sicherheit nicht.«

»Was machen wir jetzt mit ihr?« Bräuer, der gerade ein Foto von Lucy Kauber ausgedruckt hatte, stand auf und heftete es zu den anderen an die Wand. »Sie scheint mir schon etwas durcheinander zu sein, und außerdem haben wir keine Grundlage, sie noch länger hier festzuhalten.«

»Stimmt. Sie ist als Zeugin hier und nicht als Verdächtige. Wir sollten ihr trotzdem noch ein paar Fragen stellen. Vielleicht hat sie sich ja ein wenig beruhigt.« Frommelt ging im Raum hin und her und handelte sich Bräuers mahnenden Blick ein, weil dieser Frommelt ständig aus dem Weg gehen musste. Es war ihm egal, so konnte er jetzt in diesem Moment am besten denken.

»Meinst du, das hat noch Sinn mit ihr? Wir müssten ihr Tatsachen präsentieren, auf die sie dann mit Ja und Nein antworten kann. Diese Fakten haben wir aber nicht.« Bräuer sprang zur Seite, weil Frommelt ihn umzurennen drohte.

Frommelt nickte und blieb stehen. »Wie ist deine Einschätzung von Frau Kauber, Roland? Ich meine, außer dass sie ziemlich durcheinander war.«

»Ich bin der Meinung, sie verschweigt uns etwas.«

»Genau das wollte ich hören. Das dachte ich gestern schon.«

»Wie könnte es abgelaufen sein?« Bräuer, der den Zeigefinger an den Mund gelegt hatte und anscheinend keine Antwort erwartete, lief jetzt auch kreuz und quer durch den Raum. »Am Dienstagmittag streiten sich die zwei Frauen im Haus von Frau Kirch. Das ist belegt und wird durch die Zeugenaussage von Herrn Heise unterstützt. Frau Kauber gibt an, von Frau Kirch erfahren zu wollen, warum sie auf sich aufpassen soll, damit ihr nichts passiert. Meine Frage ist: aus welchem Grund? Was soll denn dieser alten Frau passieren, die einsam und allein mit ihrem Viehzeug im Wald lebt? Wer könnte sie bedrohen und warum? Ich habe das Gefühl, dass da noch mehr dahintersteckt.«

»Sie schien auch sehr große Angst vor dem Mann vor Frau Kirchs Haus gehabt zu haben. Und vor dem Auto, beziehungsweise, dem oder der Fahrerin.« Damit Bräuer ihn nicht umrannte, hatte Frommelt sich schnell auf seinen Platz gesetzt.

»Da war aber nur Herr Heise um die Mittagszeit vor dem Haus von Frau Kirch. Da war er zu Fuß unterwegs gewesen. Mit dem Wagen ist er gegen zweiundzwanzig Uhr nach Hannover gefahren, wie er angibt.«

»Wurde Herr Heise überprüft?«

Bräuer nickte. »Japp. Keine Eintragungen, nichts, was ihn in irgendeiner Weise verdächtig machen könnte. Er arbeitet nur zeitweise in Groß Oesingen und hat keinerlei persönliche Verbindungen zu irgendjemandem in Zahrenholz oder Umgebung.«

»Ich halte ihn auch für unverdächtig. Ich meine, warum sollte er sich sonst als Zeuge zur Verfügung stellen?«

»Vielleicht weil Frau Kauber ihn hätte identifizieren können?« Hannah erhob sich halb von ihrem Stuhl, und schielte zur Kaffeemaschine. Als sie jedoch sah, dass Bräuer in ihre Richtung marschierte, blieb sie sitzen.

Bräuer schaute Hannah stirnrunzelnd an und fuhr dann fort: »Bleiben wir mal beim Ablauf der Tat. Nach dem Streit mit Frau Kirch ist Frau Kauber derart aufgewühlt, dass sie spätabends noch einmal durch den dunklen Wald läuft, um zu klären, was Frau Kirch mit ihren Worten gemeint hatte. Vielleicht hatte sie ja zu diesem Zeitpunkt Handschuhe angehabt, um keine Fingerabdrücke zu hinterlassen.«

»Hältst du Frau Kauber für so vorausdenkend? Dann müsste sie die Tat ja bereits geplant haben«, sagte Frommelt.

»Das sind jetzt nur Spekulationen. Also, sie will eine Erklärung, und als Frau Kirch sich weigert, würgt Frau Kauber sie. Wie Johann schon gesagt hatte, erfordert es einiges an

Kraft, jemanden bis zu seinem Tod zu würgen. Aus diesem Grund nimmt sie ein Messer und führt die Tat zu Ende.«

»Frau Kauber bestreitet weiterhin, die Tat begangen zu haben. Wenn wir einmal davon ausgehen, dass es nicht Herr Heise war, der in diesem Auto saß, ist es vielleicht möglich, dass sie den Täter gesehen hat und deshalb vor Angst fast umkommt?« Frommelt stützte seinen Kopf auf die Hände. »Wir sollten noch mal mit ihr sprechen, wir schauen mal, wie es ihr jetzt geht.«

Lucy Kauber saß noch immer zitternd und wie innerlich erstarrt am Tisch, als Frommelt und Bräuer zurück in den Raum kamen, weinte aber nicht mehr. Bräuer blieb an der Wand stehen, und Frommelt setzte sich der alten Frau gegenüber. Er sah ihr einen Moment fest in die Augen, ehe er fragte: »Wovor haben Sie so große Angst, Frau Kauber?«

Sie erschauerte kurz, als wolle sie ihre nachhaltigen Erinnerungen von sich schütteln. Langsam senkte sie ihren Blick und starrte auf ihre zitternden Hände.

»Frau Kauber, wer saß in dem Auto, das in jener Nacht vor Frau Kirchs Haus an Ihnen vorbeigefahren ist?«

Lucys Körper schwankte.

»Sie haben diese Person erkannt, nicht wahr?«

Lucy starrte Frommelt an und kniff die Lippen zusammen, so dass sie nur noch aus einem schmalen Strich bestanden.

»Frau Kauber, wer macht Ihnen solch eine Angst, dass Sie mir den Namen nicht nennen können? Werden Sie bedroht?«

Lucy schüttelte den Kopf. Kein Ton kam über ihre Lippen.

»Haben Sie gesehen, wer Frau Kirch getötet hat?«

Jetzt kullerten wieder dicke Tränen aus ihren Augen. Noch immer bebte sie am ganzen Körper.

»Sagen Sie mir jetzt bitte den Namen. Diese Person wird Ihnen dann nichts mehr anhaben können.« Frommelt begriff, dass die Frau nichts mehr sagen würde. Die Angst hielt sie gefangen. Und er ahnte, dass er mit seinen Fragen auf dem Holzweg war. Da schien noch etwas anderes dahinter zu stecken. »Sie wohnen ganz allein im Wald. Vermissen Sie denn gar keine Menschen in Ihrer Nähe?« Frommelt versuchte, allgemeine Fragen zu stellen. Vielleicht beruhigte sie sich so wieder.

Lucy schüttelte den Kopf.

»Aber die ganze Arbeit mit dem Feld und den Tieren, wird Ihnen das nicht zu viel?«

»Nein. Das habe ich schon immer gemacht. Weshalb sollte mir das zu viel werden?«, flüsterte sie.

Frommelt musste sich ein Stückweit über den Tisch beugen, um sie zu verstehen. Aber sie antwortete wenigstens wieder. Auf diesem Weg kam er vielleicht etwas weiter. Sie war scheu, kein Wunder, wenn sie stets mit sich allein war. »Kennen Sie denn wirklich niemanden im Dorf? Die Familie Weiß zum Beispiel?«

»Nein. Nur Thekla. Ich bin ihrer Schwester hin und wieder begegnet, weiß aber gar nicht, wie die heißt. Und der jungen Frau Weiß.«

»Tilda. Also die Schwester von Frau Kirch, die heißt Tilda. Und die junge Frau heißt Claudia.«

Lucy nickte.

»Und sonst wirklich niemanden? Was ist mit der Familie Scheurich? Haben Sie die gekannt?«

Lucy riss die Augen auf und starrte Frommelt an. Hier schien er ins Schwarze getroffen zu haben. »Kennen Sie Sophia Hellmeier? Die Schwester von Mechthild?«

Lucy nickte verhalten. »Im Dorf mal. Hat aber auch nicht mit mir gesprochen.«

»Haben Sie von dem Unglück gehört, das Mechthild und ihrem Mann Erwin zugestoßen ist? Dass sie von ihren eigenen Rindern totgetrampelt wurden?«

»Hat man im Laden im Dorf erzählt.«

»Kennen Sie auch Katharina, die Tochter von Sophia? Und haben vielleicht davon gehört, was Katharina Hellmeier im Wald passiert ist?«

»Hab ich auch gehört. Im Laden, beim Einkaufen.«

Sie schien wirklich nicht viel zu wissen und keinen Kontakt im Dorf zu haben, dachte Frommelt. Sie musste sehr einsam sein. Wie kam man mit einer solchen Situation zurecht? Aber sie schien zufrieden mit ihrem Leben zu sein, hatte sich noch nicht einmal darüber beklagt. Und für sie schien es das Normalste der Welt zu sein. Er musste ihr jetzt eine Frage stellen und hoffte, dass sie nicht wieder in Tränen ausbrach.

»Frau Kauber«, sagte Frommelt vorsichtig. Sie reagierte nicht. Wieder schien es ihm, als würde sie nicht oft mit ihrem Nachnamen angesprochen werden. »Wir haben erfahren, dass Frau Kirch Ihren Namen genannt hat, als sie bei ihrem Neffen Moritz Weiß zu Besuch war.«

Jetzt hob Lucy Kauber langsam den Kopf.

»Also, Frau Kirch sagte: *Louisa kann nichts dafür*. Können Sie sich vorstellen, was Frau Kirch damit meinte?«

Sie starrte Frommelt an. Er hatte den Eindruck, als sähe sie ihn nicht – als schaue sie durch ihn hindurch. Sie reagierte nicht, saß wie erstarrt auf ihrem Stuhl.

»Frau Kauber?«

Sie erschrak. Dann schüttelte sie wild den Kopf.

Jetzt musste Frommelt vorsichtig agieren. »Haben Sie davon gehört, dass Frau Kirch kurz vor ihrem Tod einen Namen auf den Boden geschrieben hat?«

»Ja«, hauchte sie und war kaum zu verstehen.

»Wann haben Sie davon gehört?«

»Die Frauen … im Laden …« Wieder starrte sie durch ihn hindurch.

»Frau Kirch hat *Ihren* Namen auf den Boden geschrieben«, sagte Frommelt und vermied es zu erwähnen, dass sie ihr eigenes Blut dafür benutzt hatte. »Dort stand *Louisa*. So heißen Sie doch. Warum hat Frau Kirch das gemacht? Wissen Sie den Grund?«

»Keine Ahnung. Weil wir uns gezankt haben?« Lucy sah Frommelt jetzt direkt in die Augen. Er erkannte die Verzweiflung darin. Aber auch, dass ihr noch irgendetwas auf dem Herzen zu liegen schien, das spürte Frommelt. Wie sollte er jetzt fortfahren? Er versuchte einen Vorstoß in die ursprüngliche Richtung. »Erzählen Sie mir bitte noch einmal von dem Streit mit Frau Kirch. Was genau hat sie gesagt? Ich kann mir nicht vorstellen, dass es nur darum ging, dass Sie sich vorsehen sollen.«

Lucy schien zu überlegen. Nach einer Weile zog sie die Stirn kraus und sagte: »Ich wollte wissen, wo der Vertrag ist.«

»Was ist das für ein Vertrag?«

»Weiß ich ja nicht.«

»Und was steht da drin?«

Lucy schüttelte wieder den Kopf. »Keine Ahnung. Kurz vor ihrem Tod hat mir meine Mutter gesagt, ich muss den Vertrag finden. Sonst weiß ich nicht, wer ich bin.« Sie hob den Kopf. Frommelt bemerkte die Traurigkeit in ihrem Blick und – seltsamerweise – viel Ehrlichkeit. Ehe er erneut eine Frage stellen konnte, sprach sie weiter. »Aber ich weiß doch, wer ich bin. Ich bin Lucy. Lucy Kauber.«

»Und Ihre Mutter hat Ihnen nicht gesagt, was in dem Vertrag steht?«

»Ich hab gefragt, aber sie meinte nur, es ist wichtig, dass ich den finden muss.«

»Hat sie Ihnen gesagt, wo Sie suchen sollen?«

Jetzt rollten die Tränen aus Lucys Augen. Sie wischte sich mit der Hand über das Gesicht. Eine dunkle Spur zog sich von der Nase bis zu ihrer Schläfe. Frommelt schaute auf ihre Hände, sie waren sehr schmutzig.

»Sie hat nur gesagt, ich soll Thekla fragen.«

»Deshalb haben Sie sich mit ihr gestritten?«

»Sie wollte mir nichts erzählen. Sie meinte, ich soll zurück nach Hause gehen, ich habe doch mein Leben dort draußen im Wald. Warum ich denn in uralten Sachen rumwühlen wollte.«

Frommelt nickte. Er verstand diese alte, einsame Frau. Da lebte sie nun seit ihrer Geburt mitten im Wald, hatte kaum Kontakt zu irgendeinem Menschen – und dann erzählte ihre Mutter ihr von einem Vertrag. Das musste ihr Leben von Grund auf erschüttert haben. *Damit sie wusste, wer sie war.* Was auch immer das zu bedeuten hatte. Frommelt stand auf und bedeutete Bräuer, ihm zu folgen.

Wieder zurück im Büro schüttelte Frommelt den Kopf. »Das wird immer merkwürdiger.« Dann griff er zum Telefon und informierte Bernie über die neuesten Erkenntnisse. Sie versprach, in den nächsten Tagen zu den Ermittlern nach Gifhorn zu kommen, sobald es ihre Termine zuließen.

»Wo fangen wir an, Roland?«, sagte Frommelt, als er das Telefonat beendet hatte.

Bräuer hatte sich an seinen Schreibtisch gesetzt und starrte auf die Zettel und Akten, die sie aus dem Haus von Frau Kirch mitgebracht hatten. »Keine Ahnung«, sagte er leise. »Am besten, ich suche hier noch einmal alles durch, ob ich einen Vertrag finde, wie auch immer der aussehen mag.«

»Gute Idee. Ich fahre mit Hannah nach Zahrenholz und rede noch einmal mit Tilda Weiß. Vielleicht hat Thekla ihr ja etwas über einen Vertrag erzählt.«

»Und was machen wir mit Frau Kauber? Die können wir doch nicht bis Ultimo nebenan sitzenlassen?«

»Oh ja, stimmt. Wir können sie nach Hause bringen. Fluchtgefahr wird ja wohl bei ihr kaum bestehen.«

Hannah stand auf und schnappte sich ihre Jacke, obwohl es sehr warm draußen war.

Auf dem Flur kam ihnen Johann Kramer entgegen. »Ihr habt es aber eilig. Gibt es etwas Neues?«

»Hallo, Johann, japp. Frau Kauber erzählte uns gerade, dass sie sich mit Frau Kirch wegen eines Vertrages gestritten habe. Kann es sein, dass der Täter genau diesen Vertrag gesucht hat?«

»So wie es im Haus der Toten aussah, ist es durchaus möglich.«

»Habt ihr vielleicht etwas übersehen?«

Kramer zog ein beleidigtes Gesicht. »Also wenn du mich so fragst, wir haben alle relevanten Spuren abgenommen und auch die Unterlagen eingepackt, aber wir haben natürlich keine Inventur gemacht.« Damit drehte Kramer sich um und ging festen Schrittes weiter.

»Könnt ihr da bitte noch einmal hinfahren und nachsehen? Und sagt den Kollegen Bescheid, die sollen noch einmal die Gegend nach dem Messer absuchen«, rief Frommelt hinterher.

Kramer hob die Hand, zum Zeichen dass er verstanden hatte.

***

Marina lag noch immer auf der Couch, schlief aber nicht. Sie hatte halbwach dahingedämmert und die Arbeitsgeräusche mitbekommen, die Moritz oben im kleinen Zimmer verursachte. Den ganzen Vormittag über hatte sie sich noch keine Gedanken machen können, was gestern Nachmittag mit ihm in der Küche passiert war. Sie konnte nicht einschätzen, was dieser Kuss bedeuten sollte. Es hatte ihr gutgetan, begehrt zu werden, denn es war ein durchaus leidenschaftlicher, inniger Kuss gewesen.

Ihr fiel ein, dass Moritz von seiner brüchigen Ehe mit Claudia gesprochen hatte. Und dann hatte er sie geküsst. Aus Mitleid oder mochte er sie wirklich? Sie konnte sich das nicht vorstellen; ein körperliches und seelisches Wrack, für das sie sich hielt. Sie fühlte noch immer der Sehnsucht nach diesem Kuss nach, als sie laute Stimmen vor der Tür hörte. Eine davon gehörte Leon. Sie hatte nicht mitbekommen, dass er nach Hause gekommen war, so sehr war sie in Gedanken gewesen. Die andere Stimme wies sie ihrer Schwiegermutter zu. Die Tür schwang auf, und Irmgard Falkenberg stürmte ins Zimmer, gefolgt von ihrem Sohn. »Ich wollte mich nur verabschieden«, sagte Irmgard Falkenberg zu Marina. »Ich bin hier nicht mehr erwünscht.« Abrupt blieb sie stehen und drehte sich zu ihrem Sohn um. »Aber erklär mir doch bitte mal, warum es deiner Frau so schlecht geht. Am Freitag bei uns sah sie kerngesund aus.«

»Das geht dich überhaupt nichts an, das lass mal meine Sorge sein. Ich fahre jetzt zu Vater, um den solltest du dich mal kümmern.«

»Und du solltest mal bitte deinen Ton mir gegenüber mäßigen. Auf Wiedersehen.«

Marina sah Leon erwartungsvoll an, doch der erklärte sich ihr gegenüber nicht, sondern baute sich vor seiner Mutter auf. »Ihr habt uns am Freitag auch aus dem Haus gejagt«, schrie er und hatte rote Flecken im Gesicht.

»Ich glaube, da verwechselst du etwas«, erwiderte Irmgard Falkenberg, drehte sich auf dem Hacken um und rauschte aus dem Haus.

***

Frommelt parkte den Wagen vor dem Haus der Familie Weiß. Er hatte Lucy Kauber angeboten, sie direkt in den Wald zu ihrem Hof zu fahren, doch kaum waren sie am Ortsschild in Zahrenholz angekommen, zappelte Frau Kauber auf dem Rücksitz herum und wollte sofort aussteigen. Hannah konnte sie einigermaßen beruhigen und bat Frau Kauber, wenigstens noch bis zum Grundstück der Familie Weiß mitzukommen. Kaum stand das Fahrzeug, riss Lucy am Griff herum, doch die Tür öffnete sich nicht. Hannah hatte Mühe, schnell aus dem Auto zu steigen, um von außen die Tür zu öffnen. Frommelt hörte so etwas wie: »Scheiß Kindersicherung.« Frau Kauber jagte, kaum hatte sie festen Boden unter den Füßen, die Straße entlang, als sei der Teufel selbst hinter ihr her.

Tilda Weiß hantierte im Gemüsegarten herum, als Frommelt und Hannah über den Hof der Familie gingen. Sie sahen ihren gebeugten Körper, wie sie das Unkraut aus den Beeten zupfte und es in einen Eimer warf. Von weitem rief Frommelt bereits ihren Namen und eine Begrüßung, damit sie nicht erschrak, sobald sie neben ihr standen. Vom Rest der Familie war nichts zu sehen. Tilda Weiß kam langsam wieder in eine aufrechte Haltung und stemmte die linke Hand gegen ihren Rücken. »Das blöde Kreuz«, sagte sie mit einem schmalen Lächeln. »Im Alter geht es nicht mehr so flink wie früher. Haben Sie schon etwas Neues herausgefunden?«

»Möglich«, antwortete Frommelt. »Kann sein, dass es wichtig ist. Wollen wir uns einen Moment hinsetzen?« Er schielte auf die Gartenbank, die an der hinteren Hauswand stand. Dankbar nickte Frau Weiß und tappte mit ungelenken Schritten voran.

Die Bank bot nur Platz für zwei Personen, so stellte sich Hannah in die Nähe unter einen Kirschbaum in den Schatten.

»Wir wissen jetzt, wer Louisa ist.« Frommelt betonte den Namen absichtlich, weil er die Reaktion von Frau Weiß sehen wollte. Doch die starrte in Richtung der Tomatenpflanzen und verzog keine Miene.

»Sie sagten, Sie kennen keine Louisa, aber sagt Ihnen der Name Lucy Kauber etwas?«

»Die alte Lucy. Natürlich, die Eish…« Sofort schlug sich Tilda Weiß die Hand auf den Mund. »Entschuldigung. Aber sie ist schon recht merkwürdig. Schmuddelig und scheinbar nicht ganz richtig im Kopf, und dann ihre Augen …« Sie sah Frommelt jetzt direkt an. »Wollen Sie damit sagen, dass die alte Lucy diese Louisa ist?«

Frommelt nickte. Er wollte, dass Frau Weiß weitersprach.

»Aber warum hat meine Schwester dann diesen Namen aufgeschrieben, ich meine, warum nicht einfach *Lucy*?«

Ohne auf ihre Frage einzugehen, fragte Frommelt: »Hatte Ihre Schwester denn häufig Kontakt zu Frau Kauber?«

»Ja, ich glaub schon. Lucy kam sie öfter mal besuchen. Sie hat ja sonst niemanden zum Reden, und im Dorf wollte keiner mit ihr zu tun haben. Hat sie Thekla umgebracht?«

»Das wissen wir nicht. Aber Frau Kauber hat von einem Vertrag gesprochen, den sie sucht. Haben Sie eine Ahnung, um was für einen Vertrag es sich hierbei handeln könnte?«

»Vertrag? Nein. Meine Schwester hat nie von so etwas erzählt. Was soll denn da drin stehen?«

»Das wüssten wir gerne von Ihnen.«

»Tut mir leid, aber da kann ich nicht behilflich sein. Wie ich Ihnen ja bereits gesagt hatte, meine Schwester hat sich mit allen Leuten gut verstanden, aber sie tratschte nicht.«

»Lucy Kauber besuchte Ihre Schwester öfter, sagten Sie eben. Hatte Ihre Schwester noch mehr Kontakte? Ich meine, sie war ja wohl als ehemalige Hebamme mit allen Familien bekannt. Wer besuchte sie denn in der letzten Zeit? Kam jemand häufiger?«

»Alles habe ich natürlich nicht mitbekommen, aber die Sophia Hellmeier war hin und wieder bei ihr. Und den Siegburg Falkenberg habe ich ein oder zwei Mal gesehen, als er bei Thekla an der Tür geklingelt hat. Aber das ist schon länger her.«

»Siegburg Falkenberg. Ist das nicht der Vater von Leonhard Falkenberg? Was wollte er denn von Ihrer Schwester?«

»Das weiß ich wirklich nicht. Vielleicht ging es ja um den Verkauf vom alten Scheurich-Haus.«

»Wann war das, als Sie Herrn Falkenberg gesehen haben?«

»Das ist ja schon eine Zeitlang her. Ein Jahr? Ein halbes? Auf alle Fälle war das vor seinem Herzinfarkt.«

»Aber was hatte Ihre Schwester mit dem Verkauf des Scheurich-Hauses zu tun?«

»Keine Ahnung. Aber Sie sagten ja eben selbst, sie kannte alle Familien. Und sie konnte gut vermitteln. Jeder, der Probleme hatte, kam damit zu ihr. Vielleicht wollte er ja, dass sie ein gutes Wort für ihn einlegt, um den Preis zu drücken? Ich kann Ihnen da wirklich nicht weiterhelfen, das sind alles nur Vermutungen.«

»Dann danke ich Ihnen für Ihre Auskunft. Übrigens, die Kirschen sehen wirklich sehr appetitlich aus.« Frommelt schmunzelte, denn Hannah hatte sich während der Unterhaltung von den dunkelroten Früchten eine nach der anderen in den Mund gesteckt.

»Möchten Sie sich einige davon mitnehmen? Ich pflück Ihnen schnell welche.«

»Nein danke, Frau Weiß«, sagte Hannah und hielt sich den Bauch. »Die sind wirklich sehr lecker, aber ich bekomm keine mehr runter.«

»Du solltest dir den Mund abputzen.« Frommelt grinste, als sie im Auto saßen. Und auf Hannahs fragendes Gesicht hin erklärte er: »Du hast überall Kirschsaft an den Lippen.«

Schnell zog Hannah ein Papiertaschentuch hervor und rieb sich damit die Saftreste fort. »Die waren aber auch wirklich lecker.«

»Und wohin jetzt?« Frommelt steckte den Schlüssel ins Schloss.

»Gute Frage. Aber was hältst du von Frau Weiß? Hat sie die Wahrheit gesagt?« Hannah hielt das zerknüllte Taschentuch vor sich, als wüsste sie nicht, wohin damit.

»Ich denke schon. Auf mich wirkte es nicht, als würde sie etwas verheimlichen. Und sie sagte ja neulich schon, dass ihre Schwester sehr eigensinnig sein konnte und nicht viel erzählte.«

Frommelt lehnte sich auf seinem Sitz zurück und wischte sich über die Augen.

»Claudia Weiß hat übrigens das Gleiche gesagt. Sie meinte ja auch, ihre Tante hätte nie getratscht.«

»Wenn wir nur wüssten, was das für ein geheimnisvoller Vertrag ist.«

»Um den Vertrag über den Kauf von dem alten Scheurich-Haus kann es wohl kaum gegangen sein. Der ist noch nicht älter als ein bis zwei Monate, und was sollte der im Haus der Hebamme Thekla Kirch?« Hannah schob das vom Kirschsaft rotverschmierte Taschentuch angewidert in ihre Handtasche.

»Ich frage mich gerade, warum sich der Alte da einmischt? Ich meine Siegburg Falkenberg. Wollte er nicht, dass sein Sohn das Haus kauft? Oder steht eine geheime Klausel darin, die ihn selbst betrifft?«

Frommelt zog sein Handy aus der Tasche und rief Bräuer an. Doch der hatte noch nichts gefunden, das dem gesuchten Vertrag nahekommen könnte.

»Es scheint alles mit den ganzen ungelösten Unfällen zu tun zu haben. Meinst du, da könnte sich jemand rächen wollen?« Hannah wischte sich noch einmal mit der Hand über ihren verklebten Mund.

»Aber was haben diese Fälle mit einer alten Hebamme zu tun? Es ist nirgendwo ein Kind im Spiel, das Frau Kirch auf die Welt geholt hat. Jedenfalls keins, von dem wir wissen.«

»Meiner Meinung nach fing alles mit dem Besuch der alten Frau bei Moritz und Claudia Weiß an. Und mit dem, was sie gesagt hat.«

»*Die Rache der verlorenen Kinder. Und dass Louisa nichts dafür kann.* Stimmt. Aber das haben nur vier Personen gehört. Wer weiß noch davon? Mir scheint, dass hier im Dorf fast jeder mit dieser Sache zu tun hat. Wir klappern jetzt alle noch einmal ab, und vielleicht verrät sich ja jemand.«

Wieder standen sie vor dem älteren, aber sehr gepflegten Bungalow des ehemaligen Bürgermeisters. Frommelt drückte auf die Klingel, und nach wenigen Augenblicken öffnete Frau Peuckert die Tür. Nach einer kurzen Begrüßung wurden sie ins Haus gebeten. Rudolf Peuckert saß mit der Aller-Zeitung in einem Sessel am Fenster und blickte ihnen erwartungsvoll entgegen. Er machte eine kurze Andeutung, aufstehen zu wollen, doch Frommelt signalisierte ihm mit einem Handzeichen sitzenzubleiben, und war mit wenigen Schritten bei ihm. »Herr Peuckert«, sagte Frommelt, gab ihm die Hand und stellte Hannah vor. Bei dem ersten Treffen war ja Bernie dabei gewesen. »Wir haben nur ein paar kurze Fragen an Sie.«

»Danke«, sagte Peuckert und faltete die Zeitung zusammen. »Im Alter werden die Bewegungen nicht schmerzfreier. Aber setzen Sie sich doch bitte zu mir, meine Frau kann Ihnen schnell einen Kaffee kochen.«

Frau Peuckert, die mit ihnen ins Wohnzimmer gekommen war, sagte belustigt: »Tja, das kommt davon, wenn man in dem Alter noch Hecken beschneiden muss. Ich geh dann mal in die Küche.«

»Vielen Dank für das Angebot, das ist nett von Ihnen, aber wir bleiben nicht lange.« Frommelt setzte sich mit Hannah an den Esstisch und wandte sich dem ehemaligen Bürgermeister zu. »Wir haben herausgefunden, wer Louisa ist.« Und auf Peuckerts fragendes Gesicht fuhr Frommelt fort. »Lucy Kauber. Sie kennen sie?«

Peuckert nickte. »Das ist ja ein Ding. Ja, Kaubers haben einen kleinen Hof mitten im Wald. Früher habe ich Guntram Kauber öfter in Wesendorf getroffen, wenn er für seine Tiere Futter gekauft hat. Und die kleine Lucy soll diese ominöse Louisa sein? Wie kommt das denn?«

»Thekla Weiß hatte Ihnen ja damals diesen Zettel mit der Geburtsbescheinigung gebracht.«

»Das hatte ich Ihnen bereits erzählt.«

»Stimmt. Und Sie sagten auch, dass Sie in der Schule kein Sütterlin mehr gelernt haben. Na ja, dabei haben Sie wohl damals einige Buchstaben verwechselt.«

»Ui, das tut mir jetzt echt leid, dass ich Ihnen so viele Schwierigkeiten gemacht habe. Aber ich konnte ja nicht w…«

Frommelt wischte mit einer Handbewegung die Entschuldigung fort. »Deshalb sind wir nicht hier. Wir haben mittlerweile mit Frau Kauber gesprochen, und sie erzählte uns, dass ihre Mutter ihr auftrug, einen Vertrag zu suchen. Darüber sei Frau Kauber mit Thekla Weiß in Streit geraten. Weil sie ihr nicht sagen wollte, wo sie diesen Vertrag findet.«

»Um was für einen Vertrag handelt es sich denn?«

»Das wissen wir nicht. Haben Sie jemals von einem Kontrakt gehört, der die Familie Kauber betrifft?«

Peuckert schüttelte den Kopf. »Das Land dort draußen hat die Familie vor Generationen schon von der Gemeinde bekommen. Ich kann mir auch nicht vorstellen, dass das damit zu tun haben könnte.«

»Was können Sie uns über die Familie Kauber erzählen?«

»Nicht viel. Wie schon gesagt, sie lebten zurückgezogen mitten im Wald. Man hat sich halt selten gesehen. Wenn Schützenfest war, dann kamen sie mit der Kleinen schon mal kurz zum Rummel, aber ansonsten – nein. Aber ich erinnere mich, wie die Leute hier im Dorf redeten, dass Marianne Kauber schwanger gewesen sei. Niemand hatte mehr damit gerechnet, sie war damals ja nicht mehr die Jüngste, aber plötzlich hieß es, sie hätte ein Baby bekommen. Marianne war ja auch so gut wie nie im Dorf, das hat der alte Guntram immer erledigt. Sie hatte es mit der Hüfte und konnte nicht gut laufen. Dafür hat sich Guntram rührend um seine Kleine gekümmert. Der war ganz vernarrt in sie, und niemand durfte ihr zu nahekommen, da konnte er fuchsteufelswild werden.«

»Wie meinen Sie das?«

»Ich weiß noch, wie Guntram und Lucy zum Rummel kamen. Die Lütte war ganz stolz auf ihr neues Festkleidchen, das ihr die Mutter genäht hatte, und wollte natürlich, wie alle Kinder, mit dem Karussell fahren. Sie stellte sich in eine Reihe mit den anderen Kindern und wartete. Ihr Vater unterhielt sich mit den einheimischen Bauern und als er Lucy in der Menge stehen sah, ist er fast ausgeflippt. Er hat sie am Arm weggerissen und getobt – dass es viel zu gefährlich sei – und so weiter. Er hat wie eine Glucke über sein Kind gewacht.«

»Also war er überbesorgt?«

»Verständlich war es schon. Wie gesagt waren die Kaubers nicht mehr die Jüngsten, als sie Nachwuchs bekommen haben. Ich denke, er wollte sie vor allen Gefahren behüten und beschützen.«

»Können Sie mir etwas darüber erzählen, wie Lucys Eltern ums Leben kamen?«

»Tja, darüber weiß ich nicht viel. Nur noch, wie alle hier im Dorf sehr erschüttert waren. Es war im Winter gewesen und es hieß, der Ofen wäre auch nachts angefeuert worden, und der Schornstein war wohl verstopft. So sammelten sich in dem kleinen Haus die Abgase, und dabei sind die alten Kaubers dann in ihren Betten gestorben. Lucy hätte ihre Eltern damals wohl gefunden.«

Das deckte sich mit der Aussage von Frau Kauber. »Kann so ein Schornstein von allein verstopfen?«

»Sie meinen, ob da jemand nachgeholfen hat? Das kann ich mir kaum vorstellen. Es gibt immer mal Vögel, die sich so einen Abzug als Nistplatz aussuchen, und das machen die ja im Frühjahr, wenn die Feuerstelle nicht an ist. Da kann es durchaus möglich sein, dass man das erst im Winter merkt, wenn der Ofen wieder befeuert wird. Und dann haben die Kaubers ja mitten im Wald gelebt. Da fliegt schon so einiges herum und kann sich auch durchaus im Schlot festsetzen.«

Hannah, die bislang schweigend zugehört hatte, wandte sich Peuckert jetzt direkt zu. »Herr Peuckert, kennen Sie die Familie Falkenberg?«

»Ja, nein, was heißt kennen? Man begegnet sich und redet auch mal miteinander, aber unsere Familien waren nicht befreundet, falls Sie das meinen.«

Hannah nickte verstehend. »Wir haben erfahren, dass Falkenberg Senior öfter bei Frau Kirch gewesen sein soll. Haben Sie eine Vermutung, was er dort wollte?«

»Das kann ich Ihnen wirklich nicht sagen.«

»Könnte es sein, dass Siegburg Falkenberg mit Frau Kirch über den Hauskauf für seinen Sohn Leonhard verhandelt hat?«

»Weshalb hätte er das ausgerechnet mit Frau Kirch tun sollen? Das Haus gehörte doch Sophia Hellmeier. Wann soll er denn bei ihr gewesen sein? Ich meine, er hätte einen Herzinfarkt gehabt. Geht es ihm denn schon wieder so gut, dass er sich um Hauskaufverträge kümmern kann?«

»Er soll vor seinem Infarkt bei Frau Kirch gewesen sein.«

»Aber die jungen Leute sind doch erst letzte Woche hier eingezogen und wenn Frau Hellmeier das Haus schon vor über einem halben Jahr verkauft hat, das hätte sich im Dorf herumgesprochen.«

Hannah nickte Frommelt zu. Ein Zeichen für den Aufbruch. Sie hatten alles erfahren, was sie hier wissen wollten. Frommelt stand auf. »Vielen Dank, Herr Peuckert, Sie haben uns sehr weitergeholfen.«

Der ehemalige Bürgermeister des Ortes brachte sie noch zur Tür und verabschiedete sie herzlich. »Sie sind mir immer willkommen, falls Sie noch weitere Fragen haben. Ich bin froh über jede Ablenkung. Bei mir gibt es nicht mehr viel zu tun. Sie haben ja eben von meiner Frau gehört, dass die Gartenarbeit auf längere Zeit untersagt wurde, deshalb muss ich hier in meinem bequemen Sessel ausharren.« Dabei grinste er schelmisch. »Und wenn Sie mich auf dem Laufenden halten würden, wäre das sehr nett von Ihnen.«

***

Lucy hetzte durch den Wald. So viel Aufregung vertrug sie einfach nicht. Äste und Zweige schlugen ihr ins Gesicht, zerschrammten ihre Arme. Doch sie spürte es nicht. Sie war froh, aus diesem Auto entkommen zu sein. Wie oft war sie in ihrem Leben in einem Wagen kutschiert worden? Sie konnte sich nicht erinnern – ein, zwei Mal vielleicht. Der Vater hatte sie oft mit dem Trecker mitgenommen, aber die lebten beide nicht mehr. Der Vater und der Trecker. Der Vater unter der Erde und der Trecker mucksmäuschenstill in der Scheune.

Anstatt wie sonst auf dem üblichen Wirtschaftsweg zu ihrem Hof zu gehen, nahm Lucy heute die Abkürzung durch den Wald und folgte einem schmalen, ausgetretenen Pfad. Auf dem breiten Weg fuhren Fahrzeuge, und die wollte sie unter allen Umständen meiden.

Warum musste sie mit dem Polizeiauto nach Gifhorn fahren? Eben auf dem Rückweg war es ihr schlecht geworden, doch sie hatte sich nicht getraut, etwas zu sagen. Jetzt an der frischen Luft ging es ihr um einiges besser. Du jehmineh, sie war in ihrem ganzen Leben noch nicht einmal in der Stadt gewesen. Was sollte sie denn auch dort?

Wenn doch Thekla noch leben würde; sie könnte ihr bestimmt erzählen, was zum Teufel passiert war. Warum war Thekla so ärgerlich gewesen, als sie sie nach dem Vertrag gefragt hatte? Und warum in Gottes Namen lag dieser dumme Vertrag mit ihrem eigenen Namen darauf bei den *Neuen* im Scheurich-Haus in einer Kommode? Die waren doch erst hierhergezogen, sie kannte die Leute doch gar nicht.

So viele Fragen stürmten auf sie ein, die sie gar nicht alle in ihrem Kopf unterbringen konnte. Was war dann passiert? Lucy versuchte, es der Reihe nach aufzuzählen. Dann war die Polizei bei ihr gewesen und hatte so seltsame Fragen gestellt, auf die sie keine Antwort hatte. All das hatte sie maßlos überfordert.

Natürlich hieß sie mit richtigem Namen Louisa, warum war das so wichtig? Sie hatte erzählt, dass sie das Auto gesehen hatte und den Mann. Aber das sind zwei verschiedene gewesen, der Mann im Auto und der Mann vor Theklas Haus. Sie hatte doch gar keine Angst vor dem Auto-Mann, sondern vor dem anderen, vor dem, der aus Theklas Haus kam. Das hatte sie doch gesehen. Aber die waren doch von der Polizei, das mussten die doch von alleine wissen.

***

Frommelt und Hannah ließen den Wagen vor Peuckerts Haus stehen und gingen zu Fuß zu Sophia Hellmeier. Als sie die Tür öffnete und die beiden Ermittler sah, wischte sie sich schnell die Hände an ihrer Schürze ab. »Entschuldigen Sie, ich kann Ihnen leider grad keine Hand geben, ich entsteine Kirschen. Eine Mordssauerei ist das, glauben Sie mir.«

Hannah hielt sich die Hand vor den Bauch, und Frommelt musste schmunzeln – sie schien eindeutig zu viele Kirschen gegessen zu haben. Sophia Hellmeier winkte sie durch bis in die Küche. Sie setzten sich an den Tisch, der vollgepackt mit Schüsseln und dunkelroten Früchten war.

»Wir haben noch ein paar Fragen an Sie«, sagte Hannah. Auf dem kurzen Fußweg hatten sie ihre Vorgehensweise abgesprochen. Dieses Mal sollte Hannah die Fragen stellen, und Frommelt würde die Zeugin beobachten.

»Wir haben von Frau Tilda Weiß erfahren, dass Siegburg Falkenberg vor einiger Zeit bei Thekla Kirch gewesen ist, und jetzt stellen wir uns die Frage, ob es dabei um den Hausverkauf an seinen Sohn Leonhard gegangen ist.«

Sophia schüttelte den Kopf. »Nein. Der Leon kam immer allein zu mir, oder wir haben telefoniert. Ich hatte den Eindruck, als wüssten seine Eltern gar nicht, dass er hierher nach Zahrenholz ziehen wollte.«

»Können Sie sich vorstellen, was Herr Falkenberg Senior bei Frau Kirch wollte?«

»Tut mir leid, aber da kann ich Ihnen nicht helfen.«

»Wie gut kennen Sie die Familie Falkenberg? Hat Siegburg Falkenberg viele Kontakte hier im Dorf? Ich meine, wie angesehen ist er?«

»Darüber kann ich Ihnen nichts sagen.«

»Und Sie persönlich? Was halten Sie von ihm?«

Sophia Hellmeier senkte den Kopf, ihre Finger spielten mit der Wachstuchtischdecke. »Na ja, wenn Sie mich so fragen.« Jetzt sah sie Hannah direkt an. »Sie werden das doch hoffentlich nicht ins Dorf tragen, oder?«

»Keine Bange, das bleibt unter uns.«

Sophia Hellmeier nickte. »Also, als der Leon hier eines Tages vor der Tür stand und das alte Haus kaufen wollte, habe ich im ersten Moment daran gedacht, nein zu sagen. Wissen Sie, meine Familie hat nie gut von den Falkenbergs gesprochen. Warum, weiß ich allerdings nicht. So ein Gerede vererbt sich scheinbar von einer Generation zur nächsten. Und Nachfragen wurden einfach vom Tisch gewischt.«

»Welche Verbindung gab es denn zwischen den Falkenbergs und Ihrer Familie? Ich meine, da muss es doch Berührungspunkte gegeben haben, sonst hätte sich nicht solch ein negatives Bild ergeben.«

»Das habe ich mich auch öfters gefragt. Ich weiß nur noch, dass meine Schwester damals bei den Falkenbergs im Hotel als Hausmädchen gearbeitet hat. Sie hat dort eine Lehre gemacht, diese aber nie abgeschlossen, soviel ich weiß.

Irgendwas muss da vorgefallen sein.«

»Und das Haus haben Sie dann trotzdem an Leonhard verkauft?«

»Ja. Wissen Sie, die ganze Sache ist schon so lange her, und irgendwann muss damit ja mal Schluss sein. Was kann der Junge denn dafür? Aber der eigentliche Grund war, dass wir das Haus wohl sonst nicht mehr losgeworden wären. Mein Mann hat mir ganz schön Feuer unterm Hintern gemacht.« Sophia grinste. Sie schien verlegen zu sein. Frommelt wollte schon aufstehen, als Hannah sagte: »Wir haben herausgefunden, wer Louisa ist.«

Sophia hob schnell den Kopf. Frommelt hatte den Eindruck, dass sie sehr erschrocken war.

»Es ist Lucy Kauber, die mit richtigem Namen Louisa heißt. Sie kennen Frau Kauber?«

Frau Hellmeier rollte jetzt die Kirschen sehr hektisch über den Tisch. »Ja. Sagte ich ja schon, vom Sehen her.«

»Wissen Sie etwas von einem Vertrag?«

Jetzt ahnte Frommelt, worauf Hannah hinauswollte. Sophia zuckte merklich zusammen, sagte aber kein Wort.

»Frau Hellmeier?«

»Nein.« Das kam sehr knapp und viel zu schnell. Hannah wartete eine Weile, aber Sophia Hellmeier reagierte nicht. So stand Hannah auf und sah ihr fest in die Augen. »Falls Ihnen noch etwas zu unseren Fragen einfällt, rufen Sie mich einfach an. Bitte.«

Sophia Hellmeier nickte kurz und blieb am Küchentisch sitzen, als die beiden Ermittler das Haus verließen.

»Warum hast du nicht weiter nachgehakt?«, fragte Frommelt, als sie wieder auf der Straße standen.

Hannah grinste. »Dazu müsstest du die Frauen verstehen, mein Lieber. Sie hat jetzt eindeutig ein schlechtes Gewissen, weil sie uns nicht alles erzählt hat. Sie wird ihre Aussage schon machen.«

Frommelt ging weiter in Richtung Auto. Dabei schaute er auf seine Füße und murmelte: »Und ich dachte immer, ich bin hier der große Frauenversteher.« Und spontan musste er an seine Birgit denken.

»Und jetzt?«, fragte Frommelt, als sie wieder im Auto saßen.

»Jetzt sollten wir uns dringend mit Siegburg Falkenberg unterhalten, denke ich.« Hannah hielt noch immer ihre Hand vor den Bauch.

Frommelt grinste, startete den Motor und nickte. »Der hat uns bestimmt einiges zu erzählen.«

Frommelt lenkte den Wagen auf den Parkplatz vor dem Hotel in Groß Oesingen. Sie blieben sitzen und starrten auf das große Fahrzeug genau vor der Eingangstür. »Was um Himmels Willen …«

»Das sieht nicht gut aus«, sagte Hannah, stieg aus dem Wagen und ging auf das Hotel zu. Frommelt folgte ihr. Neben dem Krankenwagen blieben sie stehen, denn zwei Sanitäter kamen gerade mit einer Transportliege aus dem Haus. Ein grauhaariger Mann mit eingefallenem, fahlem Gesicht lag darauf. Daneben eine elegant gekleidete, ältere Frau in etwa dem gleichen Alter. Und Leonhard Falkenberg.

Frommelt und Hannah hielten sich in einer gebührlichen Distanz zu dem Krankentransport auf und gingen erst zu den Falkenbergs, als der Wagen abgefahren war.

»Guten Tag, Herr Falkenberg«, sagte Frommelt und reichte Leon Falkenberg die Hand. Dieser starrte Frommelt jedoch nur an und ignorierte auch den Gruß. »War das eben Ihr Vater? Was ist passiert?«

Leon wandte sich wortlos um und ging ins Haus zurück, die Frau schluchzte.

Hannah warf Frommelt einen Blick zu, und Frommelt zog die Schultern hoch. »Sind Sie die Ehefrau von Herrn Falkenberg? Ich bin Hannah Seifert von der Kriminalpolizei Gifhorn, und das ist mein Kollege Kilian Frommelt.«

Die Frau nickte und zog ein Taschentuch hervor.

»Frau Falkenberg, was ist Ihrem Mann passiert?«

Irmgard Falkenberg schnäuzte sich. »Er hat wieder einen Herzinfarkt.« Sie sah Hannah mit tränennassen Augen an. »Der zweite in einem Jahr.«

»Das tut mir leid für Sie. Wir wollten Ihrem Mann eigentlich ein paar Fragen stellen, aber ich denke, wir sollten später wiederkommen. Vielleicht können Sie uns ja auch weiterhelfen.«

»Mutter! Kommst du bitte?« Das war die Stimme von Leonhard Falkenberg, und sie klang nicht gerade freundlich oder mitfühlend. Irmgard Falkenberg nickte kurz, drehte sich auf dem Hacken um und verschwand im Haus.

Einen Moment standen Frommelt und Hannah noch auf

der Stelle und schauten auf die Eingangstür, bis Hannah sagte: »Das klang ja sehr teilnahmsvoll, boah. Meintest du das neulich mit arrogant? Ich verstehe jetzt, was du sagen wolltest.«

»Und nun? Zurück nach Gifhorn?«

***

Marina fühlte sie sich wie betäubt und schob es auf die neuen Medikamente und ihren ohnehin labilen Zustand. Leon saß neben ihr auf der Couch und hielt einen Teller mit Suppe. Sie konnte sich etwas aufrichten, und Leon schob ihr liebevoll die Kissen in den Rücken, damit sie bequemer saß. »Komm, Marina, noch ein paar Löffel bitte. Ich hab die Suppe extra für dich gekocht.«

Tapfer aß sie und musste an sich halten, nicht zu würgen. Ihr Magen wollte nichts bei sich behalten. »Jetzt kann ich wirklich nicht mehr, sonst spuck ich alles wieder aus«, keuchte sie. Sofort nahm Leon den Teller weg und stellte ihn auf den Tisch. »Ich habe auch Pfefferminztee aufgebrüht, den magst du doch so gern.« Er machte bereits Anstalten aufzustehen, als sie ihn am Arm festhielt.

»Danke, aber im Moment bekomm ich nichts mehr runter.« Sie genoss diesen Augenblick. Schon lange war Leon nicht mehr so aufmerksam zu ihr gewesen.

»Möchtest du dich wieder hinlegen?« Er schob bereits die Kissen zurecht und ordnete die Wolldecke. Dankbar lächelte Marina ihren Mann an. Es konnte alles wieder gut werden, da war sie sich sicher. Und schon war sie eingeschlafen.

***

Kaum waren sie zurück in Gifhorn, beschloss Frommelt, Feierabend zu machen. Dieser Tag war anstrengend genug gewesen, und er musste die ganzen Eindrücke erst mal sortieren. Dann fiel ihm das Telefongespräch mit Richard ein. Warum wollte Birgit sich von ihm trennen? Er konnte keinen Grund finden, der so gewichtig war, der sie diesen Schritt gehen ließ. Als er im Auto saß, zögerte er einen Augenblick, ehe er den Motor startete. Dann zog er sein Handy aus der Tasche und schrieb eine Nachricht. *Birgit, ich liebe dich und ich muss mit dir reden. Bitte sag mir, wann und wo*. Dann fuhr er los. An der Dragenkreuzung verkündete sein Handy eine eingehende Nachricht. Zum Glück stand die Linksabbiegerampel auf Rot.

Birgit schrieb: *Ich fahre jetzt nach Hause.* Innerlich jubelte Frommelt auf. Nach Hause. Das bedeutete, dass Birgit ihr gemeinsames Heim noch nicht aufgegeben hatte.

In Neudorf-Platendorf gab es einen kleinen Blumenladen. Dort hielt er an und kaufte den größten Rosenstrauß, den er bekommen konnte. Stolz stand er vor seinem Haus und ehe er den Schlüssel ins Schloss stecken konnte, erschien Birgit in der offenen Tür und wandte ihr Gesicht ab.

Er folgte ihr hinein, und im Wohnzimmer sah Frommelt Birgits verheulte Augen. Hatte Richard doch recht gehabt. Er ging einen Schritt auf sie zu und überreichte ihr die Rosen. Sie nahm sie wie automatisch und starrte ihn an.

»Birgit. Mein Schatz. Bitte. Sag mir doch endlich, warum du so sauer auf mich bist. Was hast du denn?«

Statt einer Antwort hob sie die Hand, in der sie den Strauß hielt, und haute ihn ihm um die Ohren. Frommelt konnte gar nicht reagieren, so überrascht war er.

»Ich? Was *ich* habe?« Wumms. Erneut schlug sie mit den Rosen auf ihn ein. Hätte er doch besser andere Blumen gekauft, diese Dornen hatten ihm ein paar heftige Striemen am Hals zugefügt. Er prüfte kurz mit den Fingern, doch noch war kein Blut zu sehen.

»Ich glaube, *du* hast mir einiges zu erzählen!« Wieder hob Birgit die Hand.

Frommelt hielt zur Abwehr beide Arme vor sich, und Birgit stoppte in der Bewegung.

»Birgit, ich weiß beim besten Willen nicht, was du meinst.«

Wumms. Falsche Antwort. Dieses Mal hatte es seine Wange erwischt. Wie sollte er das bloß morgen den Kollegen erklären? Wären Chrysanthemen nicht besser gewesen? Fast hätte er gelacht, beim Gedanken an diese Friedhofsblumen und seinen letzten Fall im vergangenen Jahr, aber das wäre ein sehr großer Fehler gewesen.

»Du weißt nicht, was ich meine? Du gehst fremd und hast keine Ahnung.« Ihre Hand hob sich wieder sehr bedrohlich, aber es kam kein neuer Angriff. »Ich warte nur noch darauf, dass deine Exfrau hier vor der Tür steht.«

»Was hat denn Maren damit zu tun? Birgit, du weißt, dass wir uns getrennt haben. Es stimmt, ich habe dir etwas verschwiegen.« Automatisch hob er wieder abwehrend die Arme vor das Gesicht.

Rums. Seine Hände wiesen heftige Kratzspuren auf. »Halt. Halt. Nicht, was du jetzt meinst. Am Dienstag kam ein Brief von Marens Anwalt mit der Post. Ich hatte vergessen, dir davon zu erzählen. Entschuldige bitte.«

»Am Freitag sah das aber ganz anders aus, als du mit deiner Ex sehr vertraut durch die Stadt gegangen bist.«

Frommelt überlegte, wann Birgit sie gesehen haben könnte. Er kam nicht drauf. Birgit schien sein Schweigen als Zustimmung zu deuten. Sie schmiss ihm die Blumen vor die Füße. Einige Rosenköpfe sahen schon sehr ramponiert aus. Dann drehte sie sich auf dem Hacken um und weg war sie.

Verdattert stand Frommelt noch lange auf der gleichen Stelle. Was die Sache nicht besser machte, denn er hatte die Gelegenheit, sich ihr zu erklären, mal wieder verpennt. Es blieb ihm nichts anderes übrig, als sich zu seiner besten Vertrauten, der Vogelspinne Friedrun, zu setzen und sich zu besaufen.

***

Als Frommelt am nächsten Morgen erwachte, fand er das Bett neben sich wieder leer vor. Augenblicklich erinnerte er sich an den heftigen Streit vom gestrigen Abend. Sofort fuhr er über seine Wange, die Kratzer waren noch da. Also war das kein böser Traum gewesen.

Im Bad schaute er in den Spiegel – welches die Sache nicht besser machte. Betrübt duschte er, zog sich an und fuhr ohne Frühstück und Kaffee zur Arbeit.

Bei der Polizeiinspektion angekommen, parkte er sein Auto in einer Nebenstraße und lief wie ein geprügelter Hund über den Innenhof. Ein Streifenbeamter kam ihm entgegen, sah Frommelt grinsend an, sagte aber nichts zu den Schrammen. Stattdessen wedelte er mit einem großen durchsichtigen Asservatenbeutel vor Frommelts Oberkörper herum. Darin steckte gut sichtbar eine Plastiktüte eines bekannten Lebensmitteldiscounters. »Gut, dass ich dich hier treffe, Kilian. Ich war gerade auf dem Weg zur Kriminaltechnik. Das hier haben Schulkinder heute früh im Gebüsch in Groß Oesingen gefunden.«

Frommelt musste wohl sehr fragend aus der Wäsche geschaut haben, denn der Kollege sprach weiter: »In der Tüte ist ein Messer und eine schwarze Sporthose. Könntest du das bitte zu den Kollegen bringen? Ich müsste auch gleich wieder los.«

»Ja klar. Mach ich.« Frommelt schnappte sich den Beutel und trabte über den Hof in das Gebäude. Jetzt schien die Sache in Fahrt zu kommen. So liebte er es.

***

Marina hatte ein Geräusch gehört, konnte es aber nicht zuordnen. Wie spät mochte es sein? Die Wohnzimmeruhr zeigte halb neun. Sie war sich sicher, dass sie die letzte Nacht in ihrem Bett geschlafen hatte, jetzt lag sie aber auf dem Sofa. Ihr Kopf fühlte sich an wie glühendes Eisen. Sie kniff die Augen zusammen und versuchte, ihre Gedanken zu sortieren.

Ihr fiel ein, dass Leon sich am Morgen so aufmerksam und fürsorglich gezeigt hatte wie am Vorabend. Er hatte ihr ein Marmeladenbrot geschmiert und Kaffee gebracht. Die Tabletten hatte er in ihre Hand gelegt und genau beobachtet, dass sie sie auch schluckte. Kurz danach war sie wohl wieder tief und fest eingeschlafen.

Wieder hörte sie dieses Geräusch und wusste nicht, woher es kam. Sie richtete sich auf, und sofort schoss ein heftiger, greller Blitz durch ihren Kopf. Ihre Augen standen in Flammen und brannten höllisch. Automatisch rieb sie sie mit den Fäusten. Die Geräusche wurden lauter, klangen wie Donnerschläge in ihrem Kopf. Langsam hob sie die Lider und starrte in die Dunkelheit. Es dauerte eine Weile, bis sie die Schemen ihrer Möbelstücke erkannte – und wieder zogen grellbunte Schlieren vor ihren Augen vorbei, waberten herum, wandelten sich, so dass sie aussahen wie mörderische Fratzen. Sie schlug ihre Hand vor den Mund, um nicht laut loszuschreien. Vor Angst sprang sie auf, rannte los und prallte mit dem Oberschenkel gegen die Ecke der Kommode. Sie jaulte vor Schmerz auf. Jetzt streckte sie beide Arme vor sich aus, tastete mit den Händen in der Luft herum, damit sie nirgendwo gegenlief. Marina war froh, als sie in der Küche ankam. Sie musste dringend etwas trinken. Zitternd ließ sie Wasser in ein Glas laufen und trank es gierig in einem Zug leer. Jedes Geräusch, auch das des laufenden Wasserhahns, zerbarst wie eine Explosion in ihrem Kopf.

»Haaauuaaooo.«

Erschrocken sprang Marina zur Seite. Vor sich sah sie einen länglichen Schemen, der auf sie zukam. An den Rändern dieses Monsters waberten grellrote Flammen hervor. Was war das für eine Kreatur, die sie hier und jetzt angreifen wollte? Wie kam diese Bestie in ihr Haus? Sie wusste, wo der Messerblock stand, griff tastend danach, drehte sich um und stach mit aller Kraft in die Richtung, in der das Ungeheuer stand. Der Schmerzensschrei kreischte durch ihr Gehirn, durchzuckte ihren Körper wie elektrischer Strom. Sie fühlte, wie sie gepackt und festgehalten wurde, wie das Messer aus ihrer Hand fiel. Sie wehrte sich mit Leibeskräften – doch sie war nicht stark genug, hatte nichts diesem Untier entgegenzusetzen. Sie wurde von den Beinen gehoben und spürte, dass sie auf etwas Weichem landete. Wo war sie? Wild schlug sie mit den Armen um sich, und doch traf sie niemanden. Sie hörte einen Knall und ein kreischendes metallenes Geräusch, das sie nicht zuordnen konnte. Zitternd blieb sie dort sitzen, wo sie sich gerade befand.

***

Wie sollte Frommelt seinen Kollegen die Kratzer in seinem Gesicht und an den Händen erklären? Hätte Birgit ihn mit den dornigen Rosen nur an den Armen getroffen, wäre alles halb so wild. Schließlich besaß er genügend langärmlige Hemden. Außerdem hätte er es mit Gartenarbeit erklären können. Hannah und Bräuer wussten, wie sein Garten ausgesehen hatte. Sie waren lange nicht mehr zu Besuch bei ihm gewesen, und Birgit hatte dort eine glückliche Hand bewiesen, doch alles konnte sie nicht schaffen, da brauchte es körperliche Manneskraft. Obwohl, nach dem gestrigen Abend war er sich in dieser Hinsicht nicht mehr so sicher.

Im Büro angekommen, sah Bräuer kaum von seiner Arbeit auf, als dieser sein übliches »Guten Morgen« in den Raum brummte, nur Hannah grinste spöttisch, sagte aber nichts. Glück gehabt.

Frommelt setzte sich an seinen Schreibtisch, rief sofort im Helios-Klinikum an und erkundigte sich nach Siegburg Falkenberg. Als er das Gespräch beendet hatte, drehte Bräuer sich zu ihm um. Der schien etwas irritiert zu sein, sagte aber nichts zu Frommelts Verletzungen. »Wie geht es Herrn Falkenberg?« Hannah hatte Bräuer wohl bereits erzählt, dass sie gestern den Krankenwagen vor dem Hotel angetroffen hatten.

»Der liegt noch auf Intensiv und ist im Moment nicht ansprechbar. Er hatte wohl seinen zweiten Infarkt, und die Ärzte hoffen, dass er durchkommt. Aber es gibt Neuigkeiten. Eben hat mir ein Kollege eine Plastiktüte in die Hand gedrückt. Schulkinder haben sie in Groß Oesingen gefunden und abgegeben. Darin sind eine schwarze Hose und ein Messer, die vermutlich der Tat zuzuordnen sind. Ich habe sie gleich in die Kriminaltechnik gebracht.«

»Na, da bin ich ja mal gespannt, ob sie eindeutige Spuren finden. Haben sie gesagt, wie lange sie brauchen?« Bräuer schaute Frommelt fragend an.

»Das erwartest du jetzt aber nicht im Ernst, oder? Karina schickt die Sachen sofort mit hoher Dringlichkeitsstufe zum

LKA nach Hannover, sie wollte sich die Spuren aber selbst noch einmal ansehen. Und gestern waren Kramer und seine Leute noch einmal in Frau Kirchs Haus, hätten dort aber nichts gefunden, was auf diesen ominösen Vertrag hindeuten würde, wie mir Karina eben erzählt hat. Roland, haben Frau Kirchs Unterlagen etwas ergeben?«

Bräuer schüttelte den Kopf. »Nichts. Außer Verträge über Hausratversicherung und Strom- und Wasseranbieter. Mir scheint fast, als bilde sich Frau Kauber das nur ein.«

***

Claudia saß neben Marina auf der Couch und wiegte sie sanft im Arm, wie man ein Baby in den Schlaf schaukelt. Marina hielt die Augen geschlossen und ließ es sich gefallen. Moritz stand etwas abseits an die Tür gelehnt. Er trug ein kurzärmliges T-Shirt und einen Verband am rechten Arm. »Was sollen wir jetzt tun? Leon anrufen?«

»Ich weiß es nicht. Gut, dass du mir Bescheid gesagt hast. Du solltest mit der Verletzung zum Arzt gehen.« Claudia sah ihren Mann mitfühlend an.

»Das ist nicht so schlimm, hast du ja eben selbst gesagt, die Wunde ist nicht so tief. Viel mehr mache ich mir Sorgen um Marina. Das ist nicht mehr die Frau, die wir kennengelernt haben.«

»Kannst du dich erinnern, wie sie neulich Abend reagiert hat, als Thekla das mit den verlorenen Kindern gesagt hat? Sie war völlig aufgebracht«, flüsterte Claudia, wohl damit Marina sie nicht hörte, obwohl diese genau neben ihr saß.

Marina spürte die Wärme, die von Claudia ausging. Sie fühlte sich in diesem Moment behaglich und behütet. Nichts konnte ihr passieren. Das sanfte Wiegen ließ sie zur Ruhe kommen. Marina hörte die Worte, die gesprochen wurden, verstand sie aber nicht. Es war ihr egal, solange das wohlige Gefühl anhielt.

»Du meinst, sie könnte …«

»Ich weiß gar nichts mehr. Außer dass sie mit dem Messer auf dich losgegangen ist … Mensch, Moritz, was sollen wir denn jetzt machen?«

In dem Moment schepperte die Haustürklingel. »Mein Gott, wer mag das denn jetzt sein?« Moritz ging hinaus, um die Tür zu öffnen, und kam kurze Zeit später mit Marinas Schwiegermutter zurück. Moritz schien sie bereits auf dem Flur über den Messerangriff informiert zu haben. Irmgard Falkenberg war mit wenigen Schritten bei Marina und streichelte ihr mit der Hand über die Haare. »Mein armes Kind. Wie kann so etwas passieren?« Sie wandte sich an Claudia. »Ich meine, ich habe mich gestern schon gewundert, dass es Marina so viel schlechter ging als neulich bei uns beim Kaffeetrinken. Deshalb wollte ich jetzt noch einmal nach ihr sehen. Sie meinte gestern, dass sie auf neue Tabletten eingestellt wird, aber solch eine Reaktion darauf – nein, beim besten Willen. Leonhard ist doch Arzt, das hätte er wissen müssen.«

»Aber was tun wir jetzt? Normalerweise müssten wir die Polizei anrufen.« Claudia streichelte sanft über Marinas Wange.

»Normal. Was ist hier in diesem Haus schon normal? Schaut euch doch mal um. Wie kann man in solch eine

Bruchbude ziehen?« Irmgard Falkenberg schien noch immer fassungslos zu sein.

»Das haben wir uns auch schon gefragt, aber Leon lässt da nicht mit sich reden. Er meinte, dass er in der Nähe seines Vaters sein will.« Moritz stand noch immer bei der Tür, als ob er Marina nicht zu nahekommen wollte.

»Pah. Dass ich nicht lache.« Irmgard Falkenberg drehte sich zu Moritz um. »Wegen seines Vaters ganz bestimmt nicht.«

»Sollten wir ihn anrufen?«

»Leonhard? Warum? Ich koch erst Mal Kaffee.« Damit stob Irmgard Falkenberg an Moritz vorbei aus dem Raum. Diese Angelegenheit schien sie sehr zu belasten.

Nach einer Weile schritt Irmgard Falkenberg mit einer Plastiktüte hastig über den Flur und murmelte: »Wie es hier aussieht. Ich bring erst mal den Müll raus, der stinkt schon.«

***

Bis Mittag arbeiteten die Ermittler die Spuren und Erkenntnisse auf, die sie zusammengetragen hatten. Die Zeugenaussagen von Bürgermeister Peuckert, von Tilda Weiß und Sophia Hellmeier überprüften sie auf Widersprüche oder Übereinstimmungen.

Dann flog die Tür auf, und Karina Wagenfeld wirbelte mit einer unglaublich guten Laune in den Raum. »Morgen, meine Lieblingskollegen.« Frommelt wusste, dass sie jeden ihrer Kollegen als *Lieblingskollegen* betitelte. Im vergangenen Jahr war er etwas angepisst darüber, weil er glaubte, nur er wäre einer solchen Bezeichnung würdig.

»Ich habe etwas für euch«, sagte Karina und wedelte mit einem Blatt Papier.

»Ist Johann nicht da?«, fragte Frommelt und biss sich sofort auf die Zunge, als er Karinas beleidigtes Gesicht sah. Die Sache mit dem Frauenversteher schien sich ein für alle Mal erledigt zu haben.

»Meinetwegen könnt ihr ja noch zwei Tage auf die Ergebnisse der Spurenauswertung warten, also bis Johann wieder im Dienst ist.« Sie drehte sich um und wollte schon wieder aus dem Zimmer rauschen.

»Karina. Sorry. Tut mir leid, so war das doch gar nicht gemeint.«

»Ach ne?« Karina beugte sich über die Tischkante, so dass ihr Kopf nur wenige Zentimeter vor Frommelts Gesicht war. »Ich meine, wer solche Verletzungen im Gesicht hat, sollte seinen Hals aber nicht zu weit aufreißen.« Dann grinste sie. »Okay. Also jetzt zum fachlichen Teil unserer Unterhaltung.«

***

»Das ist ja ein Ding«, sagte Bernie, die von den Ermittlern sofort informiert worden war. Und da sie sich gerade in der Nähe befand, wollte sie bei der Besprechung unbedingt dabei sein.

Die drei Ermittler und die Staatsanwältin saßen um Frommelts Schreibtisch herum. »Und es ist erwiesen, dass diese Jogginghose Marina Falkenberg gehört?«

»Ob die Hose ihr gehört, wissen wir nicht. Wohl aber, dass sich nach Karinas erster Einschätzung Frau Falkenbergs DNA sowohl an der Hose wie auch am Messer befand. Außerdem wurde das Blut von Frau Kirch daran nachgewiesen. Wir müssen hier, um wirklich ganz sicher zu gehen, den Bericht aus Hannover abwarten.« Frommelt studierte noch einmal Karinas Notizen.

»Warum sollte sie eine alte Hebamme umbringen, die sie zuvor noch nie gesehen hat?«, warf Bernie ein.

»Genau das sollten wir herausfinden. Ich fahre nach Zahrenholz. Wer kommt mit?«, fragte Frommelt.

Bernie hob zögernd die Hand. Bräuer runzelte die Stirn, und Hannah sagte: »Wenn ihr mich braucht …«

»Ne, lass mal. Wenn Bernie mitkommt, ist das in Ordnung.« Frommelt nahm seine Jacke vom Haken und hielt seiner Vorgesetzten die Tür auf.

Sie gingen nebeneinander auf dem Flur in Richtung Ausgang, und noch immer sagte Bernie nichts über die sehr präsenten Spuren in seinem Gesicht. Dann brauchte er sich auch nicht zu erklären. Seltsamerweise schienen alle, die ihn heute gesehen hatten, seine Blessuren für völlig normal zu halten.

***

Noch immer hatte Frommelt dieses bedrückte Gefühl, als er das Haus der jungen Falkenbergs sah. Bernie schien es genauso zu gehen, sie zögerte, als sie aus dem Wagen stieg. Frommelt drückte auf den Klingelknopf und zog unwillkürlich die Schultern hoch, in Erwartung dieses schrecklichen Klingelgeräusches.

Moritz Weiß öffnete die Tür, am Oberarm trug er einen Verband. Als Frommelt hinter Bernie das Haus betrat und ins Wohnzimmer ging, stutzte er. Was war denn hier für eine Versammlung? Marina Falkenberg saß, weiß wie eine frisch getünchte Wand, zusammengekauert neben Claudia Weiß auf der Couch und kratzte an ihren Handgelenken. Moritz und Marinas Schwiegermutter lehnten sich gegen den Türrahmen.

Marinas Augen standen weit offen, und Frommelt kam es vor, als starrten sie auf einen bestimmten Punkt, ohne wirklich etwas zu sehen. Alle Anwesenden schienen bedrückter Stimmung zu sein, denn niemand antwortete auf Frommelts Gruß, jeder starrte in eine andere Richtung, wohl um den beiden Neuankömmlingen ja nicht ins Gesicht sehen zu müssen.

»Wir sind hier, um mit Marina Falkenberg zu sprechen«, sagte Bernie, und Frommelt schien es, als hätte zumindest ein Teil dieser Gesellschaft ein schlechtes Gewissen. Fragend blickte er sich um, doch niemand reagierte. Bis Irmgard Falkenberg auf Frommelt zutrat und sagte: »Marina geht es nicht besonders gut. Kann ich Sie vielleicht einen Moment unter vier Augen sprechen?«

Frommelt nickte und folgte Leons Mutter in die Küche. Dort sah sie sich einmal kurz um, so als wollte sie sich überzeugen, dass niemand anderes zuhörte.

»Marina ging es ja gestern schon nicht so gut. Ich war hier gewesen, um beim Renovieren zu helfen.« Sie räusperte sich. »Also, ich bin heute früh wieder hierhergekommen, um nach meiner Schwiegertochter zu sehen. Mir wurde gesagt, dass mein Sohn die Medikamente umgestellt hätte und Marina sich erst daran gewöhnen muss.«

Frommelt nickte. Ja, das war ihm bekannt, dass es bei neuer Medikation erst einige Zeit brauchte, bis sich der Krankheitszustand verbesserte. »Was hat Ihre Schwiegertochter denn eigentlich für eine Krankheit?«

»Nun ja, wissen Sie, Marina hat ihr Baby vor kurzem verloren und dadurch ist sie psychisch völlig zusammengebrochen. Mein Sohn versorgt sie mit den nötigen Tabletten.« Sie stockte, und Frommelt kam es vor, als hätte sie noch etwas auf dem Herzen. Er wartete ab.

»Also, was ich eigentlich sagen wollte … Ich hatte den Eindruck, als würde es ihr in letzter Zeit besser gehen. Und dann dieser Rückschlag.«

»Wann war das, als es Ihrer Schwiegertochter besser ging?«

»Am letzten Freitag waren sie und mein Sohn zum Kaffeetrinken bei uns gewesen. Und da hatte ich das Gefühl, sie sei auf einem guten Weg. Sie hat sich ganz normal mit uns unterhalten und sogar manchmal gelacht. Und dann das jetzt …«

»Was meinen Sie damit?«

»Sie hat heute Vormittag Moritz mit dem Messer angegriffen.« Irmgard Falkenberg senkte den Kopf, und ihre Schultern zuckten leicht. Als sie den Blick wieder hob, glänzten ihre Augen. Sie schien ihre Schwiegertochter gern zu haben.

»Ach, deshalb hat Herr Weiß den Verband am Arm? Wie kam es denn zu diesem Angriff?«

Frau Falkenberg nickte kaum merklich und schüttelte dann den Kopf. »Das können wir uns alle nicht erklären.«

Vom Flur her drangen laute Stimmen in die Küche, dann wurde die Küchentür aufgerissen. »Was ist hier los, Mutter?«

Irmgard Falkenberg zuckte zusammen, als wäre sie bei etwas Schlimmem ertappt worden.

»Die Polizei ist hier.«

»Das sehe ich. Ich habe dich gefragt, was hier los ist?«

»Marina hat … sie hat …« Irmgard Falkenberg konnte nicht mehr an sich halten. Die Tränen liefen über ihre Wangen, und sie schluchzte laut.

Frommelt schaltete sich ein. »Herr Falkenberg, Ihre Frau hat Herrn Weiß mit dem Messer attackiert. Können Sie sich vorstellen, warum?«

»Woher soll ich denn wissen, was in meiner Frau vorgeht? Fragen Sie sie doch selbst. Sind Sie deshalb hier? Wegen einer kleinen Schramme an Moritz› Arm?« Leon Falkenberg wandte sich zu seiner Mutter um und funkelte sie mit zornigen Augen an. »Und deshalb müsst ihr die Bullen rufen?«

Seine Mutter hob abwehrend die Hände. Sie sah völlig geschockt aus, diesen Ausbruch von ihrem Sohn schien sie nicht erwartet zu haben. Oder hatte sie Angst vor ihm?

»Uns hat niemand gerufen, Herr Falkenberg«, sagte Frommelt beruhigend und sah Leon Falkenberg prüfend in die Augen. »Wir sind hier, weil jemand das Tatwerkzeug gefunden hat, mit dem Frau Kirch getötet wurde. Und daran sind eindeutige Spuren gefunden worden, die Ihrer Frau zuzuordnen sind. Ebenso wurde eine Hose gefunden, die allem Anschein nach von ihr bei der Tat getragen wurde. Wir müssen Ihre Frau jetzt mit nach Gifhorn nehmen, Herr Falkenberg.«

»Sehen Sie denn nicht, wie es Marina geht? Und da wollen Sie sie ins Gefängnis sperren? Ja, hackt's jetzt?«

»Ich habe kein Wort von Gefängnis gesagt und bitte Sie, Ihren Ton zu mäßigen. Und ja, ich habe gesehen, wie es Ihrer Frau geht. Sie wird von einem Arzt untersucht werden …«

»Ich bin selbst Arzt. Da können Sie genauso gut mich fragen.«

Diese herrische, selbstgefällige Art von Leon Falkenberg war für Frommelt kaum noch zu ertragen. Er musste sich auf die Zunge beißen. »Der richterliche Beschluss wird Ihnen nachgereicht, auch über eine Hausdurchsuchung, die hier heute stattfinden wird. Ach ja, Sie sollten sich schon mal um einen Anwalt für Ihre Frau bemühen.« Frommelt drehte sich um und ging zurück ins Wohnzimmer. Bernie saß neben Marina Falkenberg auf dem Sofa und redete leise mit ihr. Als Frommelt eintrat, hob sie den Kopf. »Frau Falkenberg ist wieder ansprechbar. Wir können sie mitnehmen.«

Frommelt hatte sofort die Kollegen der Kriminaltechnik informiert, als er im Wagen saß. Bernie telefonierte inzwischen mit ihrer Dienststelle und forderte die notwendigen richterlichen Beschlüsse an. Sie würden das Falkenbergsche Haus auf den Kopf stellen, ob es Leonhard Falkenberg gefiel oder nicht. Den Rest der Fahrt zurück nach Gifhorn schwiegen alle. Frommelt wusste nicht, wie und welches Gespräch er beginnen sollte, und Bernie schien in ihre eigenen

Gedanken versunken zu sein. Marina Falkenberg starrte auf dem Rücksitz wie in Trance zum Fenster hinaus.

Bevor sie jedoch in die Polizeiinspektion fuhren, bog Frommelt in Richtung Helios-Klinik ab. Hier meldete er Marina Falkenberg zu einer Bluntuntersuchung an.

***

Sie hatten in der Klinik nicht lange auf die Blutabnahme warten müssen und brachten anschließend Marina Falkenberg in der Polizeiinspektion in das Büro eines Kollegen, der zurzeit Urlaub hatte. Dort konnten sie ungestört reden.

Frau Falkenberg saß eingesunken auf ihrem Stuhl, sie wirkte, als würde sie von alldem, was um sie herum passierte, kaum etwas mitbekommen. Als Frommelt sie jedoch ansprach, hob sie den Kopf und sah ihm in die Augen. Er unterrichtete sie darüber, dass sie als Beschuldigte vernommen werden würde, und erklärte ihr ihre Rechte und den Grund, wessen sie beschuldigt wurde. »Wir warten noch auf Ihren Anwalt, ich denke, dass Ihr Mann sich sofort darum gekümmert hat. Möchten Sie einen Kaffee?«

»Lieber einen Pfefferminztee«, antwortete sie so leise, dass Frommelt sie kaum verstand.

»Ich bin gleich wieder da.« Während das Wasser für den Tee kochte, ging Frommelt in sein Büro und bat Hannah, bei der Vernehmung dabei zu sein. Bernie wollte währenddessen auf die notwendigen Beschlüsse warten und anschließend damit nach Zahrenholz fahren, um bei der Hausdurchsuchung dabei zu sein.

Als Frommelt und Hannah mit dem Tee über den Flur gingen, schaute sie ihn mit einem eigentümlichen Blick an. Frommelt ahnte, worauf das hinauslief, und musste nicht lange warten.

»Ich wollte dich heute Morgen ja nicht darauf ansprechen, aber kannst du mir mal verraten, was im Moment bei dir los ist? Ich meine privat.«

Frommelt zog die Schultern hoch. »Die Spuren sind eindeutig, findest du nicht auch?«

Hannah besah sich die Verletzungen genauer. »Also wenn ich es nicht besser wüsste, würde ich sagen, jemand hat dich durch eine Berberitzenhecke gejagt.«

»So in etwa fühle ich mich auch. Aber nein, völlig falsche Spur.«

»Hm, Birgit hat sehr kurze Fingernägel, sonst würde ich auf eine stürmische Liebesnacht tippen.«

Frommelt grinste. »Hannah, meine Gute, du sollst doch nicht immer von dir auf andere schließen.«

Hannah zeigte Frommelt ihre beiden Hände und grinste eindeutig. Auch sie trug ihre Nägel sehr kurz. Das war ihm bisher nicht aufgefallen.

»Jetzt erzähl schon«, mahnte Hannah.

»Ja, da gibt es nicht viel zu sagen. So was bekommt man, wenn man nichts sagt.«

Hannah schaute skeptisch. Zwei Kollegen kamen ihnen entgegen, grüßten und feixten sichtbar. Frommelt war froh über diese Unterbrechung.

Als sie eintraten, saß ein älterer Mann neben Marina Falkenberg am Tisch und sprach leise auf sie ein. Sie nickte nur oder schüttelte den Kopf. Frommelt stellte den Tee vor Frau Falkenberg ab, und sie umklammerte die Tasse sofort mit beiden Händen, als wolle sie sich daran aufwärmen.

Nach der kurzen Vorstellungsrunde und der Auskunft des Anwalts Reinhold Petrovic, dass Marina Falkenberg auf Fragen selbst antworten würde, bedankte sich Frommelt und setzte sich mit Hannah den beiden gegenüber. »Allerdings«, gab der Anwalt zu bedenken, »wird Herr Falkenberg ein ärztliches Attest vorlegen, dass seine Frau nicht vernehmungsfähig ist.«

»Herr Falkenberg ist sich sicherlich bewusst, dass er dieses Attest als Ehemann einer beschuldigten Person nicht selbst ausstellen darf.« Frommelt startete das Aufnahmegerät.

»Das ist ihm bewusst.«

»Nun, dann sollten wir die Zeit nutzen«, sagte Frommelt und wandte sich Marina Falkenberg zu: »Frau Falkenberg, schildern Sie mir bitte noch einmal, was Sie am vergangenen Dienstagabend gemacht haben und wo genau Sie gewesen sind.«

Marina Falkenberg sah Frommelt erstaunt an. »Das habe ich Ihnen doch bereits erzählt.«

»Ja, das stimmt.« Frommelt lächelte sie aufmunternd an. »Aber wir fertigen hiernach ein Protokoll an, das Sie dann unterschreiben müssen.«

Sie nickte und erzählte vom Besuch bei dem Ehepaar Weiß und von der beklemmenden Situation, als Frau Kirch ins Wohnzimmer gekommen war.

»Was passierte, als Frau Kirch das Zimmer wieder verlassen hatte?«

»Wir, also mein Mann und ich, sind dann auch bald gegangen.«

»Was heißt *bald*? Wie lange waren Sie noch dort gewesen?«

»Zehn Minuten, vielleicht fünfzehn.«

»Und dann sind Sie sofort zu sich nach Hause?«

»Ja.«

»Was haben Sie gemacht, als Sie zu Hause angekommen sind?«

»Mein Mann hat mir eine Schlaftablette gegeben, und ich bin danach sofort ins Bett gegangen.«

»Und Sie haben die Türglocke nicht gehört, als Frau Weiß klingelte, um Ihnen Ihre Tasche zurückzubringen?«

»Nein. Die Tabletten wirken schnell, und ich war auch sehr erledigt gewesen. Wir hatten an diesem Tag viel gearbeitet, und eigentlich hatte ich auch gar keine Lust auf einen Besuch bei den Nachbarn gehabt.« Marina Falkenberg sprach leise, so dass Frommelt sich Mühe geben musste, sie zu verstehen. »Aber die Worte von Frau Kirch an diesem Abend haben Ihnen zugesetzt, oder?«

»Ja.« Marina Falkenberg ließ den Kopf hängen und hielt sich die Hände vor das Gesicht.

»Frau Falkenberg.« Frommelt wusste nicht, wie deutlich er seine Frage, die er auf der Zunge hatte, formulieren konnte, ohne dass sie ihm hier zusammenklappte. »Was hat Sie an der

Aussage von Frau Kirch so beunruhigt? Sie sagte: *Die Rache der verlorenen Kinder. Sie kommt. Die Natur wird sich rächen. Louisa kann nichts dafür.*«

Marina Falkenberg schaute ihn direkt an. Tränen schimmerten in ihren Augen. »Ich dachte, sie glaubte, dass die Fehlgeburt deshalb passiert ist, weil ich mein Kind nicht wollte.«

»Und deshalb haben Sie sie getötet?« Frommelt hatte sich spontan entschieden, diesen Satz zu riskieren. Das kam scheinbar so überraschend, dass Marina Falkenberg die Augen aufriss und Frommelt anstarrte. »Nein. Natürlich nicht. Was denken Sie?«

»Dann erklären Sie mir doch bitte, warum Ihre DNA an einer Jogginghose ist, die in der Tatnacht getragen wurde?«

Marina Falkenberg zog die Schultern hoch und schüttelte verwundert den Kopf.

Frommelt schob zwei durchsichtige Asservatenbeutel in Richtung ihrer Hände. »Kennen Sie diese Hose?«

Marina Falkenberg fuhr mit den Fingerspitzen den Rand der Beutel ab und zog die Schultern hoch. »Ich weiß es nicht, kann sein.«

»Und das Messer? Kommt es Ihnen bekannt vor?«

»Das ist ein Küchenmesser. Ich glaube, wir haben so ähnliche.«

»Mit diesem Messer wurde Frau Kirch zweifelsohne getötet.«

Marina Falkenberg zog die Stirn in Falten, als überlege sie angestrengt. Dann schüttelte sie den Kopf. »Ich kann es nicht sagen, ob es unseres ist.«

Frommelt tippte auf den anderen Beutel. »Diese Hose befand sich in einer Plastiktüte, die allem Anschein nach vom Täter bei der Tat getragen wurde. Es befindet sich das Blut von Frau Kirch darauf. Anschließend wurden die Hose und das Messer in ein Gebüsch geworfen. Auch auf dem Messer waren Ihre DNA und Ihre Fingerabdrücke sowie das Blut des Opfers. Wie erklären Sie sich das?«

»Gar nicht. Da gibt es nichts zu erklären. Ich habe nichts damit zu tun und ich kannte die alte Frau doch bis letzte Woche überhaupt nicht, ich hatte sie auch nie zuvor gesehen.«

»Eine letzte Frage, Frau Falkenberg. Warum haben Sie Herrn Weiß mit dem Messer angegriffen?«

Marina Falkenberg schüttelte den Kopf und sackte körperlich zusammen. Frommelt bekam Angst, dass sie hier ohnmächtig werden würde. »Sollen wir Ihnen einen Arzt holen?«

Sie schüttelte noch einmal den Kopf, und jetzt ging ein Ruck durch ihren Körper. »Nein, nicht nötig. Danke. Ich weiß es nicht, ich weiß nur noch, dass irgendwer im Haus war, und ich dachte, die Person würde mich angreifen.«

»Sie haben Moritz Weiß nicht erkannt?«

»Nein«, hauchte sie.

Reinhold Petrovic, der bislang schweigend neben Frau Falkenberg gesessen hatte, straffte seinen Körper. »Jetzt ist es aber genug. Sie sehen doch, dass es meiner Mandantin nicht gutgeht.«

Frommelt nickte. »Frau Falkenberg, der Kollege bringt Sie jetzt in eine Arrestzelle und sobald die richterlichen Beschlüsse hier sind, werden Sie in die Untersuchungshaft nach Braunschweig verbracht. Es ist immer jemand da, den Sie rufen können, wenn Sie Hilfe brauchen. Zurzeit wird Ihr Haus in Zahrenholz durchsucht. Wir warten ab, was die Ergebnisse uns bringen, und dann sehen wir uns wieder.« Die letzten Sätze waren zwar an Frau Falkenberg gerichtet, Frommelt hatte allerdings den Anwalt angesehen. Dieser nickte und stand auf.

***

Kurz vor sechzehn Uhr kam Johann Kramer mit einem fröhlichen »Hallo« zu den Ermittlern ins Büro. Er bediente sich mit Kaffee und setzte sich Frommelt gegenüber an den Schreibtisch.

»Hallo, Johann, ich denke, du hast Urlaub?«

»Ich?« Kramer lachte laut auf. »Wie kommst du denn darauf? Sklaven bekommen keinen Urlaub.« Als er Frommelts erschrockenes Gesicht sah, fügte er schnell hinzu: »Kleiner Scherz.«

»Die Frauen machen mich noch mürbe«, sagte Frommelt zerknirscht.

»Im Allgemeinen, oder denkst du an spezielle Geschöpfe dieser Gattung?« Kramer konnte das Lachen scheinbar kaum unterdrücken, also winkte Frommelt ab und kehrte das Gespräch wieder in die dienstliche Richtung. »Karina hat mir heute Vormittag erzählt, dass du erst in zwei Tagen wieder im Haus bist.«

»Ui, hast du sie geärgert?«, fragte Kramer.

»Ne, wieso?«

»Na ja, wenn man ihre Autorität untergräbt, dann kann sie ganz schön zickig werden«, sagte Kramer.

Frommelt senkte den Kopf. Er sollte den Umgang mit Frauen wohl noch besser üben. »Hast du etwas Neues für uns? Was ist bei der Hausdurchsuchung herausgekommen?«

Kramer hielt in der einen Hand seine Tasse, mit der anderen wedelte er mit einem etwas zerfledderten Schriftstück vor Frommelts Gesicht herum. »Ich hab ihn«, sagte Kramer und drückte das Papier Bräuer in die Hand, der mit seinem Stuhl nähergerückt war. Hannah und Frommelt machten lange Hälse, konnten aber aus der Entfernung nicht erkennen, um was es sich handelte.

»Das ist ja ein Ding. Wo hast du den denn her?«, fragte Bräuer und zog die Stirn in Falten.

»Könnte mal bitte jemand …«, begann Frommelt, doch Bräuer unterbrach ihn sofort: »Das ist anscheinend der Vertrag, nach dem wir gesucht haben. Man kann leider nicht allzu viel lesen, aber das Wichtigste ist erkenntlich. Die Schrift ist schon ziemlich verblichen.«

Jetzt waren Frommelt und Hannah aufgestanden und schauten Bräuer über die Schulter.

Kramer nippte an seinem Kaffee, der sehr heiß zu sein schien, denn er zuckte zurück und pustete in die Tasse. »Das Ding lag in einer Flurkommode bei den Falkenbergs.«

»War er schon die ganze Zeit über dort drin?«, fragte Hannah.

Kramer schüttelte den Kopf. »Das kann man nicht so genau nachvollziehen, wir müssen die Spuren daran erst genauer untersuchen. Wie Leonhard Falkenberg sagte, befand sich die Kommode bereits im Haus, als sie einzogen. Sie muss also den ehemaligen Besitzern gehört haben; aber die Halstücher, die sich ebenso in der Schublade befunden haben, gehören Frau Falkenberg. Hundert Prozent sicher ist es allerdings nicht. Möglich ist auch, dass dieser Vertrag bereits vor dem Einzug der Falkenbergs im Haus gewesen ist. Frau Falkenberg könnte das Papier gefunden und in der Hand gehabt haben und weil sie nichts damit anfangen konnte, hat sie es zwischen ihre Tücher gelegt.«

»Im Grunde wäre das ja egal, der Vertrag war im Haus der Familie Falkenberg. Die Frage ist doch: Lucy Kauber suchte diesen Kontrakt, wie kam er in das alte Scheurich-Haus?« Frommelt richtete sich wieder auf und drückte sein Kreuz durch.

»Wir sollten noch einmal mit Sophia Hellmeier sprechen. Habt ihr herausgefunden, um was es darin geht?«

Kramer nickte und schüttelte zugleich den Kopf. »Wie gesagt, alles haben wir nicht entziffern können, aber wir sind dran. Es geht um eine Vereinbarung, in der die Familie Scheurich die Übergabe von dem Mädchen Louisa an die Familie Kauber beurkundet haben und dass Kaubers in Zukunft Louisa als ihre eigene Tochter ausgeben durften. Damit dürfte feststehen, dass Lucy Kauber und Sophia Hellmeier Zwillinge sind. Unterschrieben wurde der Vertrag von Guntram Kauber und M. Scheurich.«

»Na, das sind ja mal Neuigkeiten. Dann ist Louisa, beziehungsweise Lucy, gar nicht die leibliche Tochter von Guntram und Marianne Kauber«, sagte Hannah.

»Stimmt. Und die Mädchen wurden kurz nach ihrer Geburt getrennt.« Frommelt nahm den Vertrag in die Hand und las, als stünde dort die Antwort auf all seine Fragen.

»Aber was hat das alles mit Marina Falkenberg und dem Mord an der alten Hebamme zu tun?« Bräuer war aufgestanden und lief zwischen Schreibtisch und Tafel hin und her wie ein Tiger auf Beutezug.

»Nehmen wir doch einmal an, dass Marina Falkenberg den Vertrag schon am Tag des Umzugs gefunden hat. Und begriff, dass hier ein Kind weggegeben wurde. Sie hat ja ihr eigenes Kind verloren. Hat sie auch begriffen, dass hier Zwillinge getrennt wurden, und ist durchgedreht, als sie ein paar Stunden später die Worte der alten Hebamme gehört hatte? Dass sich die verlorenen Kinder rächen würden? Und dass Louisa nichts dafür kann? Der Name steht ja leserlich auf dem Vertrag.« Frommelt ging zur Tafel und schaute sich die Fotos an, obwohl er wusste, dass er damit zu keiner Erkenntnis kommen konnte.

»Und du meinst, die Worte hätten sie so erschrocken, dass sie nachts aufsteht, zu Frau Kirch rennt und sie umbringt?« Bräuer schüttelte den Kopf.

»Was weiß denn ich?« Frommelts Telefon klingelte. Es war das Krankenhaus. Der behandelnde Arzt informierte ihn über das Ergebnis der Blutuntersuchung von Marina Falkenberg. Er würde den Bericht sofort an ihn schicken. Als Frommelt einen Augenblick später die Mail öffnete, konnte er mit den vielen Fachbegriffen nichts anfangen und bat Kramer, sich das einmal anzusehen. Dieser nickte beim Lesen mit dem Kopf, drehte sich zu den Kollegen um und sagte: »Viel habe ich ja nicht verstanden, das müsste ich noch mal nachschlagen. Ich bin ja kein Arzt. Aber es wurde in Frau Falkenbergs Blut ein Medikamentencocktail nachgewiesen, unter anderem ein heftiges Barbiturat. Das soll vor allem beruhigend sein und Angstzustände mildern.«

»Was heißt das?«, fragte Frommelt.

Kramer nannte einige Namen von Arzneimitteln, mit denen Frommelt nichts anzufangen wusste. »Bei dieser Wechselwirkung der einzelnen Bausteine, die sie hier eingenommen hat, müsste sie völlig durchgedreht sein«, beendete Kramer seinen Vortrag.

»Da ist auch ein ganz heftiges Psychopharmaka aufgeführt«, sagte Hannah. »So etwas in der Art hat eine Freundin mal genommen, als es ihr sch… ähm, nicht so gut ging.«

»Wie wirken die?«

»Du stehst vollkommen neben dir, siehst die Welt nur noch durch Watte und begreifst nicht, was um dich herum geschieht.«

»Du meinst, sie könnte die Tat begangen haben, kann sich aber nicht mehr erinnern, dass sie es war?«

»Das könnte möglich sein«, antwortete Kramer und stand auf. Bevor er die Tür öffnete, drehte er sich noch einmal um. »Ach ja, ehe ich es vergesse, in der Küche der Falkenbergs stand ein Messerblock, in dem ein Messer fehlte. Die übrigen sind identisch mit der Tatwaffe.«

»Das ist ja schon mal ein gewaltiger Fortschritt«, sagte Frommelt.

»Na, nicht so schnell mit den jungen Pferden. Das sind handelsübliche Messer, die man überall kaufen kann.« Kramer winkte zum Gruß und verließ den Raum.

Frommelt dachte noch einen Moment über die jüngsten Entwicklungen nach, ehe er zum Telefon griff und Bernie auf den neuesten Stand brachte.

***

Marina Falkenberg stützte ihren Kopf mit den Händen ab. Sie saß auf der harten Gummimatratze in der Arrestzelle und starrte auf die kleine vergitterte Öffnung in der Wand. Durch das Fenster drang nicht sehr viel Licht in den Raum, doch es war ihr egal. Konnte es möglich sein, dass sie die alte Hebamme umgebracht hatte? Es klang so logisch, was die Polizisten ihr unterstellt hatten, dann musste sie es wohl gewesen sein. Warum konnte sie sich nicht mehr daran erinnern? Sie versuchte, sich den Abend bei Moritz und Claudia in Erinnerung zu rufen, und zu einem kleinen Teil gelang ihr das sogar. Bis sie wieder zu Hause gewesen war und Leon ihr die Schlaftabletten gegeben hatte. Danach wurde es dunkel in ihrer Erinnerung. War sie dann wirklich wieder aufgestanden und zum Haus der Hebamme gelaufen? Hatte sie die alte Frau umgebracht, weil diese ihr das Kind missgönnt hatte?

Ihre Spuren waren an der Jogginghose gefunden worden. Sie wusste noch, dass sie diese Hose zum Einkaufen getragen hatte, dass sie den ganzen Tag damit herumgelaufen war, und sie erinnerte sich, wie wütend Leon wurde. Und heute Morgen, warum war sie mit dem Messer auf Moritz losgegangen? Diese grellen Farben, die kreischenden Geräusche – woher kamen die? So etwas hatte sie noch nie zuvor erlebt. Sicher, das ein oder andere Mal konnte sie sich nicht erinnern, wo sie sich aufgehalten hatte, was sie kurz zuvor noch gedacht oder gemacht hatte, aber so schlimm war es noch nie gewesen. War sie wirklich eine Mörderin und wusste nichts mehr davon?

***

Kurz nachdem Kramer das Büro verlassen hatte, betrat Leonhard Falkenberg mit einer kleinen Tasche den Raum. Er sah bestürzt aus und stand wie verwirrt auf der Stelle, bis Frommelt ihn bat, sich zu setzen.

»Herr Falkenberg«, begann er, »wir haben Ihre Frau in der Helios-Klinik untersuchen lassen, und dabei wurde festgestellt, dass sie eine sehr gefährliche Medikamentenmischung im Blut hatte. Können Sie uns das erklären?«

Leon Falkenberg schüttelte den Kopf. »Nicht wirklich. Ich habe zusammen mit einer Kollegin einen Therapieplan aufgestellt. Die Medikamente, die meine Frau einnimmt, sind gegen ihre Depression. Sie wissen ja, dass sie diese Fehlgeburt hatte …« Falkenberg stockte, er schluckte trocken, und Frommelt hatte den Eindruck, als würde er gleich anfangen zu heulen. Es dauerte einen Moment, bis Falkenberg weitersprechen konnte. »Wissen Sie, meine Frau hatte keine allzu schöne Kindheit. Der Vater war Alkoholiker, und die Mutter litt auch an Depressionen. Sie nahm sich das Leben, als Marina vierzehn war. Bis sie volljährig wurde, wohnte sie bei ihrem Vater, dann zog sie in eine eigene Wohnung und arbeitete im Krankenhaus in Braunschweig in der Verwaltung. Dort haben wir uns auch kennengelernt und einige Jahre später geheiratet.«

»Würden Sie mir bitte die Namen der Medikamente aufschreiben, die Sie Ihrer Frau gegeben haben?«

Falkenberg nickte. »Natürlich.« Er nahm den Zettel, den Frommelt ihm über den Schreibtisch vor die Hände schob, und notierte darauf einige Worte.

»Vielen Dank, ich werde das überprüfen lassen. Wissen Sie, ob Ihre Frau noch weitere Arzneien eingenommen hat?«

»Das kann ich mir nicht vorstellen. Von mir hat sie jedenfalls nichts anderes bekommen.«

»Dann danke ich Ihnen erstmal«, sagte Frommelt, stand auf und reichte Falkenberg die Hand.

»Was haltet Ihr davon?«, fragte Frommelt, als Falkenberg zur Tür hinaus war.

»Er schien erschüttert zu sein«, sagte Hannah.

»Möglich.« Frommelt lief durch den Raum, besah sich die Fotos an der Wand und die Notizen dazu, schüttelte den Kopf, setzte sich wieder auf seinen Platz und verharrte dort; in seine Gedanken versunken, bis Bräuer einen *schönen Feierabend* wünschte.

***

Am nächsten Morgen fuhr Frommelt direkt von Neudorf-Platendorf aus nach Zahrenholz. Während der knapp halbstündigen Fahrt hatte er Zeit, über seine Probleme mit Birgit nachzudenken. Dabei fiel ihm auf, dass er keine Probleme mit Birgit hatte – sondern sie mit ihm. Was hatte er nur falsch gemacht? Den Brief konnte sie nicht gelesen haben und wenn, dann wäre das auch nicht schlimm gewesen, wenn sie jetzt wüsste, dass seine Scheidung von Maren nun endgültig bevorstand. Das wäre kein Grund, mit einem Rosenstrauß auf ihn einzuprügeln. Dafür kannte er seine Birgit gut genug. Aber warum hatte sie Maren erwähnt? Welchen Grund gab es, dass sie annahm, er würde sie mit seiner Exfrau betrügen? Wie auch immer er es hin- und herdrehte, er kam zu keinem Ergebnis.

Ohne dass es ihm bewusst geworden war, war er in Zahrenholz angekommen. Hier wollte er mit Sophia Hellmeier reden. Dieses Gefühl, dass sie ihm bei dem letzten Gespräch, als Hannah mit dabei gewesen war, nicht alles erzählt hatte, geisterte seit gestern in seinem Kopf herum.

Frau Hellmeier öffnete auch sofort auf sein Klingeln die Tür und bat ihn in die gemütliche Küche. Er bekam seinen Kaffee und schob ihr eine Kopie des Vertrages hinüber. Sie starrte darauf und nickte.

»Seit wann wissen Sie davon?«

»Ich hatte ihn gefunden.« Sie sah Frommelt schuldbewusst an. »Ich war damals noch sehr klein, und dieses Schriftstück lag zwischen irgendwelchen Unterlagen im Schrank meiner Eltern. Natürlich ist man als Kind neugierig.

Meine Mutter war sehr erschrocken gewesen, aber ich habe immer weiter gequengelt, dass sie es mir erzählen sollte. Sie hat sich gewunden und drum herumgeredet. Dabei hatte sie sich wohl versprochen und den Namen Louisa erwähnt. Ich habe nachgehakt, wie man als Kind so ist, aber nicht alles genau begriffen.«

»Wie alt waren Sie zu dieser Zeit?«

»Ich muss so etwa zehn Jahre alt gewesen sein.«

»Was genau hat Ihre Mutter zu Ihnen gesagt?«

»Es war sehr verworren. Den genauen Wortlaut bekomme ich nicht mehr hin, aber sie erzählte, dass niemand von diesem Vertrag wissen dürfe und dass ich niemals irgendjemandem von Louisa erzählen darf. Sonst sei Louisa in Gefahr.«

»Können Sie sich vorstellen, warum Louisa in Gefahr gewesen sein sollte und wo sie sich aufgehalten hat? Also damals und heute?«

Frau Hellmeier antwortete nicht sofort. Sie schien mit ihren Gedanken sehr weit fort zu sein. Frommelt vermutete, dass sie sich an die Aussprache mit ihrer Mutter erinnern wollte. Dann schüttelte sie den Kopf. »Nein. Meine Mutter brach das Gespräch sehr schnell ab. Bis zu dem Tag, als Sie mir gesagt hatten, dass Lucy und Louisa ein- und dieselbe Person sind, wusste ich ja gar nicht, wer oder wo sie ist.«

»Wussten Sie, dass Louisa Kauber Ihre Zwillingsschwester ist?«

»Ich hatte da so irgendetwas geahnt … als Kind macht man sich so seine Gedanken … aber gewusst, nein, gewusst habe ich nichts davon.«

»Können Sie sich einen Grund vorstellen, warum Ihre Zwillingsschwester fortgegeben wurde?«

»Tut mir leid, nein. Meine Mutter war sehr aufgebracht, sobald ich nachfragte. Es hatte keinen Sinn mehr gehabt, überhaupt danach zu fragen.«

»Hatte sie Angst?«

»Ich weiß es nicht. Aber wenn Sie mich jetzt so fragen, es könnte schon möglich sein. Wie gesagt, ich war noch ein Kind gewesen.«

»Wo ist die zweite, also die Ausfertigung für Ihre Mutter geblieben?« Frommelt tippte auf dem Papier herum.

»Sie hatte mir die Papiere sofort aus der Hand gerissen. Wo das dann geblieben ist, das weiß ich wirklich nicht. Ich vermute aber, drüben im anderen Haus, oben auf dem Boden. Ich hatte damals, als meine Schwester Mechthild und ihr Mann tot waren und wir das alte Haus ausräumten, die ganzen Unterlagen in eine Kiste gepackt und nie mehr angesehen.« Sophia Hellmeier wischte mit der Hand über den Vertrag und schien einen nicht erkennbaren Gegenstand zu fixieren.

»Das ist dieses Exemplar hier.« Frommelt nahm den Vertrag in die Hand und hielt ihn Frau Hellmeier vor das Gesicht. »Es muss aber noch eine weitere Ausführung geben.«

Sie nickte kaum merklich und sackte in sich zusammen. Dann sah sie Frommelt an und flüsterte: »Thekla kam zu mir und hat ihn mir gebracht.«

»Also war der Vertrag die ganze Zeit hier bei Ihnen im Haus?«

Wieder nickte sie. »Ich durfte doch nichts sagen, ich hatte das versprochen. Ich wollte doch nicht, dass Louisa etwas passiert.«

»Wann war das, als Frau Kirch Ihnen den zweiten Vertrag gebracht hat?«

»Vor vier Wochen etwa.«

»Frau Kirch ist vor zehn Tagen verstorben, also müsste sie ungefähr zwei Wochen vor ihrem Tod bei Ihnen gewesen sein. Ist das richtig?«

»Ja, das kommt hin.«

»Warum war die zweite Ausfertigung bei Frau Kirch und nicht bei der Familie Kauber?«

Frau Hellmeier schien nachzudenken, bis sie sagte: »Ich vermute, dass Louisa nicht wissen sollte, dass die Kaubers nicht ihre richtigen Eltern sind.«

Frommelt nickte zustimmend und gönnte Sophia Hellmeier einen Moment Pause. Vielleicht fiel ihr ja noch ein Detail ein, das wichtig war. Manchmal kehrte die Erinnerung auch nach so langer Zeit wieder zurück. Jetzt tippte Frau Hellmeier auf die Unterschrift und sah Frommelt mit nachdenklich gerunzelter Stirn an. »Ist Ihnen etwas aufgefallen?«, fragte er.

»Die Unterschrift.« Noch einmal beugte sich Sophia Hellmeier über die fast ausgeblichene Schrift.

»Was ist damit?«

»Hier steht M. Scheurich. Aber das ist nicht die Unterschrift meiner Mutter. Sicher, sie hieß Magdalena, aber es ist die Schrift meiner Schwester – und die hieß Mechthild.«

»Also könnte es sein …« Frommelt zögerte.

»Dass meine Schwester eigentlich meine Mutter war?«

***

Jetzt ergab das Ganze schon mehr Sinn. Frommelt beschloss, noch einmal mit dem Bürgermeister zu sprechen. Herr Peuckert öffnete selbst die Tür und freute sich sichtlich, als er Frommelt sah. »Kommen Sie doch bitte herein und erzählen Sie mir, was Sie herausgefunden haben. Wissen Sie, wenn die maroden Knochen nicht mehr so wollen, sitzt man hier den ganzen Tag herum. Es ist immer schön, wenn Besuch kommt und vom Leben da draußen erzählt.« Dabei waren sie im Wohnzimmer angekommen, und Frommelt setzte sich Peuckert gegenüber. »Entschuldigen Sie, aber möchten Sie vielleicht einen Kaffee? Dann mach ich uns schnell einen. Meine Frau ist nicht da, sie geht Donnerstagmorgens immer zur Gymnastik. Soll ja dem Körper ganz guttun, hab ich gehört.« Dabei lächelte er spitzbübisch.

Frommelt lehnte das Angebot ab und kam gleich zur Sache. Er erzählte Peuckert, was es mit dem Vertrag auf sich hatte und wer die Mutter der Zwillinge Sophia Hellmeier und Louisa Kauber ist.

»Ui, damit hätte ich jetzt nicht gerechnet. Aber wenn Sie sagen, dass Mechthild Scheurich die Kinder bekommen hat, na ja, in der damaligen Zeit war das noch nicht so einfach. Sie war damals etwa fünfzehn.« Peuckert kratzte sich nachdenklich am Haaransatz. »Also, die Leute wären bestimmt über die arme Mechthild hergezogen. In diesem

Alter ohne Mann, da wäre sie vermutlich ganz schnell als *leichtes Mädchen* verurteilt worden.«

Frommelt nickte. Diesen Gedanken hatte er auch gehabt. »Was mich jetzt am meisten interessiert«, sagte er. »Warum haben denn die Scheurichs nicht beide Mädchen behalten? Ging es denen finanziell so schlecht?«

Peuckert schüttelte den Kopf. »Nein, ganz bestimmt nicht. Die hatten damals eine sehr ertragreiche Landwirtschaft und Viehzucht. Ihnen gehörten mehrere Hektar Acker, und sie hatten ein gutes Auskommen.«

»Also hätten die alten Scheurichs nach Mechthild durchaus noch zwei weitere Kinder ernähren können.«

»Ganz bestimmt.«

»Was war dann der Grund, dass sie ein Mädchen weggegeben haben? Wollte der alte Scheurich vielleicht lieber einen Jungen haben? Also einen Stammhalter, einen Erben, der den Hof übernimmt?«

»Ne, das kann ich gar nicht glauben. Wissen Sie, der alte Fritz war ganz vernarrt in die Mädchen. Vor allem, als die kleine Sophia auf die Welt kam. Sie waren da ja schon nicht mehr die Jüngsten gewesen. Wir hatten uns damals oft unterhalten, Fritz und ich. Er war vor mir Bürgermeister hier im Dorf gewesen und weil ich noch ziemlich unerfahren war, habe ich ihn oft um Rat gefragt. Manchmal brachte er die Lütte mit hierher zu uns, und sie durfte sich alles bei ihm erlauben. Er hatte es genossen, vor allem wohl, weil seine Große, also die Mechthild, fünfzehn Jahre älter als Sophia ist und kaum noch zu Hause war. Dass Mechthild die Mutter von Sophia ist, das wusste ja niemand. Thekla hat mir die Geburtsbescheinigung gebracht, und warum hätte ich ihr nicht glauben sollen, dass Magdalena und Fritz die Eltern von Sophia sind?«

»Wäre eine Schwangerschaft von Magdalena oder von Mechthild Scheurich nicht im Dorf aufgefallen?«

Peuckert dachte einen Moment nach, wie um sich die alten Bilder in Erinnerung zu rufen. »Die Leni, also Magdalena, war nie die schlankste gewesen. Sie trug meistens sehr weite Kittelschürzen. Ich glaube, da hätte sich ein Bauch gut drunter verstecken lassen und wäre nicht weiter aufgefallen.« Peuckert lachte einmal kurz auf. In seinem sonnengebräunten Gesicht entstanden viele kleine Fältchen. »Wissen Sie, damals versteckte man einen Babybauch noch unter weiten Klamotten. Nicht wie heute.« Peuckert sah Frommelt verschmitzt an. »Mein Sohn und meine Schwiegertochter kamen neulich zu uns zu Besuch. Die Larissa ist grad im siebten Monat schwanger und trug solch ein enges Shirt, dass der halbe Bauch nackig war. Nicht dass ich prüde bin, aber so etwas hat es früher nicht gegeben.«

Frommelt ließ Peuckert seinen Gedanken nachhängen, und einen Augenblick später sagte er: »Und ich erinnere mich, dass man die Mechthild damals im Dorf nur sehr selten gesehen hat. Jeder nahm an, dass der Grund ihre abgebrochene Lehre im Hotel bei den Falkenbergs war. Aber wenn sie schwanger gewesen sein soll, dann hat das alles natürlich einen anderen Grund gehabt.«

»Wie war Mechthild so als junges Mädchen? Kannten Sie sie?«

»Kaum.«

»Wissen Sie, ob während ihrer Ausbildung bei den Falkenbergs im Hotel irgendetwas vorgefallen ist?«

»Davon weiß ich nichts. Ich weiß nur noch, dass der Fritz ziemlich bedrückt war, als er mir davon erzählte. Aber einen Grund hat er mir nicht genannt.«

»Können Sie sich vorstellen, wer der Vater der beiden Mädchen ist?«

»Tut mir leid, da kann ich Ihnen leider nicht helfen. Der Erwin, also Mechthilds Mann, kann es wohl kaum gewesen sein, denn den hat die Mechthild erst viel später kennengelernt. Da war die Sophia schon drei Jahre alt, glaube ich.«

»Und wer käme sonst in Frage?«

Peuckert antwortete nicht und schüttelte nur den Kopf. Das schienen ihm zu viele neue Informationen zu sein. Frommelt stand auf und bedankte sich für das Gespräch.

***

Zitternd saß Lucy auf ihrem Bett und stützte den Kopf in die Hände. Die ganze Aufregung und Fragerei und keine Antworten – das musste sie erst Mal verdauen. Wo sollte sie bloß anfangen zu denken? Das hatte ihr noch nie viel gebracht – das Denken. Durch die Schulzeit war sie mit Ach und Krach gerutscht. Die meiste Zeit des Jahres musste sie ihren Eltern auf dem Hof helfen, gerade während der Erntezeit oder bei der Aussaat im Frühjahr. Im Sommer waren ja lange Ferien und so konnte sie meistens nur im Winter zur Schule gehen.

Falls der Schnee nicht so hoch lag und sie den Weg schaffte, ohne steckenzubleiben. Den Lehrer hatte sie selten gesehen, und oft hatte ihr der Vater einen Zettel mit in den Unterricht gegeben, wenn sie mal wieder längere Zeit nicht dort gewesen war. Mit krakeliger Handschrift hatte er das Wort *krank* draufgeschrieben. Meistens genügte das in der damaligen Zeit, in der die Lehrer wussten, dass auf den Höfen jede helfende Hand gebraucht wurde.

Lucy kratzte sich am Kopf. Womit hatte es bloß angefangen? Mit den neuen Leuten aus der Stadt, die in das alte Scheurich-Haus gezogen waren? Ja, damit hatte alles angefangen. Und dann hatten die Leute geredet. Lucy gab nie viel auf das Getratsche der Dorfbewohner, sie zerrissen sich eh das Maul über sie. Sie sprachen über den alten Falkenberg und dass er krank sein sollte. Papperlapapp – warum sollte das wichtig gewesen sein, schließlich war der Junior in das Haus gezogen, nicht der Alte. Er wird hergekommen sein, um sein Erbe anzutreten.

Viel wichtiger war ihr jetzt die Frage, warum sie das alles so aufwühlte. Gab es ein Geheimnis um das alte Scheurich-Haus? Es konnte nichts mit dem Unfall von Mechthild und ihrem Mann zu tun haben. Neulich, als sie bei der jungen Frau Tee getrunken hatte, konnte sie nichts erkennen, das auf etwas Verborgenes hindeutete. Bis auf das Stück Papier mit ihrem Namen. Die junge Frau, wie hieß die noch? Lucy konnte mit Namen nicht allzu viel anfangen. Sie vergaß sie immer wieder. Die junge Frau also, die war sehr nett gewesen, aber sie hatte mit diesem Geheimnis nichts zu tun, das hatte Lucy sofort gespürt. Die war selber traurig. Das hatte Lucy gemerkt, sich aber nicht zu fragen getraut.

Lucy schüttelte den Kopf. Nein, das war es auch nicht. Es war das Haus selbst, und sie hatte gespürt, dass das alte Gemäuer sich gegen die Neuerungen wehrte. Dieses Haus mochte keine Veränderungen. Jede Sekunde hatte sie das Ächzen und Stöhnen fast körperlich gefühlt.

Das war wie in ihren Träumen gewesen. Nur anders. Immer wieder kam der Traum mit dem Spiegel. Sie hatte keine Angst davor, im Gegenteil. Manche Nacht, wenn sie sich zu Bett legte, hoffte sie, dass sie wieder in diesen Spiegel schauen dürfte. Und betete zum lieben Herrgott dafür.

Manchmal erfüllte er ihr diesen Wunsch. Und wieder sah sie schöner aus als in Wirklichkeit. Dann fuhr sie mit der Hand auf dem kalten Glas ihr Ebenbild entlang, fast, als würde sie sich selbst streicheln.

***

Es war später Vormittag, als Frommelt zurück in Gifhorn war. Bräuer und Hannah nickten ihm nur kurz zu, als er ins Büro kam. Frommelt musste erst die Informationen gedanklich sortieren, ehe er die Kollegen über das Gespräch mit Frau Hellmeier und Peuckert informierte.

Die Tür öffnete sich, und Maren kam auf ihn zu. Das verschlug ihm die Sprache, und er konnte nicht einmal ihren Gruß erwidern. Für Bräuer schien das keine große Sache zu sein, er grüßte und senkte gleich wieder den Kopf über seine Arbeit. Nur Hannah riss die Augen auf.

»Kilian, kann ich dich bitte einen Moment sprechen?«

Frommelt nickte und folgte Maren auf den Flur hinaus.

»Ich würde gerne noch einmal mit dir reden, Kilian«, sagte Maren. Sie hatte heute einen Hosenanzug an. Die Farbe erinnerte ihn an überreife Aprikosen. Sie zupfte an der Jacke herum. »Ich möchte dich gern zum Essen einladen.«

»Maren, bitte.« Konnte ihn diese Frau denn nie mehr in Ruhe lassen?

»Es ist mir sehr wichtig. Bitte.« Sie flüsterte fast.

Fünfzehn Minuten später studierte Frommelt die Speisekarte des *Deutschen Hauses* und stellte fest, dass er heute noch nicht allzu viel gegessen hatte. Sie gaben die Bestellungen auf, dann schaute er Maren ins Gesicht. »Was willst du von mir, Maren? Was gibt es so Wichtiges, dass du mich von der Arbeit wegholst?«

Sie kramte in ihrer Handtasche herum und zog einen Briefumschlag heraus. »Ich habe noch einmal den Antrag mitgebracht, den du unterschreiben musst.«

»Das ist alles?«

»Ja. Ich habe nach deiner Abfuhr am Freitag begriffen, dass ich hier nicht mehr erwünscht bin. Nur noch diese eine Unterschrift, und dann bist du mich los.« Maren legte einen Kugelschreiber vor seine Hände und schob das Schriftstück hinterher. Ohne genau hinzusehen, unterschrieb er auf der gestrichelten Linie und gab ihr das Blatt wieder. Sie lächelte ihn an.

In diesem Moment schwang die Tür des Restaurants auf, und Birgit flog fast auf den Tisch zu, an dem Frommelt und

Maren saßen. Sie baute sich in ihrer ganzen Größe auf und warf die Schultern zurück. Während sie Maren direkt in die Augen schaute, schnappte sie Frommelt am Arm und sagte: »Das ist mein Baby.«

***

So recht begriffen hatte Frommelt das alles noch nicht. Birgit hatte ihn aus dem Lokal gezogen, bis sie auf der Straße standen. »Überleg dir jetzt ganz genau, was du tust«, sagte sie, drehte sich um und stapfte festen Schrittes die Torstraße entlang in Richtung Innenstadt.

Perplex verharrte er noch eine Weile auf der Stelle und musste sich einmal kurz schütteln. Dann schlich er über den Knickwall zur Polizeiinspektion zurück.

»Das ist ja ein Ding«, sagte Hannah, als Frommelt wieder im Büro war. Er entschuldigte sich für den Zwischenfall mit Maren und erzählte den Kollegen die Neuigkeit, dass Mechthild die Mutter von Sophia und Louisa war. »Heißt das, wir können noch einmal ganz von vorn beginnen?«

»Es könnte bedeuten, dass wir einer völlig falschen Spur gefolgt sind. Roland, was hältst du davon?« Frommelt heftete die Fotos an der Tafel in eine neue Reihenfolge.

Bräuer, der sich schweigsam im Hintergrund gehalten hatte, nickte. »Lasst uns das mal chronologisch angehen. Was wissen wir?«

Da das wohl eine rhetorische Frage war, unterbrach Frommelt den Kollegen nicht.

»Am 5. August 1961 liegt Mechthild Scheurich mit Zwillingen in den Wehen.« Hier musste Bräuer schwer schlucken. Frommelt wusste, warum der Kollege so betroffen war.

»Thekla Kirch war die Hebamme und holte die Kinder auf die Welt.« Bräuer kratzte sich am Kinn. »Damals gab es ja die modernen Geräte von heute noch nicht überall, und die Schwangeren gingen auch nicht so regelmäßig zur Vorsorgeuntersuchung. Das hat mir meine Großmutter einmal erzählt, als ich als Kind bei ihr in den Schulferien im Urlaub gewesen bin. Die wohnte im Hunsrück in einem kleinen Dorf. In der Nachbarschaft hatte eine Familie auch Zwillinge bekommen, und auf meine Frage antwortete sie, dass es durchaus üblich gewesen sei, dass die Hebamme bei der Geburt des Kindes sagte: Bleiben Sie mal liegen, Kindchen, da kommt noch eins.« Frommelt musste grinsen. So etwas in der Art hatte ihm seine Großmutter auch erzählt, zwar mit anderen Worten, aber der Sinn blieb der Gleiche.

»Ich schweife ab«, sagte Bräuer. »Was bedeutete das in jener Zeit für Mechthild Scheurich? Sie war damals …« Bräuer sah in seinen Unterlagen nach. »… fünfzehn Jahre alt. Nicht verheiratet und zwei uneheliche Kinder am Hals. Das war in solch einem kleinen Dorf ziemlich problematisch. Da konnte ein junges Mädchen schnell als sittenlos in Verruf geraten.«

Frommelt fielen Peuckerts Worte über das *leichte Mädchen* ein. So hatte man es damals tatsächlich genannt.

»Also gaben Mechthilds Eltern die kleine Louisa weg. Warum? Sie hätten ohne finanzielle Schwierigkeiten durchaus beide Kinder behalten können, wie mir Herr Peuckert vorhin erzählte«, sagte Frommelt.

»Und wenn sie davon gar nichts wussten? Ich meine, vielleicht hat Frau Kirch Mechthild überredet, ein Kind wegzugeben, und dann mit den Kaubers diesen Vertrag aufgesetzt. Weil sie ja mit Sicherheit wusste, dass Marianne keine Kinder bekommen konnte und sich nichts sehnlicher als ein Baby gewünscht hatte.« Hannah stellte sich neben Frommelt, studierte die neue Reihenfolge und nickte.

»Und Mechthilds Eltern erfuhren erst davon, als es bereits zu spät war?« Bräuer machte einen Versuch aufzustehen, verharrte einen Augenblick und ließ sich wieder auf den Stuhl fallen.

»Vielleicht haben sie das ja auch nie erfahren? Peuckert erzählte mir, dass Fritz Scheurich ganz vernarrt in die beiden Mädchen war. Also in Mechthild und Sophia. Ich könnte mir durchaus vorstellen, dass er Louisa, wenn er von ihrer Existenz gewusst hätte, zurückgeholt hätte.«

»Wurde vielleicht deshalb solch ein Geheimnis daraus gemacht?«, fragte Bräuer.

»Aber wenn Frau Kirch der Louisa, also Lucy Kauber, erst vor anderthalb Wochen gesagt hatte, dass sie auf sich aufpassen soll, dann ergibt das keinen Sinn, denn Magdalena und Fritz Scheurich sind schon lange tot.« Frommelt drehte sich einmal im Kreis, besah sich die Fotos und schüttelte den Kopf.

»Was mich jetzt viel mehr interessieren würde«, sagte Hannah, »wer ist der Vater von Sophia und Louisa?«

»Guter Einwand. Wer käme infrage?« Frommelt kratzte sich am Haaransatz.

Bräuer las aus seinen Notizen vor. »Mechthild hat bei den Falkenbergs als Hausmädchen gearbeitet und ihre Ausbildung abgebrochen. Ist dort etwas vorgefallen? Außerdem steht hier, dass die Familie Scheurich nicht gut auf die Falkenbergs zu sprechen war. Sollten wir dort vielleicht einmal nachhaken?«

»Wen willst du da fragen? Siegburg Falkenberg liegt mit seinem zweiten Herzinfarkt auf der Intensivstation, und niemand weiß, ob er das überleben wird. Und Irmgard, seine Frau, hat er erst einige Zeit später, also nach der Geburt der Zwillinge kennengelernt. Leonhard war da noch gar nicht geboren.« Frommelt ging langsam wieder zu seinem Platz und setzte sich auf die Schreibtischkante.

Hannah hob ein Blatt hoch. »Hier steht, dass Siegburg einige Male bei Frau Kirch gewesen ist. Was wollte er von ihr? Ich glaube jetzt nicht mehr an die Theorie, dass es um den Hauskauf seines Sohnes ging.«

Frommelt griff zum Telefon und rief Sophia Hellmeier an. Er stellte einige Fragen, dann nickte er nur noch und hörte zu. »Ich glaube, wir nähern uns jetzt langsam dem wahren Hintergrund«, begann Frommelt, als er das Gespräch beendet hatte. »Frau Hellmeier erzählte mir eben auf meine Frage, ob Siegburg Falkenberg ihre Familie besucht hatte, dass er wohl häufiger dagewesen sei und sie es merkwürdig fand, dass ihre Schwester, ähm … also Mechthild, dann immer sehr aufgebracht und erzürnt war. Sie hätte einmal ein Gespräch belauscht und die Worte gehört: *Er solle sich zum Düvel scheern, einmal würde reichen.* Was diese Worte bedeuteten, darum hätte sie sich als Kind keine Gedanken gemacht.«

»Wir sollten uns aber trotzdem mit Irmgard Falkenberg unterhalten. Vielleicht hat sie ja zufällig etwas mitbekommen.«

»Gute Idee.« Frommelt griff zum Telefon und rief Frau Falkenberg auf dem Handy an. Als er das Gespräch beendet hatte, drehte er sich zu seinen Kollegen um. »Ich fahre jetzt in die Helios-Klinik. Frau Falkenberg ist gerade dort bei ihrem Mann.«

***

Auf dem Parkplatz der Klinik blieb Frommelt im Auto sitzen, zog sein Handy aus der Tasche und rief Richard an. Er musste wieder Klarheit bekommen, was Birgits Auftritt vorhin zu bedeuten hatte, und Richard war der einzige Mensch, der ihm dabei helfen konnte. Nachdem Frommelt seinem Freund davon erzählt hatte, sagte dieser: »Dann ist noch nicht alles verloren. Ich habe dir ja gesagt, dass sie bei mir war und sich ausgeheult hat. Und ich hatte ihr dann geraten zu kämpfen.« Frommelt erinnerte sich an seinen *Kampf* mit den dornenreichen Rosen. Sie überlegten gemeinsam, wie Frommelt es anstellen könnte, um Birgit wieder zu versöhnen. Ehe sie sich verabschiedeten, fragte Richard: »Und du bist dir ganz sicher?«

Frommelt ging über den Flur der Helios-Klinik in Richtung Intensivstation. Er sah Frau Falkenberg schon von weitem auf einem der unbequemen Plastikstühle sitzen. Sie nickte ihm zu, als er näherkam. Frommelt reichte ihr die Hand. »Guten Tag, Frau Falkenberg. Wie geht es Ihrem Mann?«

»Herr Frommelt, guten Tag. Heute geht es ihm schon wieder etwas besser. Ich konnte vorhin kurz mit ihm sprechen. Die Ärzte sind gerade bei ihm. Vielleicht kommt er heute noch auf ein normales Zimmer.«

»Das freut mich.« Frommelt setzte sich neben sie. »Können Sie mir jetzt ein paar Fragen beantworten?«

Sie nickte. »Ich hab ja grad nichts Besseres zu tun.« Dabei lächelte sie zaghaft, trotz der Sorgen um ihren Mann.

Frommelt lächelte zurück und fragte: »Wann haben Sie Ihren Mann kennengelernt?«

Irmgard Falkenberg hielt seine Worte, wie es Frommelt schien und wie er beabsichtigt hatte, für einleitende, harmlose Plauderei. Mit einem entspannten Gesicht lehnte sie sich auf dem Stuhl zurück und schaute in die Ferne, ohne einen bestimmten Punkt zu fixieren. »Das war eine schöne Zeit, damals. Siegburg sollte das Hotel von seinem Vater übernehmen, der sich im Laufe der nächsten Jahre zur Ruhe setzen wollte. Wir haben uns auf dem Schützenfest kennengelernt.« Sie lächelte, anscheinend in der Erinnerung. »Das klingt fast wie ein Klischee, oder? Aber so war das damals, man lernte sich auf Festen kennen oder heiratete jemanden aus dem Dorf.« Irmgard Falkenberg schwieg eine Weile, bis sie fragte: »Wie geht es Marina?«

»Sie mögen sie sehr, nicht wahr?«

Frau Falkenberg nickte. »Ja. Damals, als Leon uns angerufen hatte, um uns von der bevorstehenden Hochzeit zu erzählen, war ich richtig glücklich. Weil … na ja, wie soll ich das jetzt sagen … nach der Sache mit Katharina …«

»Ihr Sohn hat Katharina Hellmeier sehr geliebt, oder?«

Sie nickte nachdenklich. »Er ist nach dem Unglück fast jeden Tag zu ihr in die Klinik gefahren. Aber er konnte ihr nicht helfen. Wissen Sie, was ich glaube? Dass er damals schon den Entschluss gefasst hatte, Arzt zu werden. In der Hoffnung, dass er Katharina wieder gesund machen könnte. Obwohl er sich dadurch mit seinem Vater überworfen hatte.«

»Wie meinen Sie das?«

»Mein Mann wollte unbedingt, dass Leonhard das Hotel übernimmt. Wie damals er selbst von seinem Vater. Und als Leon erklärt hat, dass er Medizin studieren würde, ist sein Vater ausgerastet. Wir hatten über mehrere Jahre keinen Kontakt zu unserem Sohn. Bis … ja, bis er vor kurzem in dieses schreckliche Haus gezogen ist und uns erzählt hat, dass er das Hotel übernehmen würde.«

»Wieso jetzt auf einmal?«

»Nachdem mein Mann vor einem halben Jahr den ersten Infarkt hatte, konnte er nicht mehr vollständig mitarbeiten. Ich allein habe die Arbeit nicht geschafft. Das Hotel lief nicht mehr so gut, und wir hätten es bald aufgeben müssen. Wir haben uns mit Leonhard unterhalten, und er meinte, er würde es übernehmen und eine Kurklinik daraus machen. Da ist mein Mann fast durchgedreht.«

»Dann kannten Sie Marina, Ihre Schwiegertochter, bisher auch kaum, oder?«

»Wenn ich ehrlich sein soll, Herr Frommelt, habe ich sie in all den Jahren nur zwei Mal gesehen. Selbst zur Hochzeit wollte mein Mann nicht hingehen. Können Sie sich das vorstellen? Wir mussten dann eine Urlaubsreise als Grund angeben, um abzusagen.«

»Wissen Sie, warum Ihre Schwiegertochter gestern Morgen so ausgerastet ist und mit dem Messer auf Herrn Weiß losging?«

»Eigentlich kann ich mir das nicht erklären, aber …« Sie stockte und presste ihre Handflächen auf die Oberschenkel.

»Aber?«

Irmgard Falkenberg zog eine kleine Pappschachtel aus ihrer Jackentasche und gab sie Frommelt.

»Was ist das?«

»Das habe ich gestern bei Marina und Leonhard in der Mülltonne gefunden. Ich weiß nicht, ob es etwas zu bedeuten hat.«

Frommelt steckte die Schachtel ein, darum würde er sich später kümmern, jetzt hatte er etwas anderes auf dem Herzen. »Kannten Sie eigentlich Mechthild Scheurich? Sie hatte damals eine Ausbildung bei Ihnen im Hotel gemacht und kurz vor dem Abschluss die Lehre abgebrochen.«

»Ich kannte Mechthild vom Dorf her, man ist sich hin und wieder mal über den Weg gelaufen. Aber sie hatte schon lange nicht mehr im Hotel gearbeitet, als ich dort einzog.«

»Und Ihr Mann? Wie stand er zur Familie Scheurich oder besonders zu Mechthild?«

»Er hat immer gut über sie geredet. Ich glaube, er mochte sie sehr.«

»Waren Ihre Familien miteinander befreundet?«

»Ich weiß nicht. Aber was sollen diese ganzen Fragen?«

Ehe Frommelt antworten konnte, ging neben ihnen die Tür auf, und drei Ärzte kamen auf den Flur. Zwei von ihnen rauschten weiter, der dritte blieb vor Irmgard Falkenberg stehen. Frommelt stand auf und entfernte sich ein Stück; das hier war privat und ging nur die Ehefrau etwas an. Er würde sich später noch mit dem Arzt unterhalten. Frau Falkenberg kam auf ihn zu. »Meinem Mann geht es etwas besser, und ich kann jetzt kurz zu ihm. Er darf sich jedoch nicht aufregen.«

Frommelt nickte, Irmgard Falkenberg verschwand im Zimmer. Der Arzt stand noch immer auf dem Flur und telefonierte. Frommelt ging auf ihn zu, als er das Handy in die Tasche steckte, und las das Schild an seinem Kittel. »Doktor Groneck, haben Sie einen Moment Zeit für mich?«

Der Arzt reichte ihm die Hand. »Was kann ich für Sie tun, Herr …«

»Kilian Frommelt, Kripo Gifhorn. Können Sie mir sagen, wie es Herrn Falkenberg geht und ob ich kurz mit ihm sprechen kann?«

»Na ja, nach dem zweiten Herzinfarkt, das ist schon nicht ohne. Es hätte leicht schiefgehen können.« Groneck kratzte sich am Kinn. »Er darf im Moment noch keinen Besuch empfangen, daher bitte ich Sie, ein andermal wiederzukommen.«

Ehe Frommelt etwas erwidern konnte, piepste Gronecks Rufgerät. »Entschuldigen Sie mich jetzt bitte, ein Notfall.«

***

Frommelt fuhr zur Polizeiinspektion zurück, doch ehe er in sein Büro ging, wollte er zu Kramer in die Kriminaltechnik. Im hinteren Raum standen Karina Wagenfeld und der Mann mit der Nickelbrille eng beieinander. Wie hieß er nochmal? Es fiel Frommelt nicht ein. Beide waren über ein Mikroskop gebeugt, sie sprachen leise miteinander. »Einen wunderschönen guten Tag.«

Karina und der Mann fuhren wie erwischte Teenager auseinander und starrten Frommelt an.

»Ich will auch gar nicht lange stören, aber Irmgard Falkenberg hat mir eben eine Medikamentenschachtel gegeben.« Frommelt zog die Packung aus der Jackentasche und reichte sie Karina. »Könnt ihr bitte mal herausfinden, was das für ein Zeug ist und ob sich das auch in Marina Falkenbergs Blut befunden hat?«

Karina nahm ihm die Schachtel aus der Hand. »Ich ruf gleich mal einen Spezialisten an und schick ihm auch den Bericht über die Blutuntersuchung.«

Karina funkelte ihn böse an. Frommelt wusste nicht, was er schon wieder angestellt hatte. Anscheinend war sein Frauenverständnis auf minus einhundert gefallen.

»Ich geb dir dann Bescheid«, sagte Karina knapp und wandte ihm den Rücken zu. Der Mann mit der Nickelbrille grinste ihn kurz an und beugte sich wieder über seine Arbeit.

Frommelt zog mit gerunzelter Stirn von dannen in Richtung seines Büros.

Bräuer hob sofort den Kopf und warf Frommelt einen fragenden Blick zu, als er die Tür hinter sich geschlossen hatte. »Was hat Herr Falkenberg gesagt? Konntest du mit ihm sprechen?«

Frommelt schüttelte den Kopf. »Er ist noch zu sehr geschwächt und darf sich nicht aufregen. Ich soll ein andermal wiederkommen. Aber Frau Falkenberg hat mir eine Tablettenpackung mitgegeben, die sie bei den jungen Falkenbergs in der Mülltonne gefunden hat. Ich habe sie gleich in die Kriminaltechnik gebracht. Karina meldet sich, sobald sie etwas herausgefunden hat.«

Bräuer versank wieder in seine Arbeit. Er schien enttäuscht zu sein, dass es nicht so schnell voranging, wie er erwartet hatte. Frommelt setzte sich bei Bräuer auf die Schreibtischkante. Hannah war nicht im Raum, so konnte er eine private Frage stellen. »Habt ihr in punkto Nachwuchs schon Neuigkeiten?«

Bräuer lehnte sich in seinem Stuhl zurück. »Puh, wenn du mich so fragst, es ist alles sehr kompliziert. Silke könnte ja drei Jahre in Elternzeit gehen, und es gibt auch mehr Kindergeld – das gleicht die Kosten zwar nicht aus …« Bräuer wischte sich über das Gesicht. »Das eigentliche Problem ist der Hort, wenn Silke vielleicht doch weiterhin halbtags arbeitet. Es gibt keine Plätze und schon gar keine für zwei Kinder. Ich habe jetzt alle einschlägigen Berichte über Kitas durchgelesen und im Internet einige Foren gefunden, in denen sich Gleichgesinnte austauschen. Uns bleibt nur eine einzige Möglichkeit.«

Frommelt hoffte, dass es nicht das war, was er insgeheim befürchtete; dass sich Bräuer auf einen höheren Posten bewerben und versetzen lassen wollte. Bräuer musste ihm seine Besorgnisse wohl angesehen haben. »Keine Bange, ich bleib euch erhalten. Meinst du, jetzt wo wir uns alle so liebhaben, geh ich hier weg?«

Frommelt schaute ihn derart entgeistert an, dass Bräuer lauthals auflachte. »War ein Scherz, verehrter Kollege. Also das mit dem Liebhaben.«

Solche Scherze vertrug Frommelt im Moment überhaupt nicht.

»Hier aus der Gegend in und um Gifhorn haben sich etwa zwölf Elternpaare zusammengefunden, und wir werden eine private Kita gründen. Vielleicht als Verein, das muss noch genauer besprochen werden. Aber es sollen zwei Erzieherinnen oder Erzieher eingestellt werden, und jedes Vereinsmitglied muss eine bestimmte Anzahl Stunden abarbeiten. Als Hilfe gewissermaßen, dass die Erzieher auch mal Urlaub machen können, oder im Falle, dass sie krank werden. Vielleicht kommen ja noch weitere Interessierte hinzu, dann kann man sich die Kosten besser teilen. Genaueres muss noch beschlossen werden, aber es ist schon mal ein Anfang.«

»Das hört sich doch recht gut an. Ich bin froh, dass ihr euch für die Kinder entschieden habt.«

In diesem Moment ging die Tür auf, und Karina kam herein. Sie hielt die Schachtel, die Frommelt ihr gegeben hatte, in der Hand. »Hallo, Kollegen.«

Das Wort *Lieblingskollegen* hatte sich eindeutig verkürzt. Frommelt war enttäuscht. Was hatte er denn getan, dass Karina so knapp zu ihm war?

»Ich habe eben mit diesem Spezialisten telefoniert. Er war mir noch einen Gefallen schuldig. Also bei dem Medikament hier ...«, Karina hielt die leere Tablettenschachtel in die Höhe, »... die lateinischen Ausdrücke erspare ich euch jetzt mal, geht es insbesondere um die Wechselwirkung von Dopamin mit den anderen Arzneien. Also, wenn Frau Falkenberg all das Zeug geschluckt hat, ist es kein Wunder, dass sie Wahnvorstellungen bekommen hat. Das hier steht eindeutig nicht auf der Liste, die Leonhard Falkenberg angefertigt hat.«

»Wo bekommt man das her?«, fragte Frommelt.

»Nur durch ein Rezept von einem Arzt.« Karina legte die Packung und den Zettel auf Frommelts Schreibtisch.

»Dann hat Leonhard Falkenberg gelogen?«

Karina zog die Schultern hoch und rauschte zur Tür hinaus.

»Oder er wusste vielleicht gar nichts von diesem Medikament?« Bräuer war aufgestanden und schaute sich den Bericht von Karina genauer an. »Aber woher sollte Marina Falkenberg diese Tabletten denn sonst haben?«

In diesem Moment kam Hannah, gefolgt von Bernie, wieder ins Zimmer. »Hallo, Jungs, alles in Ordnung bei euch?« Bernie sah von einem zum anderen, bekam aber keine Antwort. Frommelt streckte die flache Hand in ihre Richtung, wie, um sie auf Abstand zu halten. Ein deutliches Zeichen, dass er Ruhe zum Nachdenken brauchte. »Irmgard Falkenberg hat mir diese Schachtel eben im Krankenhaus gegeben.«

Bräuer wühlte währenddessen auf seinem Schreibtisch in den Papieren herum. »Hier.« Er tippte auf ein Blatt. »Irmgard Falkenberg war früher, vor ihrer Heirat mit Siegburg, Krankenschwester gewesen.«

»Aber das ist ewig her.«

»Verlernt man so etwas?«

Hannah hüstelte. Frommelt brachte sie mit knappen Sätzen auf den neuesten Stand. Bernie schaute sich nach Kaffee um, doch da die Kanne leer war, setzte sie sich auf einen Stuhl und hörte aufmerksam zu.

»Meinst du, sie hat sich dieses Medikament im Krankenhaus beschafft?« Frommelt schielte zu Bernie hinüber, doch die verzog keine Miene.

»Vielleicht kennt sie ja dort noch jemanden? Dann würde sie ihren eigenen Sohn in die Pfanne hauen. Warum sollte sie das tun?« Hannah besah sich die Schachtel.

»Vielleicht aus Existenzangst. Sie hat mir erzählt, dass ihr Sohn das Hotel übernehmen will, um es in eine supermoderne Kurklinik umzubauen.«

»Ja und?« Hannah nahm die Schachtel mit zu ihrem Schreibtisch.

»In diesem Fall hätten die alten Falkenbergs dort ausziehen müssen. Sie sagte auch, dass ihr Mann sich damals mit seinem Sohn überworfen hätte, weil dieser Arzt werden wollte. Sie hätten jahrelang keinen Kontakt mehr zu ihm gehabt. Für mich klingt das, als will sich der Junior jetzt dafür rächen«, sagte Frommelt.

»Also, Kilian, du meinst, Irmgard Falkenberg will ihren Sohn absichtlich belasten und den Verdacht auf ihn lenken? Welche Mutter tut so etwas?«

Bräuer, der im Raum hin und her gelaufen war, blieb vor der Tafel mit den Fotos stehen. »Wenn das so wäre, wie du sagst, Kilian, welches Motiv hätte Irmgard Falkenberg, Frau Kirch zu töten?«

»Wir wissen, dass Frau Kirch gewürgt wurde, vermutlich um Informationen herauszupressen. Final wurde sie erstochen und das Haus durchsucht. Es sind alles nur Vermutungen, aber ich spinne jetzt einfach mal weiter. Der Täter suchte den Vertrag; und nehmen wir mal an, es war Irmgard Falkenberg gewesen, dann hätte sie zuvor zu ihrem Sohn und der Schwiegertochter gehen und das Tatwerkzeug, also das Messer und die Sporthose holen müssen. Das wäre dann eine Vorsatztat. Ist sie so berechnend?«

»Was ich gerade überlege«, sagte Bernie, »wann hätte sie diese Dinge besorgen können? Frau Kirch ist an dem Tag getötet worden, als die jungen Falkenbergs nach Zahrenholz gezogen sind.«

»Und an beiden Teilen, also dem Messer und der Hose, sind eindeutige Spuren von Marina Falkenberg«, gab Bräuer zu bedenken.

»Will Irmgard Falkenberg ihre Schwiegertochter schützen?« Hannah spielte noch immer mit der Schachtel herum.

»Guter Ansatz. Irmgard Falkenberg hat mir erzählt, dass sie ihre Schwiegertochter erst am vergangenen Freitag, als die jungen Leute bei den Eltern zum Kaffeetrinken waren, nach Jahren wiedergesehen hat. Dann war sie am Dienstag und auch am Mittwoch bei ihrer Schwiegertochter. Und wie sie mir sagte, hat sie Marina sehr gern.« Frommelt setzte sich bei Hannah auf die Schreibtischkante.

»Warum hätte sie ihrer Schwiegertochter das Dopamin heimlich irgendwo untermischen sollen?« Bernie rückte mit ihrem Stuhl in Richtung Fenster, wohl weil Frommelt dicht neben ihr saß. Frommelt schmunzelte in sich hinein, als er Bernies Ausweichmanöver bemerkte.

»Stimmt. Irmgard Falkenberg war sehr geschockt gewesen, dass Marina als Tatverdächtige in Untersuchungshaft sitzt.«

»Vielleicht war sie sich dieser enormen Wirkung des Arzneimittels nicht bewusst gewesen?« Bräuer stand noch immer vor der Tafel und wippte wie üblich in den Knien, wenn er nachdachte.

Bernie stand jetzt auf und lehnte sich an die Fensterbank. »Die Spuren hätten aber durchaus schon vorher an die beiden Teile gekommen sein können. Ein normales Küchenmesser, das benutzt man schon öfter, und bei der Hose können ihre Spuren durch Aufräumen, Waschen, Zusammenlegen haften geblieben sein.«

»Ich erinnere mich, dass Marina Falkenberg solch eine Hose trug, als wir das erste Mal mit ihr gesprochen haben. Es könnte die gleiche Hose gewesen sein«, sagte Frommelt.

»Ich stell jetzt auch mal einige Vermutungen in den Raum«, sagte Bräuer. »Angenommen, Irmgard Falkenberg wusste von dem Vertrag, in dem es um Louisa ging, die von den Kaubers als ihr eigenes Kind angenommen wurde. Und sie vermutete vielleicht auch, dass ihr Mann der Erzeuger von Louisa ist. Wusste sie aber auch, wer die Mutter von Louisa ist? Was ich sagen will ist: Das Hotel läuft nicht mehr gut, ihr Mann ist schwerkrank, und der Sohn soll das Anwesen übernehmen. Sie erfährt von Louisas Existenz und weiß, dass ihr Sohn sein Erbe mit ihr teilen müsste. Aber weiß sie auch, dass Louisa und Sophia Zwillingsschwestern sind? In diesem Fall wäre das Erbe durch drei geteilt worden. Das hätte bedeutet, dass das Hotel verkauft werden müsste. Ich glaube nicht, dass Leonhard große Reichtümer als Arzt angehäuft hat und seine Halbschwestern hätte auszahlen können.«

»Hat also Irmgard Louisa gesucht, um sie zu töten? Lucy Kauber erzählte uns ja, dass Frau Kirch sagte, dass sie in Gefahr sei und auf sich aufpassen soll«, vermutete Hannah.

»Und sie lenkt den Verdacht auf ihren eigenen Sohn, damit er das Hotel nicht erbt und umbauen kann und sie nicht ausziehen müssen.« Bernie schüttelte den Kopf.

»Und dadurch würde sie ihre Schwiegertochter schützen. Aber das passt alles nicht zusammen, wenn sie ihr die Tabletten heimlich verabreicht hätte. Ich glaube, dass da noch mehr dahintersteckt.« Bräuer klopfte mit dem Zeigefinger auf Irmgard Falkenbergs Foto.

»Wir müssen dringend mit Siegburg Falkenberg sprechen. Ich ruf morgen noch mal im Krankenhaus an, vielleicht kann ich ja kurz zu ihm.« Frommelt war jetzt aufgestanden und ging zu seinem Schreibtisch.

»Und wir sollten auch Leonhard Falkenberg noch einmal einbestellen«, sagte Bräuer.

»Das wäre von Vorteil. Roland, übernimmst du das?«

Bräuer nickte.

»Gut, dann machen wir Feierabend und sehen uns morgen früh ausgeruht und voller Elan zur Frühbesprechung wieder.«

***

Frommelt stand früh auf, kochte Kaffee und öffnete den Kühlschrank. Kaum noch etwas zu essen da – fast wie vor einem Jahr, als Birgit noch nicht bei ihm gewohnt hatte. Er würde sich unterwegs ein belegtes Brötchen kaufen. Schmunzelnd ging er unter die Dusche. Birgits Auftritt im *Deutschen Haus* rang ihm Hochachtung ab. Sie war zwar gestern Abend wieder nicht nach Hause gekommen, aber er wollte sie auch nicht bedrängen. Noch immer fand er den Plan, den er mit Richard ausgeheckt hatte, genial. Birgit würde Augen machen. Und er musste Hannah einweihen. Bestimmt war sie es gewesen, die Birgit angerufen und ihr den Tipp mit Maren gegeben hatte. Er schnappte sich die Autoschlüssel und überlegte, ob er sofort ins Büro fahren sollte oder zuerst ins Krankenhaus. Vielleicht ging es Siegburg Falkenberg schon etwas besser, so dass er mit ihm sprechen konnte.

Auf dem Flur der Station, auf der Herr Falkenberg lag, kam Frommelt eine Schwester entgegen. Er fragte nach Doktor Groneck, und sie verwies ihn auf das Ärztezimmer am Ende des Ganges. Als er dort an die Tür klopfte, antwortete niemand. Er sah sich um; von der anderen Seite kam Doktor Groneck mit wehendem Kittel auf ihn zugerauscht. Er schien Frommelt noch zu kennen, denn er streckte schon von weitem seine Hand zur Begrüßung in seine Richtung.

»Guten Morgen, Doktor Groneck«, begann Frommelt. »Ich wollte Sie fragen, ob ich heute kurz mit Herrn Falkenberg sprechen kann?«

»Es tut mir leid, Herr Frommelt, aber Herr Falkenberg ist noch zu sehr geschwächt, um einer ausgiebigen Befragung standzuhalten. Dieses Mal hat es den alten Knaben ziemlich heftig erwischt.« Dabei schaute der Arzt Frommelt mit gerunzelter Stirn an, als ob er noch etwas sagen wollte, es sich aber im letzten Moment verbiss.

Frommelt wagte einen Versuch. »Zum Glück war sein Sohn bei ihm. Er arbeitet ja auch als Arzt hier in der Klinik.«

Groneck kratzte sich am Kinn. »Sie scheinen ein guter Kriminalist zu sein oder Gedanken lesen zu können.« Der Arzt lächelte, und um seine Augen erschienen kleine Faltenkränze. »Ich möchte jetzt und hier bestimmt keinen Kollegen in die Pfanne hauen, aber etwas hat mich doch gewundert. Frau Falkenberg hat mir erzählt, dass ihr Sohn kurz zuvor noch bei seinem Vater gewesen sei, als er den Infarkt hatte. Sie sei unterwegs gewesen und er habe sie auf dem Handy angerufen und gesagt, dass es seinem Vater schlecht gehen würde und sie sofort nach Hause kommen soll. Er hätte den Rettungsdienst bereits gerufen.«

»Und was ist daran so merkwürdig?«

»Gestern habe ich mich noch einmal mit Frau Falkenberg unterhalten und sie gefragt, warum der Sohn seinem Vater kein Aspirin gegeben hätte, als es ihm schlechtging. Und auch das Nitrospray wurde nicht benutzt. Wir haben eine unbenutzte Sprayflasche in der Hosentasche von Herrn Falkenberg gefunden, als er hier eingeliefert wurde.«

»Vielleicht wusste sein Sohn nichts von dem Nitrospray?«

»Als Arzt? Ich bitte Sie.«

»Haben Sie Herrn Falkenberg danach gefragt?«

»Das ist nicht meine Aufgabe, Herr Frommelt. Ich bin hier, um meinen Patienten zu helfen, nicht um die Kompetenz eines Kollegen infrage zu stellen. Sie entschuldigen mich.« Damit drehte sich Groneck auf dem Hacken um und rauschte wieder den Gang entlang. Am Ende des Flurs bog er um die Ecke, bis Frommelt ihn nicht mehr sah.

***

»Sollten wir Irmgard Falkenberg hierher einbestellen? Und wann kommt Leonhard endlich?«, fragte Hannah, nachdem Frommelt den Kollegen von dem Gespräch mit Doktor Groneck erzählt hatte.

Bräuer zuckte wie ertappt zusammen. »Oh, sorry. Dazu kam ich gestern nicht mehr. Wir hatten eine Ultraschalluntersuchung …« Bräuer wurde tatsächlich etwas rot.

Hannah sprang von ihrem Platz auf und lief um den Schreibtisch herum. »Hast du ein Foto dabei, Roland?«

Frommelt rollte mit den Augen. Typisch Frauen, wenn es um Babys ging, waren sie völlig aus dem Häuschen. Und tatsächlich zog Roland Bräuer eine Aufnahme aus seiner Brieftasche und erklärte ausschweifend die Details auf dem Foto. Bis es Frommelt zu bunt wurde und er sich räusperte. »Könnten wir dann bitte mal wieder zu unserem Fall zurückkommen?«

Wie ertappte kleine Kinder saßen Hannah und Bräuer jetzt wieder auf ihren Plätzen. »Wo waren wir nochmal?« Hannah klimperte entschuldigend mit den Wimpern.

»Ob wir mit Irmgard Falkenberg sprechen sollten.«

»Ich weiß nicht, ob das so sinnvoll ist. Vielleicht scheuchen wir damit nur die Hühner auf«, sagte Hannah.

»Oder den Täter.« Bräuer, der das Foto wieder ordentlich zurück in seine Brieftasche steckte, drehte sich mit seinem Stuhl um.

»Du hältst Frau Falkenberg für schuldig?«, fragte Hannah.

»Ich weiß es nicht und kann auch nicht erklären, weshalb ich Zweifel habe. Wir müssen erst ganz sicher sein, ehe wir sie beschuldigen«, sagte Bräuer."

»Vielleicht ist es ganz gut, Roland, dass du Leonhard Falkenberg noch nicht angerufen hast. Er hat ja ein eindeutiges Alibi von seiner Kollegin Doktor Kubicki. Das ganze Konstrukt, das wir gestern aufgebaut haben, scheint mir wie mit der heißen Nadel zusammengebastelt.«

»Wenn es so ist, wie du eben erzählt hast, dann weiß Irmgard Falkenberg als gelernte Krankenschwester, wie man einem Infarktpatienten hilft. Und sie wusste mit Sicherheit auch von dem Nitrospray. Warum hat sie ihrem Sohn nichts davon erzählt, als er sie anrief und erzählte, dass er bereits den Notarzt informiert hätte?« Hannah fuhr sich mit den Händen durch die Haare. Viel Ordnung schaffte das nicht.

»Wir sollten mit ihr sprechen, als Zeugin, nicht als Beschuldigte«, sagte Frommelt.

***

Eine Stunde später saß Irmgard Falkenberg im Büro der Ermittler. Sie hielt den Griff ihrer Handtasche so fest umklammert, dass ihre Fingerknöchel bereits weiß hervortraten.

»Frau Falkenberg«, begann Frommelt nach der Begrüßung und der Belehrung, dass sie als Zeugin befragt werden sollte. »Stimmt es, dass Sie gelernte Krankenschwester sind?«

»Ja, das stimmt, aber es ist schon Jahrzehnte her.«

Hannah und Bräuer saßen derweil an ihren Schreibtischen und taten, als ob sie arbeiten würden. Frommelt hatte mit den beiden Kollegen abgesprochen, dass sie auf jedes Wort und auf die Mimik der Zeugin achten sollten.

»Am vergangenen Dienstag, als Ihr Mann den Infarkt hatte und ins Krankenhaus eingeliefert wurde, waren Sie zu dieser Zeit zu Hause?«

»Nein, ich war bei meiner Schwiegertochter. Das habe ich Ihnen doch bereits erzählt. Warum fragen Sie mich das?«

Ohne auf die Frage einzugehen, fuhr er fort: »Wer hat Sie darüber informiert, dass es Ihrem Mann nicht gutgeht?«

»Mein Sohn. Leonhard.«

»Also war Ihr Sohn am Dienstagnachmittag bei Ihrem Mann gewesen?«

»Ich denke, ja. Wir hatten uns kurz zuvor bei ihm zu Hause getroffen, und er wollte seinem Vater einen Besuch abstatten. Und danach hat er mich auf dem Handy erreicht.«

»Um welche Uhrzeit war das?«

»Das kann ich Ihnen gar nicht so genau sagen. Am Nachmittag.«

»Wie viel Zeit lag zwischen der Abfahrt Ihres Sohnes und seinem Anruf?«

»Eine Stunde vielleicht. Ich habe nicht auf die Uhr geschaut.«

»Waren Sie da noch bei Ihrer Schwiegertochter im Haus?«

»Nein. Ich habe etwa gleichzeitig mit meinem Sohn das Haus verlassen.«

»Wo waren Sie anschließend gewesen?«

»Im Supermarkt. Ich musste noch einkaufen.«

»Hat Ihr Sohn bei seinem Anruf erwähnt, dass Ihr Mann einen Infarkt hat? Ich meine, als Arzt hätte er die Symptome sicher sofort erkannt.«

»Ja, ich glaube, er erzählte es. Ich bin mir allerdings nicht sicher, weil ich sehr aufgeregt war und sofort nach Hause wollte.«

»Haben Sie Ihrem Sohn gesagt, dass sein Vater das Nitrospray in seiner Hosentasche hat?«

»Das weiß ich nicht mehr. Ehrlich. Und ich verstehe auch gerade nicht, warum Sie mir all diese Fragen stellen. Was hat das mit dem Tod von Frau Kirch zu tun?«

Wieder ging Frommelt nicht auf die Frage ein. »Wann und wo haben Sie die Tablettenschachtel gefunden?«

Irmgard Falkenberg überlegte einen Moment. »Warten Sie, das muss am Mittwoch gewesen sein, als Sie Marina abgeholt haben. Ich habe den Müll rausgebracht und da lag diese Schachtel oben in der Tonne.«

»Haben Sie Ihrer Schwiegertochter von diesen Tabletten gegeben und die leere Schachtel dann selbst in den Müll geworfen, beziehungsweise so getan, als ob?«

»Himmel nein! Warum hätte ich das tun sollen?«

»Sagen Sie es uns.«

»Ich habe keinen Grund, meiner Schwiegertochter zu schaden, und im Ernst, ich kann mir auch nicht vorstellen, welchen Grund Marina gehabt hätte, Frau Kirch umzubringen.«

Frommelt fragte sich, warum Irmgard Falkenberg hier ihre Schwiegertochter ins Spiel brachte. Wollte sie von sich selbst ablenken? Auch Hannah schaute fragend herüber.

»Hatten Sie Kenntnis von einem Vertrag, in dem es um eine Louisa ging?«

»Was denn für einen Vertrag?«

»Bitte beantworten Sie meine Frage.«

»Ich kenne keinen Vertrag.«

»Kennen Sie eine Person, die Louisa heißt?«

»Nur vom Namen her. Also das, was sich im Dorf herumgesprochen hat, also dass Frau Kirch diesen Namen …«

Weiter kam sie nicht. Ihre Augen füllten sich mit Tränen.

»Kennen Sie Frau Lucy Kauber?«

»Ja, ich meine, vom Hören, und ich habe sie hin und wieder mal gesehen, wenn sie durchs Dorf gelaufen ist.«

Frommelt nickte und senkte den Kopf. Er wollte Frau Falkenberg einen Moment Ruhe gönnen, und tat so, als überlege er sich die nächste Frage genau. »Frau Falkenberg, wenn Ihr Mann an diesem Infarkt gestorben wäre, wer hätte das Hotel geerbt?«

Sie hob verwundert den Kopf. »Na, ich … und mein Sohn, Leonhard.«

»Der, wie Sie mir selbst erzählt haben, das Hotel in eine Kurklinik umbauen wollte. Wären Sie damit einverstanden gewesen?«

»Ganz bestimmt nicht.«

»Warum nicht?«

»Weil … weil … wohin hätte ich dann sollen? Ich meine … ich hätte doch dann ausziehen müssen.«

»Wie standen Sie zu Frau Kirch?«

Wieder schaute Irmgard Falkenberg verwundert drein. Frommelt stellte seine Fragen absichtlich so, dass sie die Zeugin verwirren sollten.

»Ich mochte sie sehr gern. Sie hat geholfen, unseren Sohn zur Welt zu bringen.«

»Hatten Sie in der letzten Zeit Kontakt zu ihr?«

»Was heißt Kontakt? Früher ist man sich öfter mal begegnet und hat ein paar Worte auf der Straße miteinander gewechselt, aber in letzter Zeit habe ich sie selten gesehen. Es hieß, sie könne nicht mehr so gut laufen und würde ihr Haus kaum noch verlassen.«

»Vielen Dank, das war es erstmal. Sie können gehen.«

»Ich glaube nicht, dass sie etwas damit zu tun hat«, sagte Bräuer, als Irmgard Falkenberg die Tür hinter sich geschlossen hatte. Derselben Ansicht war auch Frommelt. »Hannah?«

»Ich bin der Meinung, dass wir dringend mit Siegburg und Leonhard Falkenberg sprechen müssen.«

Leonhard Falkenberg saß keine halbe Stunde später an Frommelts Schreibtisch und blickte den Ermittler herablassend an. Nach den üblichen Belehrungen sagte Frommelt: »Herr Falkenberg, erzählen Sie uns bitte, was am Dienstagnachmittag, als Ihr Vater den Herzinfarkt hatte, passiert ist.«

»Was hat das denn mit Ihren Ermittlungen und dem Tod von Frau Kirch zu tun?«

»Das überlassen Sie bitte uns und beantworten nur unsere Fragen.« Frommelt konnte genauso hochnäsig sein wie dieser Schnösel.

»Ich wollte meinen Vater besuchen. Meine Mutter war ja nicht zu Hause gewesen, und ihn allein zu lassen, in seinem Zustand, das wäre nicht gut.«

»Sie haben also gemeinsam mit Ihrer Mutter das Haus verlassen?«

»Ja.«

»Und dann sind Sie sofort zu Ihrem Vater gefahren?«

»Was soll diese Fragerei?« Falkenberg wippte auf dem Stuhl herum. Er schien nervös zu sein.

»Ein einfaches Ja oder Nein würde mir genügen, Herr Falkenberg.« Frommelt wollte Falkenbergs Nervosität ausnutzen, vielleicht versprach er sich.

»Ja, ich bin sofort nach Groß Oesingen zu meinem Vater gefahren.«

»Was passierte während Ihres Besuchs?«

»Als ich hereinkam, saß mein Vater in seinem Sessel, war kalkweiß, schwitzte und hielt die Hand auf die Brust gedrückt.«

»Was taten Sie dann?«

»Ich bin Arzt und habe die Symptome natürlich sofort erkannt und den Notarzt gerufen.«

»Und Ihre Mutter ebenso?«

»Ja. Wieso fragen Sie mich das alles?«

»Und Sie sind erst zu Ihrem Vater ins Zimmer gekommen, als es ihm schon schlecht ging?«

»Ja … waru…«

Frommelt schnitt ihm das Wort ab. »Vielen Dank. Sie können gehen.«

Bräuer grinste, als Falkenberg den Raum verlassen hatte. »Clever.«

Frommelt verbeugte sich theatralisch. »Herzlichen Dank, Kollege Bräuer. Ich denke, ich habe ihn genug verunsichert, oder?«

»Meisterleistung.«

Kurz bevor Leonhard Falkenberg zur Befragung erschienen war, hatte Bräuer die Auswertungen des Handys von Leonhard Falkenberg auf seinen Tisch bekommen. Die Zeit, zu der Leonhard Falkenberg seine Mutter angerufen haben wollte, deckte sich mit ihrer Aussage. Also war er bereits eine Stunde zuvor bei seinem Vater gewesen, und entweder hatte dieser bereits den Infarkt gespürt, und sein Sohn hatte ihm nicht sofort geholfen. Oder er hatte den Vater so aufgeregt, dass er während des Besuches den Infarkt bekommen hatte. Beides spielte aber keine große Rolle, denn sicher war, Leonhard Falkenberg hatte hinsichtlich der Zeit gelogen.

***

Lucy gingen noch immer die vielen Dinge durch den Kopf, die sie erfahren hatte und nicht zuordnen konnte. Sie war heute Morgen, wie jeden Tag, früh aufgestanden und hatte das Vieh versorgt. Im Garten war noch viel zu tun gewesen, das Gemüse musste geerntet werden, das hatte sie für kurze Zeit von ihren diffusen Gedanken abgelenkt. Doch dann war sie ins Haus gegangen, weil sie Hunger bekommen hatte. Jetzt saß sie an ihrem Küchentisch und erlaubte sich eine Tasse Kaffee und ein Marmeladenbrot, obwohl es gar keine Frühstückszeit war. Normalerweise kochte sie sich zum Mittagessen eine Kleinigkeit, doch heute war gar nichts normal. Bevor sie von ihrem Brot abbiss, sprangen die Erinnerungen sie an wie ein wildes Tier.

Wen konnte sie fragen, der ihr all ihre Fragen beantworten konnte? Lucy fiel niemand ein. Thekla war tot – mausetot. Sie rappelte sich vom Tisch hoch und schnappte sich ihren Beutel. Sie musste ins Dorf. Eine wichtige Sache fiel ihr grad in diesem Moment ein. Wenn dieser seltsame Vertrag mit ihrem Namen drauf im alten Scheurich-Haus lag, dann wusste bestimmt Sophia Scheurich davon. Ihr fiel ein, dass Sophia ja jetzt nicht mehr so hieß. Was hatte der Polizist gesagt, was war jetzt ihr Nachname? Egal, sie musste los, und ihr würde der Name bestimmt unterwegs einfallen.

***

Keiner der Ermittler konnte konzentriert arbeiten. Frommelt trommelte mit den Fingerspitzen auf der Tischplatte herum, Bräuer stierte auf den Computerbildschirm, und Frommelt war sich sicher, dass sein Kollege kein Wort, das dort zu sehen war, las. Auch Hannah kramte entweder in den Unterlagen oder schaute aus dem Fenster. Niemand sprach ein Wort. Jeder schien auf ein Ereignis zu warten, das die erhoffte Erlösung bringen würde.

»Möchte jemand Kaffee?«, fragte Frommelt.

»Auf gar keinen Fall. Mein Magen ist derart übersäuert, dass mir schon ganz übel ist.« Hannah schaute sehr gequält drein, und Bräuer schüttelte den Kopf, ohne etwas zu sagen.

»Haben wir etwas übersehen?«, fragte Frommelt in die Runde.

»Dieser Leonhard Falkenberg ist derart arrogant …«, begann Bräuer jetzt.

»Aber er hat ein hieb- und stichfestes Alibi. Er kann es nicht gewesen sein.« Frommelt war verzweifelt. Als einzige Täterin kam Marina Falkenberg infrage. Sie saß noch immer in Untersuchungshaft. Doch er kam auf kein einziges Motiv, das sie als Täterin überführen konnte. Und er unterstellte sich selbst, im Moment nicht sehr sachlich zu sein, was Frau Falkenberg anging. Außerdem glaubte er nicht daran, dass diese schwache, psychisch instabile Frau eine Mörderin sein sollte. In seinem Beruf sollte man sich nicht auf den Glauben verlassen, das überließ er gerne der Kirche. Es ging um die reinen Fakten, deshalb versuchte sich Frommelt selbst davon zu überzeugen, dass es kein emotionaler Gefühlsausbruch war, sondern Ermittlungserfahrung.

Er war froh, als das Telefon klingelte. Das lenkte ihn von seinen diffusen Gedanken ab. Doktor Groneck teilte Frommelt mit, dass Siegburg Falkenberg in der Lage sei, ihm einige Fragen zu beantworten.

***

Keine zehn Minuten später stand Frommelt auf dem Flur der Helios-Klinik vor der Tür, hinter der Siegburg Falkenberg lag. Doktor Groneck begrüßte ihn. »Heute Vormittag hat Herr Falkenberg mich darum gebeten, mit Ihnen zu sprechen. Und nur das ist der Grund, warum ich Sie jetzt für einen Moment zu ihm lasse.«

Als Frommelt in das Krankenzimmer kam, stand Frau Falkenberg auf, nickte Frommelt zu und verließ den Raum. Siegburg Falkenberg lag auf dem Rücken in seinem Bett und stierte an die Decke. Die üblichen Schläuche führten zu den Geräten, die piepsten, summten und schnarrten. Frommelt ließ sich nicht beirren, obwohl ihm Krankenzimmer immer unheimlich und bedrückend vorkamen. Langsam ging er näher. »Herr Falkenberg«, sagte er leise. »Ich bin Kilian Frommelt von der Kripo Gifhorn. Wie geht es Ihnen?«

Falkenberg neigte den Kopf langsam zur Seite und schaute Frommelt aus müden Augen an. »Da bin ich ja noch mal ganz knapp jemandem von der Schippe gesprungen.«

»Hat Ihre Frau Ihnen erzählt, was passiert ist?«

Falkenberg nickte schwach. »Das wollte ich doch alles gar nicht.«

»Was meinen Sie damit?«

»Es muss doch alles seine Ordnung haben, oder?«

Frommelt wusste nicht, in welche Richtung er jetzt weiterfragen sollte. Dieser alte Mann hatte ein schlechtes Gewissen, das war klar, aber würde er sich jetzt wieder aufregen, wenn Frommelt die Fragen stellte, die er auf dem Herzen hatte? Das konnte unter Umständen seinen Tod bedeuten.

»Herr Falkenberg, bitte sagen Sie mir sofort, wenn es Ihnen zu viel wird, aber ich muss Ihnen jetzt einige Fragen stellen.«

Falkenberg nickte fast unmerklich.

»Sie wissen, wer Louisa ist?«

Siegburg Falkenberg schüttelte den Kopf. Er hatte Tränen in den Augen.

»Sie wissen aber, dass Frau Kirch, die Hebamme, getötet wurde? Und dass sie den Namen Louisa auf den Boden geschrieben hat? Sie wissen von Louisas Existenz?«

Falkenberg nickte.

»Wer hat es Ihnen erzählt?«

»Mechthild.« Falkenbergs Stimme brach. Frommelt hoffte, dass er noch die wichtigsten Fragen stellen konnte, ehe der Mann zu schwach dafür wurde, sie zu beantworten.

»Wann war das?«

»Damals im Kuhstall. Ich wollte das doch nicht. Ich habe sie geliebt.« Tränen rollten über seine Wangen, und auf dem Kissen entstanden dunkle Flecken.

»Was ist im Stall passiert?«

»Wir haben gestritten. Ich wollte sie heiraten, aber meine Eltern wollten das nicht. Dann hat sie mich zum Teufel gejagt.«

Frommelt musste sich tief über den kranken Mann beugen, um ihn zu verstehen. »Mechthild ist von Ihnen schwanger gewesen?«

Die Andeutung eines Nickens. »Ich wusste das doch nicht. Ich hab sie immer wieder gefragt, aber sie hat mich nur vertröstet. Später war ich noch oft bei ihr, auch als sie schon verheiratet war und meinte, sie kann nicht weg wegen ihres Mannes, ihrer alten Eltern und Sophia.«

»Hat Ihnen Mechthild von den Zwillingen erzählt? Von Sophia und Louisa?«

»Sie sagte, dass ich nie erfahren würde, wo Louisa sich aufhält. Sie hätte einen Vertrag gemacht. Dass aber Louisa und Sophia Zwillinge sind, ich meine, ich hatte so etwas geahnt. Mechthild hatte irgendwann, viel früher, mal gesagt, dass ich mich zum Teufel scheren sollte, weil die zwei schon genug waren.«

»Also ging es immer nur um Louisa. Hat Mechthild Ihnen erzählt, mit wem sie diesen Vertrag gemacht hat?«

»Nein. Das war es ja, warum ich so wütend geworden bin.«

»Und was passierte dann?«

»Ich hab die Mistforke in die Hand genommen und damit hin und her gewedelt.«

»Dabei sind die Rinder durchgedreht?«

»Ja. Ich bin dann weg. Der Fritz muss wohl in den Stall gegangen sein, als er das Vieh brüllen gehört hatte. Was dann passiert ist, wissen Sie ja, oder?«

Frommelt nickte.

»Ich wollte das nicht, ehrlich. Ich habe die Mechthild geliebt und wollte sie einfach nur zurückhaben.«

»Warum waren Sie so oft bei Thekla Weiß in der vergangenen Zeit?«

»Sie war die einzige, die wissen konnte, wo Louisa steckt, also nachdem Mechthild nicht mehr lebte. Ich wollte nur meine Angelegenheiten klären, und Louisa ist doch auch meine Tochter, sie soll auch ihren Erbteil bekommen.«

»Dann wäre das Erbe durch drei geteilt worden? Dann hätten Ihr Sohn Leonhard, Louisa und Sophia ihren Anteil bekommen?«

Falkenberg nickte.

Frommelt wagte jetzt einen Schuss ins Blaue. Ihm kam ein vager Verdacht. »Was wissen Sie von dem Überfall auf Katharina Hellmeier im Wald?«

»Leon wollte Katharina heiraten, aber das ging nicht. Ich habe nachgeforscht und wusste, dass auch Sophia meine

Tochter ist, und Katharina meine Enkeltochter. Ich wollte nur mit ihr reden, damals, ihr nahelegen, dass sie sich von Leonhard trennen muss. Dann ist sie weggelaufen und gefallen. Als ich das viele Blut gesehen habe, bin ich abgehauen vor Angst.«

»Sie haben ihr nicht geholfen?«

»Nein.« Er richtete sich etwas auf. »Das kann ich mir niemals verzeihen.«

»Sie haben davon gehört, wie die alten Kaubers im Wald gestorben sind?«

Falkenberg schien empört zu sein. »Damit habe ich nichts zu tun. Warum fragen Sie mich das?«

»Weil Lucy Kauber Ihre Tochter Louisa ist. Mechthild hat den Vertrag mit Guntram und Marianne Kauber gemacht. Kaubers haben Louisa als ihr eigenes Kind eintragen lassen und sie Lucy gerufen. Vermutlich, um das Mädchen zu schützen.«

Siegburg Falkenberg ließ seinen Kopf in das Kissen sinken und schloss die Augen. Frommelt wusste, dass er nicht mehr viel Zeit hatte, aber einige Fragen wollte er noch stellen.

»Herr Falkenberg, ich muss Sie jetzt etwas fragen: Haben Sie Thekla Kirch ermordet, weil sie Ihnen nicht sagen wollte, wo Louisa steckt?«

Er schreckte hoch und riss die Augen auf. »Um Himmels Willen. Ich bin doch kein Mörder. Warum hätte ich das tun sollen? Sie war die Einzige, die wusste, wo Louisa ist.«

»Wer wusste noch von dem Vertrag und davon, dass Sie Louisa suchen?«

Er schwieg eine Weile.

»Wusste Ihre Schwiegertochter Marina davon?«

»Nein. Was hat Marina mit der ganzen Sache zu tun?«

»Wir haben eindeutige Spuren, die belegen, dass Ihre Schwiegertochter Frau Kirch getötet hat. Sie ist zurzeit in Untersuchungshaft.«

»Marina? Niemals!«

»Warum? Wie kommen Sie darauf?«

Siegburg Falkenberg gab Frommelt die Antwort und als er die hörte, rannte er aus dem Zimmer, über den Flur und ohne eine Pause zu seinem Auto auf dem Parkplatz.

Noch während Frommelt das Auto startete, zog er das Handy aus der Tasche und rief Bräuer an. Sie mussten Lucy Kauber finden, ehe es zu spät war.

***

Frommelt fuhr direkt von der Helios-Klinik nach Zahrenholz. Bräuer und Hannah würden in einem anderen Wagen nachkommen. Frommelt kam auf der B4 wie üblich schlecht voran. Ein LKW reihte sich fast an den anderen, und Überholen war nur an wenigen Stellen möglich. Die mobile Rundumkennleuchte mochte er nicht benutzen, es war sowieso ein seltsames Wort – er sagte viel lieber und wie allgemein üblich Blaulicht dazu. Um seine angespannten Nerven nicht noch mehr zu strapazieren und sich abzulenken, schaltete Frommelt sein Handy auf Freisprechanlage und rief Birgit an. Dieses Mal ging sie sofort ran. Er entschuldigte sich wortreich und kam dann auf sein hauptsächliches Anliegen zu sprechen. Birgit hatte in zwei Wochen Geburtstag, und als Versöhnungsgeschenk lud er sie zu einem exklusiven Essen im Schloss Marienburg in Pattensen ein. Zu seiner großen Freude willigte Birgit sofort ein.

Anschließend rief er Hannah an, die neben Bräuer im Auto saß. Frommelt fragte sie zunächst, ob sie es war, die Birgit informiert hatte, so dass sie im Deutschen Haus ihren Auftritt hinlegte. Erst war Hannah sehr kleinlaut, dann gab sie es zu. Frommelt bedankte sich überschwänglich und weihte sie in seinen Plan ein. Und als er ihr eine ganz besondere Aufgabe offerierte, war Hannah völlig aus dem Häuschen.

Kurz vor der Abzweigung zum Wald, in dem Lucy Kauber wohnte, stoppte Frommelt. Er hoffte, sich noch an den genauen Weg zu erinnern, und hatte keine Lust, sich hier zu verirren. Einen Telefonanschluss hatte Frau Kauber nicht, das hatten sie überprüft, und ein Handy besaß sie auch nicht. Es wäre auch zu einfach gewesen.

Nach einigen Wendungen, weil er in den falschen Weg abgebogen war, stand er endlich vor Frau Kaubers Haus. Er steckte sein Handy ein und stieg aus dem Wagen. Als er an die Tür klopfte, öffnete niemand. Auch als er um das Gebäude herumging und nach allen Seiten Ausschau hielt, konnte er sie nirgendwo ausmachen. Nur die Kühe auf der Wiese glotzten ihn aus großen Augen an. Er fragte, ob sie ihre Herrin gesehen hatten, da kamen sie neugierig näher. Ehe er hier durchdrehte, weil er hoffte, die Kühe würden antworten, setzte er sich wieder ins Auto und fuhr ins Dorf.

Im Wald begegnete ihm niemand, so konnte er, entgegen allen Vorschriften, sein Handy aus der Tasche ziehen und Bräuer anrufen. Der war mit Hannah mittlerweile in Zahrenholz angekommen, aber auch sie hatten Frau Kauber nicht gesehen. Wer außer der toten Thekla Kirch konnte wissen, wo Lucy Kauber sich für gewöhnlich herumtrieb? Auf der Rückfahrt sah er aus den Augenwinkeln ein Auto, das versteckt hinter einem Busch parkte, machte sich aber keine weiteren Gedanken darüber.

***

Sophia Hellmeier freute sich. Sie führte die Besucherin in die Küche und sagte: »Ich koch uns jetzt erstmal einen Kaffee, und ein Stück Kirschkuchen habe ich auch noch, dann unterhalten wir zwei uns ganz in Ruhe.« Sie befüllte die Kaffeemaschine und lächelte Lucy zu. Diese saß am Küchentisch und fuhr immer wieder mit der flachen Hand über die Wachstuchtischdecke. Sophia Hellmeier hatte Lucy im Dorf aufgegabelt und mit zu sich nach Hause genommen. Das ersparte ihr einen Weg in den Wald, denn sie hatte sich für heute vorgenommen, ihre Zwillingsschwester zu besuchen und sich mit ihr auszusprechen. Ob Lucy wusste, dass sie Schwestern waren? Sophia war aufgeregt, fast hätte sie das Kaffeepulver verschüttet.

»Ich freu mich, dass du hier bist, Louisa.«

Lucy hob den Kopf und riss die Augen auf. Es hatte sie anscheinend noch niemals jemand mit diesem Namen angesprochen. Sophia lächelte und holte Tassen und Teller aus dem Schrank. »Weißt du, wer ich bin?«, fragte sie, ehe sie sich Lucy gegenüber an den Tisch setzte. Noch immer wischte Lucy auf der Decke herum. Sophia nahm ihre Hand und hielt sie fest. Sofort zog Lucy ihre Hand fort. Körperlichen Kontakt schien sie nicht zu kennen.

»Du bist Sophia Scheurich«, sagte Lucy und hob verlegen den Kopf.

»Stimmt. Ich heiße jetzt Hellmeier. Aber das meine ich nicht. Der Kommissar hat mir erzählt, dass du diesen Vertrag suchst. Weißt du, was da drinsteht?«

Lucy schüttelte den Kopf. »Hab nur meinen Namen drauf gelesen. Mehr nicht.«

Sophia nickte. »Darin steht, dass du damals, nach deiner Geburt, zu den Kaubers gekommen bist. Wusstest du, dass Guntram und Marianne nicht deine richtigen Eltern waren?«

Lucy schüttelte wieder den Kopf. »Meine Mutter hat mir nur gesagt, dass ich diesen Vertrag finden muss, damit ich weiß, wer ich bin. Aber das wusste ich doch die ganze Zeit. Ich bin Lucy Kauber.«

»Weil sie dich aufgenommen haben, Guntram und Marianne, und sie waren ja deine Eltern und hatten dich sehr lieb. Aber deine richtige Mutter ist Mechthild Scheurich, und du bist in dem Haus geboren worden, in das jetzt die neuen Bewohner aus der Stadt gezogen sind. Das hast du ja mitbekommen, oder?«

»Ja. Und deswegen bin ich doch zu Thekla. Und wegen dem Vertrag.« Lucy kratzte sich am Kopf. »Den musste ich doch suchen. Und ich musste immer wieder vor dem Haus stehenbleiben. Aber das weiß man doch gar nicht mehr, dass man da geboren ist, wenn das schon so lange her ist und man selbst noch so klein ist, oder?« Die letzten Worte hatte Lucy so schnell und ohne Luft zu holen gesagt, dass sie jetzt völlig außer Atem war.

»Ich habe keine Ahnung, was man von früher noch im Gedächtnis behält, aber es scheint etwas dran zu sein. Was ich dir aber eigentlich sagen wollte; am Tag, als du geboren wurdest, hat deine Mutter auch mich zur Welt gebracht.«

Lucy zog die Stirn kraus, als überlege sie angestrengt. Nach einer Weile fragte sie: »Und was heißt das jetzt?«

»Das heißt, dass wir Geschwister sind, und nicht nur das, wir sind Zwillinge.«

»Zwillinge? Wir beide? Aber ich … ich hatte noch nie einen Zwilling.«

Sophia lachte. »Kein Wunder, weil wir beide getrennt wurden. Ich hatte auch noch nie einen Zwilling, also ich wusste jedenfalls nichts davon.«

»Ich mag dich«, sagte Lucy und schob ihre Hand ganz vorsichtig wieder über die Tischdecke.

»Ich mag dich auch«, sagte Sophia und legte ihre Hand auf Lucys. Jetzt hielt sie ganz still. »Wir haben uns noch viel zu erzählen, Lucy. Ich freu mich drauf, dich kennenzulernen.«

Ehe Lucy darauf antworten konnte, klopfte es an der hinteren Küchentür.

»Wer mag das denn sein?«, fragte Sophia und stand auf.

***

Frommelt traf Hannah und Bräuer vor dem Haus von Thekla Kirch. Noch immer flatterte das rotweiße Absperrband vor der Tür im Wind.

»Wenn das stimmt, was du am Telefon gesagt hast, dann …«, sagte Bräuer und trat ungeduldig von einem Bein auf das andere.

»Wir müssen davon ausgehen«, sagte Frommelt.

»Weiß Frau Kauber, dass Sophia Hellmeier ihre Schwester ist?« Hannah schaute durch das Fenster in das verdunkelte Wohnzimmer von Frau Kirch und schüttelte den Kopf.

»Kann ich nicht sagen. Wo würdet ihr hingehen, wenn ihr Frau Kauber wärt?«

»Das meine ich ja«, sagte Hannah. »Ich würde zu meiner Schwester gehen.«

Frommelt zog das Handy aus der Tasche und rief Frau Hellmeier an. »Seltsam«, sagte er, als er das Gespräch beendet hatte. »Sehr viel schlauer bin ich jetzt nicht.« Auf die fragenden Gesichter seiner Kollegen fügte Frommelt hinzu: »Frau Hellmeier hat nur gesagt, dass sie Besuch hätte, und dann aufgelegt.«

»Aber wenn nur Frau Kauber bei ihr ist, dann hätte sie das doch wohl nicht so kryptisch gesagt, oder?« Bräuer wippte wieder in den Knien, ihm war die Anspannung anzumerken.

»Und wenn …« Ehe Hannah den Satz beenden konnten, waren sie schon losgerannt. Bis zu Sophia Hellmeiers Haus war es ein gutes Stück. Das mussten sie schaffen, bevor …

***

Noch ehe Sophia die Tür öffnen oder *Herein!* sagen konnte, stand der Besucher schon mitten in der Küche. Seine eiskalten Augen blitzten, in der Hand hielt er ein großes Messer. Lucy rückte auf ihrem Stuhl ein Stück in Richtung Wand. Sophia war aufgesprungen, lehnte jetzt mit dem Rücken gegen die Arbeitsplatte und krallte sich mit den Händen daran fest. Keine der Frauen sagte ein Wort, der Schreck saß beiden in den Gliedern.

»Da seid ihr zwei Täubchen ja hübsch beieinander. Spar ich mir 'nen Weg.« Dabei lachte der Mann irre und wedelte mit dem Messer in der Luft herum. Er stellte sich genau hinter Lucy.

»Was wollen Sie von uns?« Sophia hatte als erstes Mut gefasst.

»Was ich will? Als ob ihr das nicht ganz genau wüsstet. Als ob ich mein Erbe mit euch zwei Fregatten teilen würde.« Wieder lachte er laut und heiser auf.

Sophia hatte den Mann die ganze Zeit angesehen, und doch bemerkte sie aus den Augenwinkeln die leise Bewegung der hinteren Küchentür und sah auch, wie sich dieser Kommissar Frommelt langsam in den Raum schob. Lucy saß zum Glück stockstarr mit dem Rücken zur Tür; Sophia hätte nicht sagen können, wie diese reagiert hätte.

»Was meinen Sie damit?«, fragte Sophia mutig und mit zittriger Stimme. Hin und wieder schaute sie sich Kriminalfilme im Fernsehen an, und so wusste sie, dass sie den Angreifer in ein belangloses Gespräch verwickeln musste, damit dieser abgelenkt wurde und die Polizisten eingreifen konnten.

»Was ich damit meine?« Wieder lachte der Mann schrill auf. »Was ich damit meine! Ihr dummen Nüsse. Glaubt ihr allen Ernstes, auf diese bescheuerte Nummer falle ich rein?«

Sophia zitterte am ganzen Leib. Hoffentlich bemerkte der Eindringling das nicht. Zum Glück sprach er weiter. Der Kommissar stand jetzt mit gezogener Waffe regungslos an der Wand.

»Als mein Vater seinen ersten Herzinfarkt hatte, hat er mir von dem Vertrag erzählt und dass ich Louisa finden soll. Er wollte tatsächlich, dass sie am Erbe beteiligt wird.«

Sophia hatte Angst um ihre Schwester. Der Mann fuchtelte mit dem Messer herum, und einige Male kam er dabei Lucys Hals gefährlich nahe.

»Und dann finde ich noch heraus, dass es zwei von euch Landpomeranzen gibt. Mich schmeißt er aus dem Haus und jetzt muss ich auch noch durch Drei teilen.« Beim Sprechen stoben Spuckefäden aus seinem Mund, das Gesicht war zu einer Fratze verzogen. Lucy saß wie erstarrt auf ihrem Stuhl, hob ihren Kopf weit nach oben und starrte den Mann mit den eiskalten Augen an.

Frommelt hatte die Tür leise geöffnet und sich in die Küche geschlichen. Jetzt presste er sich still an die Wand und wartete, dass sich eine günstige Situation ergab, Leonhard Falkenberg das Messer aus der Hand zu schlagen. Falkenberg stand mit dem Rücken zu ihm, aber Frommelt sah, dass

Lucy Kauber direkt vor Falkenberg auf einem Stuhl saß. Der gestikulierte wieder mit dem Messer herum, und Frommelt befürchtete, dass Falkenberg sich nicht unter Kontrolle hatte und Lucy schwer verletzte. Zum Glück hatte Sophia genug Courage, um Falkenberg mit ihren Fragen so weit abzulenken, dass sich Frommelt ihm unbemerkt nähern konnte.

Er trat einen Schritt nach vorn. Die alten Dielenbretter knarrten unter dem Bodenbelag. In diesem Moment fuhr Falkenberg herum und als er Frommelt sah, sprang er wieder zu Lucy, umklammerte ihren Hals und drückte ihr das Messer an die Kehle.

»Herr Falkenberg.« Frommelt sprach mit betont ruhiger Stimme und ging zwei, drei Schritte weiter in den Raum hinein. »Warum glauben Sie, dass Ihr Vater Sie aus dem Haus gejagt hat?«

Falkenberg lachte irre. »Weil ich Arzt werden wollte. Warum sonst?«

»Und deshalb müssen die beiden Frauen jetzt sterben?« Frommelt ging langsam bis zur gegenüberliegenden Wand. Er wollte Falkenbergs Aufmerksamkeit auf sich lenken, damit auch Bräuer und Hannah unbemerkt in die Küche gelangen konnten.

»Ich werde das meinem Vater nie verzeihen, dass diese beiden Schlampen jetzt seine Lieblinge sind.«

»Haben Sie Ihrem Vater neulich, als er seinen zweiten Infarkt hatte, nicht geholfen, weil Sie das Hotel für sich allein wollten?« Frommelt ging einige kleine Schritte hin und her, damit das Knarren der Dielenbretter Falkenberg ablenkte.

Über dessen Schulter hinweg hatte Frommelt bereits Bräuer in der Tür stehen sehen. Und tatsächlich nahm Falkenberg das Messer von Lucys Hals und drehte sich zu ihm um.

»Sie sind aber ein Schnellmerker, Herr Kommissar. Was hätten Sie denn gemacht?« Falkenberg grinste infernalisch. »Ich hatte ihm den Vorschlag unterbreitet, das Hotel zu übernehmen, jetzt, wo er nicht mehr kann.«

»Das wollte Ihr Vater aber nicht?«

»Er hat sich tierisch aufgeregt, weil er dann hätte ausziehen müssen.«

»Ihre Eltern hätten doch im Haus wohnen bleiben können.«

»Mein Vater sollte spüren, wie es ist, aus dem Haus gejagt zu werden.«

»Warum musste die Hebamme Kirch sterben? Sie war eine alte Frau.«

»Ich wollte sie nicht umbringen. Ehrlich. Ich wollte doch nur wissen, wo dieses Flittchen hier steckt.« Falkenberg wedelte mit dem Messer in Lucys Richtung. Diese bewegte sich nicht, saß schreckensstarr auf ihrem Stuhl, nur ihre Augen folgten jeder Bewegung des Messers.

»Aber Sie hatten eine Waffe dabei. Ein Messer aus Ihrer eigenen Küche.«

Falkenberg schien unsicher zu werden. Er schwang herum und setzte das Messer wieder an Lucys Hals.

Mist, wieder eine Chance vertan, Falkenberg zu entwaffnen, ärgerte sich Frommelt. Er musste Falkenberg weiterhin so ablenken, dass sich dessen Aufmerksamkeit auf ihn selbst konzentrierte. Das konnte eine Chance für Bräuer und Hannah sein, Falkenberg zu überwältigen.

»Ich wollte der Frau nur drohen, mehr nicht. Aber sie wollte mir nichts sagen.«

»Sie haben sie gewürgt, damit sie Frau Kaubers Aufenthaltsort preisgibt?« Auch wenn sich Frommelt wiederholte, er musste reden und Falkenberg damit verun-sichern. »Dann haben Sie Frau Kirch getötet.«

»Sie hat mich erkannt und ausgelacht. Sie meinte, sie hätte damals bei meiner Geburt schon gemerkt, dass ich ein Schwächling sei und dass nichts Gutes in mir steckt.«

»Da sind Sie wütend geworden?«

»Ja. Was hätten Sie denn gemacht?« Falkenberg spie die Worte hervor.

»Frau Doktor Kubicki hat Ihnen ein falsches Alibi gegeben. Die Zeit, die sie uns genannt hat, kann nicht stimmen. Warum hat sie das getan?«

»Diese Schlampe. Ich habe ihr von meinem Plan mit der Kurklinik erzählt, und sie war ganz begeistert. Sie wollte dort Kompagnon werden.«

»Frau Doktor Kubicki wollte auch Ihre Frau loswerden, oder?«

Falkenberg lachte irre auf. »Ich hab sie einmal flachgelegt, und sie wollte gleich mehr. Ich konnte doch nicht ahnen, was sie mir für ein Mistzeug für Marina da mitgegeben hat.«

»Aber Sie sind doch selbst Arzt.«

»Ich hab das nicht kontrolliert. Ich kann doch nicht alles kennen. Aber als es zu spät war, da hat sie mich damit erpresst.«

»Dann wäre Ihr Erbe also durch vier geteilt worden, oder?«

Falkenberg jaulte auf wie ein angeschossenes Tier. Er fuhr herum und stierte Frommelt mit irrem Blick an.

Genau dort wollte Frommelt ihn haben. Er hatte ihn wütend gemacht. Falkenberg stieß mit seiner Waffe in Frommelts Richtung. Ein beherzter Satz rettete Frommelt vor diesem Angriff. In diesem Moment sprang Hannah vollends in die Küche, auf Falkenbergs Arm zu und bog ihn nach hinten. Bräuer stellte sich sofort mit gezogener Pistole zwischen Lucy und Falkenberg, und Hannah legte dem Verdächtigen bereits die Handschellen an.

»Ihr blöden Arschgeigen …«

»Was mich noch interessieren würde, Herr Falkenberg. Warum haben Sie den Verdacht auf Ihre Frau Marina gelenkt?«

Falkenberg wand sich in Hannahs hartem Griff und lachte bitter auf. »Was soll ich mit so einem seelischen Wrack? Die hätte mich nur belastet. Sobald diese Louisa tot gewesen wäre, hätte ich das Hotel für mich allein gehabt. Und dann hätte ich mir diese Kubicki vorgenommen.«

Das genügte Frommelt. Er nickte Hannah zu, die Falkenberg aus dem Raum führte. Die uniformierten Kollegen hatte er auf dem Weg hierher bereits informiert, sie würden gleich ankommen.

***

Moritz Weiß holte Marina Falkenberg noch am gleichen Tag aus dem Untersuchungsgefängnis ab. Sie wurde während der Haftzeit von einem Arzt betreut, der diese verheerende Tablettenmischung sofort absetzte. Frau Falkenberg war zwar geschwächt, aber klar bei Verstand.

Moritz und Claudia Weiß hatten beschlossen, sich zu trennen. Claudia sollte mit den Kindern im Haus wohnen bleiben und wollte sich weiterhin um ihre Schwiegereltern kümmern. Sobald die Kinder größer wären, wollte sie mit Berndt Michelsen zusammenziehen.

Moritz und Marina planten, zusammen im alten Scheurich-Haus zu leben. So könnte Moritz seine Kinder täglich sehen. Marina war glücklich, denn jetzt hatte sie auch Kinder – wenn auch *gebrauchte*, wie sie freudestrahlend sagte. Und sie konnte sich sehr gut vorstellen, mit Moritz noch ein eigenes zu bekommen.

***

Drei Wochen später

Heute musste es perfekt werden. Seine Birgit würde eine grandiose Geburtstagsparty erleben – Überraschungen eingeschlossen. Frommelt führte sie an der Hand in die eindrucksvolle Eingangshalle des Schlosses Marienburg. Richard und Fabian folgten ihnen. Noch war niemand der weiteren Gäste hier. Birgit ging davon aus, dass sie anlässlich ihres Geburtstages zu viert essen gehen würden. Sie sah sich staunend um. »Donnerwetter«, sagte sie. »Da hast du dir ja was richtig Nobles ausgesucht.«

Wehmeier, der jetzt zu den beiden Verliebten aufgeschlossen hatte, sagte: »Wir sollten in den Garten gehen. Es ist so herrliches Wetter.«

Fabian stand mit offenem Mund auf der Stelle und verrenkte sich fast den Hals, um all die Pracht bewundern zu können. Wehmeier zog ihn am Ärmel seiner Jacke mit sich ins Freie, und Fabian kam fast ins Stolpern, weil er seinen Blick nicht von den Schönheiten abwenden konnte. Birgits Miene verdüsterte sich, als sie die vielen mit weißen Hussen verkleideten Stühle und den Rosenbogen auf dem Rasen sah. »Hier wird eine Hochzeit gefeiert, ich glaube nicht, dass wir draußen noch einen Tisch bekommen.«

Wehmeier nickte Frommelt unmerklich zu und steckte das Handy in die Jackentasche. Das war das zwischen ihnen ausgemachte Zeichen. Die anderen Gäste kamen an. Frommelt hatte extra einen Bus gemietet, damit nicht jeder Gast den weiten Weg mit dem eigenen Wagen auf sich nehmen musste.

Frommelt zog Birgit mit sich über den roten Teppich.

»Oh, schau, Kilian, wie wunderschön. Genauso würde ich mir meine eigene Hochzeit auch wünschen. Da kann man ja nur neidisch auf das glückliche Paar werden, das heute hier heiratet.« Sie lachte etwas gekünstelt. Frommelt erkannte Wehmut in ihrer Stimme und zog sie direkt unter den Rosenbogen.

Birgit zierte sich. »Aber das können wir doch nicht machen. Das Brautpaar wird bestimmt gleich hier sein.«

Er nahm sie in den Arm, so dass sie mit dem Rücken zur Terrassentür und den aufgestellten Stühlen stand, und flüsterte ihr alle Komplimente und schönen Worte ins Ohr, die ihm auf die Schnelle einfielen. Hoffentlich ging alles gut. Über Birgits Schulter hinweg sah er, dass sich die ankommenden Gäste so leise wie möglich auf die weißen Stühle setzten. Er erkannte Hannah an der Hand von Richter Rüdiger Schuft, Bernie war hier, Bräuer und seine Silke, die versuchte, ihren Sohn Marvin so zu beschäftigen, dass er keinen Laut von sich gab. Johann Kramer mit seiner Frau Ines, Karina Wagenfeld mit … Frommelt stutzte, das musste der junge Mann mit der Nickelbrille sein, wie hieß der denn noch gleich? Redmann, stimmt, Elias Redmann, von dem er nicht wusste, dass er Karina so nahe stand. Er sah Valerie Mattern, eine besonders liebe Kollegin und Freundin. Er wusste, sie hatte extra ihren Urlaub unterbrochen, um heute hier dabei sein zu können. Birgits Freundinnen waren hier, von denen er außer Mara nicht alle Namen wusste. Birgits Vater und ihr Bruder Meinhard saßen angespannt auf ihren Plätzen. Es hatte Frommelt einige Mühe gekostet, um die beiden entsprechend einzukleiden. Meinhard zupfte ständig an seiner Krawatte herum, so etwas hatte er wohl noch nie zuvor getragen.

Es wärmte ihm das Herz, als er in Birgits leuchtende Augen schaute. Sie drehte sich jetzt langsam im Kreis und schien verzaubert von diesem Ambiente zu sein. Als sie die vielen bekannten Gesichter auf den Stühlen entdeckte, erstarrte sie und wandte sich irritiert zu Kilian um.

»Geliebte Birgit«, begann er mit wild klopfendem Herzen und ging vor ihr auf die Knie. »Du siehst, ich knie hier voller Stolz vor dir. Stolz, weil vor mir die hübscheste, intelligenteste, humorvollste und liebenswerteste Frau steht.«

Birgit zog ihre Stirn in Falten und schaute über die Schulter zu den Gästen. Frommelt brach der Schweiß aus. Was, wenn sie jetzt nein zu seinem Antrag sagte? »Du siehst hier über uns die vielen Rosen – sie sollen für immer ein Zeichen unserer Liebe sein – ein Zeichen, dass eine Beziehung auch Male hinterlassen kann, wie wir wissen.« Birgit fuhr ihm mit der Hand über eine dicke Schramme auf der Wange. Die Gäste lachten wie aus einem Mund laut auf. Frommelt zog den Kopf ein. Sie schienen alle Bescheid zu wissen. Er würde diese Petze finden, schwor er sich. »Doch wir wären nicht wir beide, wenn wir solche Missverständnisse nicht durch Liebe und Ehrlichkeit wieder hinbiegen würden. Ich gebe zu, ich habe da noch einiges zu lernen, gelobe aber Besserung. Aber das vergangene Jahr hat uns gezeigt, dass wir zusammengehören. Oder wie mein Freund Richard sagt: Wenn's passt, dann passt's.«

Frommelt hörte Richards »So is'es«, sehen konnte er ihn allerdings nicht, denn seine Augen füllten sich langsam, aber sicher mit Tränen. »Und deshalb, geliebte Birgit, möchte ich dich fragen, ob du meine Frau werden willst.«

Birgit schaute sich um und schien sichtlich irritiert. »Aber …«

Wollte sie jetzt tatsächlich Nein sagen? Frommelt wischte sich mit der Hand über die Augen. »Aber?«

Birgit sah auf ihn herunter, und Frommelt konnte beim besten Willen nicht erkennen, was in ihr vorging. Jetzt und hier, vor allen Gästen, gab sie ihm einen Korb?

»Aber«, sagte Birgit und lächelte. »Aber nur, wenn ich auch so einen schönen Rosenbogen bekomme.«

»Alles, was du willst, mein Liebling«, sagte Frommelt erleichtert und hoffte, dass er sich damit nicht zu weit aus dem Fenster lehnte. Er hielt ihr die Schachtel mit den Ringen hin. Birgit zögerte. Das Schweigen der Gäste im Hintergrund nahm gespenstische Züge an. Dann endlich sagte sie: »Ja, ich will.«

Frommelt sprang vor Glück auf die Füße und steckte ihr den Ring an den Finger. Er wirbelte sie mehrmals im Kreis herum, und die Gäste applaudierten.

»Ein Aber habe ich aber doch noch«, sagte sie, als sie wieder stand. Frommelt zog die Stirn kraus. Das fing ja gut an.

»Aber du bist noch gar nicht geschieden. Der Brief kam doch erst …«

Er küsste sie auf den Mund, so dass es ihr die Sprache verschlug. »Ich habe es verpennt«, nuschelte er unter den

Küssen. »Ich habe den Brief gar nicht richtig gelesen. Es ging nur um ein Formular wegen des Versorgungsausgleichs. Ich muss die Scheidungsunterlagen wohl schon vor einiger Zeit unterschrieben haben, als Maren damals zu mir ins Büro gekommen ist. Und ich habe noch mehrere ungeöffnete Briefe gefunden, dabei muss wohl …«

»Du bist und bleibst ein hoffnungsloser Fall, Kilian Frommelt,« unterbrach Birgit ihn, als sie unter den vielen Küssen wieder Luft bekam.

Damit hatte sie wohl gar nicht so Unrecht. »Ach ja, wo wir schon beim Thema wären. Ich habe noch etwas vergessen, dir zu sagen …«, begann er.

Birgit seufzte und wiederholte seine Gedanken von eben: »Das fängt ja gut an.«

Frommelt hielt sie bei den Händen und schaute ihr tief in die Augen. »Wenn du möchtest, dann können wir hier und heute unter diesem Rosenbogen heiraten. Er gehört dir.«

Es passierte nicht oft, dass Birgit sprachlos war, und Frommelt genoss diesen Augenblick.

Nur nicht, dass wieder ein Aber von Birgit kam.

»Nichts Aber«, sagte er schnell, bevor sie weitersprechen konnte. »Der Standesbeamte wird gleich hier sein, und Richard hat eine schöne Rede für uns vorbereitet. Sagte er zumindest.«

Birgit fuhr herum und funkelte Richard vermeintlich böse an. »Das war geplant? Ich meine … alle wissen Bescheid?«

»Alle, mein Schatz. Und du jetzt auch.«

»Aber …«

Frommelt legte Birgit zärtlich die Hand auf den Mund. »Du gehst jetzt mit Hannah auf unser Zimmer. Und ja, auch das habe ich bereits vorher gebucht – und dann ziehst du dich um.«

Ob aus Birgits offenstehendem Mund wieder ein Aber kommen sollte, konnte Frommelt nicht sagen, denn Hannah war bereits bei ihnen. »Kannst du dich noch an den schönen Nachmittag erinnern, als wir beide angeblich für mich ein Brautkleid kaufen wollten?«, sagte Hannah lachend zu Birgit.

»Wieso angeblich?«

»Na ja, der Brautausstatter war eingeweiht, dass das Kleid für dich sein sollte, und nach drei Sekt warst du ja auch locker genug, um welche anzuprobieren. Und Kilian ist später in das Geschäft gegangen und hat das gekauft, welches dir so gut gefallen hat.« Hannah nahm die verblüffte, aber scheinbar unendlich glückliche Birgit bei der Hand und zog sie mit sich.

***

Ein großes Dankeschön an …

… alle, die mich bei der Veröffentlichung meines Kriminalromans unterstützt haben. Falls hier jemand nicht namentlich genannt wird, ist das keine Böswilligkeit, sondern einzig meiner Schusseligkeit zuzuschreiben.

… meinen Verleger Markus Platt für das Vertrauen, auch dieses Baby mit mir in die Welt zu schicken. Danke, dass du mit deiner Frau Heike an einem Tag sechshundert Kilometer fährst, um mich für eine Stunde zu unterstützen und „Händchen zu halten".

… meine Lektorin Silvia Hildebrandt, die wieder mit viel Herzblut mit Kilian gekämpft und gelitten hat, für die sehr hilfreichen und auch humorvollen Kommentare. Dieses Mal waren es gar nicht so viele Anmerkungen – etwa zwei- bis dreihundert … Zuckerbrot und Peitsche – es hat wieder einen Mordsspaß gemacht.

… Jana Oltersdorff für das zuverlässige Korrektorat.

… Tom Jay für deine kreative Arbeit und das tolle Cover.

… meine Testleserinnen Nicole Ziemann-Witt, Nicole Demski, Andrea Lehmann, Gabriele Herzog für die vielen wertvollen Tipps und Anmerkungen.

… die liebe Dörthe Busse, die mit viel Eifer und Geduld versucht hat, einem Laien wie mir, die polizeiliche Ermittlungsarbeit näherzubringen. Falls irgendetwas davon nicht korrekt sein sollte, so ist das meiner Kreativität oder einfach meiner Ignoranz zuzuschreiben.

… meine Familie für die seelische und moralische Unterstützung, trotz ungeputzter Fenster und staubiger Fußböden. Ihr habt es nicht immer leicht mit mir.

… all meine Freunde für das Verständnis, wenn ich mal wieder eine Verabredung nicht einhalten konnte.

… all meine Leserinnen und Leser für das Interesse an Kilian und seinem Team. Woher ich das weiß? Na, ohne euer Interesse hättet ihr wohl kaum bis hierher gelesen.

Über die Autorin

Beate Winter, geboren 1956 lebt in Wittingen, im Landkreis Gifhorn.

Die gelernte Industriekauffrau schreibt nach einem Fernstudium der Belletristik ernste, heitere, sinnliche und unheimliche Geschichten, die mehrfach ausgezeichnet wurden.

Doch ihre Leidenschaft gehört den Krimis. In die finsteren Abgründe der Menschenseelen zu blicken und zu erahnen, was sie zu ihren teils unfassbaren Vorgehensweisen getrieben haben könnte.

Sie ist Mitglied bei den Mörderischen Schwestern und der Literaturwerkstatt Gifhorn.

Weitere Bücher von Beate Winter im Plattini-Verlag

Blauäugig
Kommissar Frommelts erster Fall

Erschienen als Taschenbuch und E-Book
ISBN 978-3-947706-14-3 (Taschenbuch)
ISBN 978-3-947706-15-0 (E-Book)

Aschermittwoch
Kommissar Frommelts zweiter Fall

Erschienen als Taschenbuch und E-Book
ISBN 978-3-947706-16-7 (Taschenbuch)
ISBN 978-3-947706-17-4 (E-Book)